I0647004

Moritz Pirol

LIEBESBRIEF AN FREMDEN KÖNIG

Sawaang Lyhkamhahn gewidmet

ISBN 978-3-938647-14-1

MORITZ PIROL

LIEBESBRIEF AN FREMDEN KÖNIG
ODER GANZ ANDRE MÄNNER

66 Männerporträts aus Thailand
Mit Fotos von Nohng Noh

Neufassung 2010

<ORPHEUS UND SÖHNE> VERLAG

Umschlag und Bildgestaltung Wolfgang Mally

Bildbearbeitung Veit Kenner

*"Seine Majestät ist der Meinung,
daß klein nicht nur schön ist,
sondern auch groß."*

Surnett Tantihwejkunn, Leiter der Regierungsbehörde
bei König Rama IX. von Thailand

*"Komm, mein Bruder, laß uns in der Welt
zwecklos hinspielen, so gut wir können!"*

Johann Wolfgang Goethe, *"Wilhelm Meisters Lehrjahre"*

Pong

Pseudonym *Bangkok*,

in originalem Thai jedoch, schon erheblich abgekürzt, *Grung teep*,

auf deutsch *Stadt der Engel* und in der Tat ein sehr, sehr anderes
Los Angeles:

wer hier erstmals eintrifft, fühlt sich in diesem Monstrum zunächst nur tief verschreckt und einem bösen, einem geisteskranken Moloch ausgeliefert, der, außer Rand und Band geraten, alles, auch jeden gnadenlos verschlingt.

Man fühlt sich in Gefahr, ganz schutzlos, ungeborgen, ausgesetzt.

Um einen tobt es. Selbst die Taxifahrer, mancherorts sonst ein letzter Halt, kennen sich, scheint es, hier nicht aus, verstehen kein Englisch und können Adressen auch in ihrer eigenen Muttersprache nicht entziffern. Notgedrungen bestimmen also sie das Fahrziel und nicht der Fahrgast. Der gerät in Panik. Von einer Straße, in der das gebuchte Hotel liegt, erfährt er nach teuer bezahlter Irrfahrt, *daß es sie gar nicht gebe*.

In seiner Not betritt er einen der zahllosen Vielzweckläden mit angekündigten *oversea calls*, also Telefon, um seine hiesige Kontaktadresse für Notfälle schon um gebotene Hilfe und Hotelberatung zu bitten. Aber das einzige Telefon dieses Hauses wird grade benutzt, er soll warten und tut es, hat bald Gelegenheit festzustellen, daß da kein anderer Kunde, sondern ein Angestellter diesen Apparat für eine private, ausufernd schwatzhafte, kichernde Endlos-Unterhaltung benutzt und unter der ungeduldigen Nervosität des Wartenden durchaus nicht abzukürzen, geschweige zu beenden gedenkt: wie unliebenswürdig, wie unsensibel, auch unkaufmännisch geschäftsuntüchtig!

Darüber helfen hier auch die andern Bediensteten nicht hinweg, wenn sie am Stuhl des nervösen Hilfsbedürftigen nur in unterwürfig gebückter Haltung vorbeigehn.

Erst nach jahrelangem Wiederkehren wird so ein Thailand-Reisender begreifen lernen, daß auch vor diesem Telefon ein gleiches Recht für alle gilt und Angestellte derselben Spezies angehören wie geduldlose Andersfarbige. Noch der Ärmste kann hier ebenso tun und lassen, was er will, wie jeder andre. Auch ein Kunde ist hier nicht König. König ist nur der König, sonst keiner. Es sei denn, jeder.

Aber niemand, auch kein Reichster, will hier auf einen andern Menschen von oben herabschaun. Wo sich das vor einem Sitzenden nicht vermeiden läßt, symbolisiert der Vorübergehende mit der gebückten Haltung seiner angedeuteten Rumpfbeuge den wünschenswerten Aufenthalt auf gleichem Niveau. Sie signalisiert dem unfreiwillig Erniedrigten ein Bedauern und den Versuch einer Schadensminimierung.

Doch am Tage einer ersten hiesigen Ankunft verschlägt einem alles das leibhaftig den Atem. Tatsächlich keucht und hustet man bald. Vollends in einer undefinierbaren Kreuzung aus Apotheke, Drogerie, Spezerei und noch mancherlei sonst, wo man Abhilfe sucht, erstickt man fast am hierorts allgegenwärtigen Amalgam aus Chemie und Smog und Muff und Staub und radikalem Sauerstoffmangel.

Im Freien ist es kaum besser, nur noch heißer. Zumal im Chinesenviertel wird der Europäer flugs von seinem ganzen bisherigen Leben abgeschnitten. Er begreift nichts mehr, ihn schwindelt. Auf schwankend schmalen Brettern springt und balanciert er in der Straße *Tscheryn Krung* über uferlose Pfützen und morastig tiefen Modder, stolpert er über Geröll oder Jahre alten Bauschutt und verirrt sich in einem gigantischen Labyrinth kulinarischer Offerten, die er in seiner eigenen Sprache nicht einmal benennen könnte, weil die von alledem nichts mehr kennt. Dieses Angebot ist so exzessiv wie prähistorisch, so large wie pover, verlockend und eklig, luxuriös und unhygienisch in einem und absolut fremd. Wer hier nicht war, weiß nicht, was Fremde ist.

Das ändert sich nur graduell in Patpohng, dem sogenannten Vergnügungsviertel, das in Wahrheit ein Nepp-, ein Betrügerviertel für ahnungslose Touristen ist und *Sankt Pauli* samt Reeperbahn und *Großer Freiheit* zur Dorfbelustigung schrumpfen läßt. Hier ist Prostitution total. Hier huren und lügen noch die Bettler. Schlepper in jedweder Landessprache geben sich als Waisenkinder oder mittellose Theologiestudenten aus, provozieren mit schamlos obszönen Witzen oder pornografischen Fotos und sind kaum je wieder abzuschütteln. Eine personlose Stimme aus fernem Rom oder Siena beklagt in anonymem Vorüberhasten all diesen aussichtslosen Verfall: *"siamo perduti, tutti perduti"*. Hier lernt man, Beute sein, die nur noch verachtet wird, würdeloses Opfer und skrupellos gejagtes Freiwild. Rette sich, wer noch kann:

und sei es in die billige Absteige jenes ehemals herrschaftlichen Hotels in einer ausgestorbenen Stichgasse zur überbordend kommerziellen, überbordend menschen- und autoreichen Hauptstraße Sukumwitt, jenem Elysium für Geschäftemacher aller Couleur und Provenienz.

Diese ehedem noble Herberge also, vor Urzeiten generös und abendländisch konzipiert, ist inzwischen verwahrlost und ausgestorben. Niemand scheint hier mehr an Vermietung interessiert. Alles erlischt vor sich hin. Luxus wie Sitten von anno dazumal sind gnadenlos unaufhaltsamem Verfall preisgegeben.

Aber an imposant gebliebener Fassade prangt über mehrflügelig aufgeteiltem Zugang zu all der jetzigen Tristesse das stolz gemeinte Motto, die prominente Devise dieses Etablissements, das irgendwo aufgeschnappte Zitat aus äonenferner Kultur, in unbegreiflich lateinischer Buchstabengebung, gar Sprache:

SUB LEGE LIBERTAS.

Wer das da lesen kann und sogar alt genug ist, sich noch übersetzen zu können, daß hier unter aller Gesetzgebung Freiheit herrsche, wird schnell registrieren, wie der heutigen Direktion des Hauses, so es noch eine gibt, die *libertas* sehr viel näher steht als jegliche *lex*. Denn ein entsprechend buntgesprenkeltes Völkchen aus aller Herren Ländern residiert hier fröhlich am Rande oder schon außerhalb jedweder Legalität.

Spätestens im Hinterhofe dieses gefährdeten Hotels *sub lege* schwant dem humanistisch geschulten Okzidentalen, was hier mit *libertas* ursprünglich oder letztendlich gemeint sein mag. Denn mitten im smoggeschwängerten Häusermeer aus schwindelnd ragenden Wolkenkratzern ringsum wuchern hier unabänderlich die Tropen und machen unbarmherzig erinnerlich, daß dieses ganze Monster-*Bangkok* noch vor nur zwei sehr kurzen Jahrhunderten keineswegs eine *Stadt der Engel*, sondern vielmehr das Dorf einer wilden Olivenart, ebenjener *kok*, am Dschungelufer des vielarmig weitverzweigten Urwaldstromes *Tschao Prajah* war, den seine hinterwäldlerischen Anwohner den "König der Flüsse" nannten. Noch heute auf dem winzigen Hinterhof dieses vergammelten Hotels explodiert der hierorts originäre Regenwald mit Palmen, Mimosen, Bambus,wilden Bananen und üppig blühenden Orchideen, zwischen denen schwarze Eichhörnchen und riesige Schmetterlinge mit bizarrem Design von Ausbruch oder Heimkehr in angemessen unbegrenztere Territorien träumen mögen.

Aber man ist hier auch schon durchaus auf Lianen, auf Affen gefaßt und fügt sich sofort den hierorts gnadenlos angemeldeten Gesetzen des Dschungels, der dieses römisch verbrämte Obdach le-

12

galiter längst besitzt und mit Heißhunger bald verschlingen wird: drunter, spürt man, herrscht hier tatsächlich Freiheit, also Anarchie.

Mit ebendiesem Schlüssel kehrt man verändert in den höllisch brutalen Hexenkessel zurück und registriert schon auf der Hauptstraße *Sukumwitt*, daß einem da jener absolut untergetauchte und längst vergessene Eine von abertausend Straßenhändlern,

mit dem es gestern inmitten all der rücksichtslos schiebenden Menschenmassen für den winzigen Bruchteil einer einzigen Sekunde das stenografisch verkürzte Rudiment eines allerflüchtigsten Augenkontaktes gab,

heute inmitten abermals rücksichtslos schiebender Menschenmassen und über all den tosenden Verkehrslärm hinweg schon zutraulich altbekannt und durch all die abertausend erstmals Passierenden hindurch in intimstem Freundschaftstone entgegenruft *"How are you today?"*,

um noch im selben winzigen Bruchteil dieser selben Sekunde, von all den rücksichtslos schiebenden Menschenmassen abgedrängt, auf Nimmerwiedersehen unterzutauchen und nur einen kurzfristig glimmenden Funken Herzenswärme zu hinterlassen, deren Basis freilich gewiß nur die vage Hoffnung auf ein Geschäft war.

Man selbst geht weiter, ohne zu antworten, ohne zu gehen: schweißtreibend wird man getrieben, geschoben, gedrängt – wohin, weiß man sowieso nicht und hustet.

Plötzlich geht es nicht weiter: man müßte die Straße überqueren. Aber die ist von einer mehrbahnig stopfenden und nimmer endenden Fahrzeugkolonne an- und ausgefüllt, die unentwegt fährt und keine Atempause, kein Luftloch, keine Lücke, keinen Zebrastreifen kennt. Sie fährt und fährt, auch in tollkühnem Zickzack zumal jener zeitgemäßen Motorrikschas, die hier *Tuk-Tuk* heißen und jegliches Wagnis eingehn. Regelungen dieses Höllenverkehrs scheinen weder sie noch sonstwer zu kennen, geschweige zu respektieren: *sub lege libertas*, also schranken- und gnadenloses Improvisieren auf gut Glück oder Unglück.

Aber wie überquert hier ein Fußgänger solchen Fahrdamm? Anscheinend garnicht. Denn sein kalkulierendes Warten auf irgend unsichtbar ferne Ampel, die irgendwann Mitleid verspürt und rot wird und *stop* sagt, erweist sich als die Schimäre des hilflos ausgelieferten Fremdlings, der hier *farang* heißt. Es gibt keine Ampel, kein Rot, keinen Stopp, keinen Übergang.

Also wartet man auf ein Wunder und schickt verzagt die Augen nach einem himmlischen Retter in dieser Stadt der Engel aus. Aber der läßt sich nirgends blicken.

Wer jedoch auserwählt ist, erlebt hier das ganze Großstadtdebakel seines zu Ende gehenden Jahrhunderts und Jahrtausends in spezifisch thailändischer Variante, indem er nämlich zufällig neben den eben diensthabenden Pong zu stehen kommt.

Dieser sehr junge und besonders attraktive Angehörige der hiesigen Verkehrspolizei, dessen Name natürlich in alle Ewigkeit anonym bleibt, steht also in seiner überaus schmucken Uniform in Reichweite neben dem scheiternden Fußgänger von Sonstwoher und nimmt den gar nicht zur Kenntnis. Er observiert exklusiv diese Endlosschlange der Auto-, *Tuk-Tuk-* und Motorradfahrer, übersieht dabei sicher geflissentlich die meisten ihrer zahllosen freiheitlich anarchischen Verstöße gegen die Legislative der Straße und mag, hofft der hilfsbedürftige Ausländer neben ihm, auf irgend geeigneten Moment oder Anlaß warten, um in dieses Chaos einzugreifen, sei es trillerpfeifend, kellenschwingend oder mit einschlägig irreführendem Fuchteln einzuschreiten, Halt zu gebieten und dem verzagten Passanten eine hohle Gasse zu bauen.

Aber an alles sowas ist vorläufig gar nicht zu denken. In völlig
entspannter Wartehaltung starrt dieser Pong, leicht introvertiert,
gar südostasiatisch meditativ vor sich hin und fördert indem so
Hoffnung wie Empörung seines definitiv ignorierten Nebenman-
nes aus Fernwest.

Der registriert die versunken unbeteiligte Ruhe, freilich auch die
Schönheit dieses passiv verharrenden Staatsbeamten mit seinem
proper weißlackierten Kugelhelm über einem milchkaffeebraunen
Gesicht, das durch makellos glatten, auch rasurlosen Teint, aber
mehr noch durch seidige Wimpern auffällt, die so lang und aufwärts gebogen sind, als seien sie getuscht. Die Lider sind halb ge-
senkt, als verschonten sie die Augen vor all dem häßlichen Horror
ringsum. Der Rücken der breitsattlig fleischigen Nase ist gleichwohl linealgerade, jedes ihrer Löcher kreisrund und weit geöffnet
für Leben und Kosmos. Seinen vermutlich weichen, sicher dick-
lippig ebenso kosmisch weit geöffneten Mund und die arg strapazierten Atemwege dahinter behütet und verbirgt ein Mundschutz,
der für seinesgleichen schon Vorschrift ist und Pongs ohnedies
aussichtsarmes Leben in so vergiftetem Ambiente wenigstens
kurzfristig verlängern und erleichtern helfen soll.

Gleich unter diesem Knebel beginnt die dekorative, obwohl maro-
nenbraune Dienstverkleidung mit eng tailliertem Blouson über
ranken Flanken und knallroter Kordel auf flacher und schmaler,
aber gleichwohl ordenübersäter Heldenbrust, mit knapp geschnit-
tener Hose über knackigem Knabenärschchen und keilig in mar-
tialisch pompösem Schuhwerk mündend, das im vereinten Ensem-
ble mit Helm und Knebel dieser grazilen Puppe die gebotene Ge-
fährlichkeit verleihen soll.

All das jedoch und manches Privileg in hiesig hierarchisch gefüg-
ter Gesellschaft mag ihm die eigene Bedeutung oder Wichtigkeit
suggerieren und jeglichen Blick in umstehend hilfeflehende Aus-

länderaugen strikt vermeiden lassen.

In denen steigt allmählich eine Wut auf solchen uniformierten Starrsinn und Dünkel auf. Sie versuchen daher, sich abzulenken und lieber nach anderen Rettern Ausschau zu halten, die es aber nicht gibt, das ist klar. Jeder hat hier, auf drei Fahrbahnen hin und drei anderen wider, einzig sein eigenes schwer erreichbares Ziel auf Korn und Kimme dieser *rush hour* rings um die Uhr.

Trotzdem also halten die fremdelnden Augen Ausschau und saugen sich jählings drüben, auf ferner Spur 6, an einer Jünglingsschönheit fest, die mit makellos nacktem Oberkörper auf der Ladefläche eines mittelgewichtigen Lastwagens steht, sich selbst und einen großen Bilderrahmen oder Spiegel da mit beiden Händen festhält und ragend wie ein aufgerecktes Heldendenkmal auf der gerade besonders zügig bewegten Spur entschwindet.

Wer ihn jetzt mit dem außergalaktisch fernen Marcello Mastroianni vergleicht, wie der in *"Schwarze Augen"* mit ebenso ausgestreckten Armen eine sinnlos große Scheibe unzerbrechlichen Glases durch die Weiten des zaristischen Rußland transportiert, wird gleichwohl diesem so viel zierlicher gebauten Asiaten die Palme reichen, weil der in seinem Bemühen, zugleich den Rahmen und sich selbst durch balancierendes Austarieren der Gegengewichte auf dieser haltlosen Ladefläche zu stabilisieren, mit den betörend idealen Maßen und Proportionen seines ausgestellten Leibes die Anmut der Schwerelosigkeit und die Grazie totaler Versenkung verbindet und insofern gänzlich verwirrend auch noch an so exotische Skulpturkollegen wie *Dornauszieher* und *Diskuswerfer* oder gar an Heinrich von Kleists Marionetten erinnert.

Wer ihm also mit so kulturübergreifenden Komplimenten und entsprechend positiv aufgeladenen Blicken hinterherschaut und sein drohend bevorstehendes Verschwinden auf Nimmerwiedersehen um Bruchteile von Sekunden zu verzögern hofft, kann es erleben, daß dieser bewunderte Rahmenhalter solche Blicke in seinem Rücken wahrnimmt, den Kopf nach ihnen wendet, sie selben Augenblicks in all ihrer hastig wachsenden Entfernung aufspürt, sofort mit den eigenen, freudig überraschten Blicken vermischt und von weit her, auf Spur 6, mit rahmenhaltend gefesselten Armen gleichwohl von seinem schwankenden Standort auf der Ladefläche hinab die Andeutung jener Rumpfbeuge über all die fünf andern Autoschlangen und zwischen schlängelnden *Tuk-Tuks* und Motorräder hinweg hinüberschickt, um sein ungebührliches Höherstehen demonstrativ zu bedauern und angemessen auszugleichen. Im allerletzten Kontaktmoment, bevor ein heillos überfüllter Linienbus mißgünstig all diesem sinnlos beseligenden Flirt ein brutales Ende bereitet und sich auf immer und ewig wie der Hellespont einst zwischen Hero und Leander schiebt, explodiert noch das leuchtende Antlitz dieses sensitiven Adonis im allerherzlichsten Lachen, das es auf diesem Planeten je gab.

Dann ist er weg.

Sein verwaister Blickpartner hofft gerade, ihn nach Passieren des Linienbusses doch noch ein anderes und sei es allerletztes Mal zu sehen. Aber da faßt ihn jemand am Arm: aha, ein Taschendieb, jetzt ist es so weit. Doch niemand steht hinter ihm, und der Arm, der sich da sanft und behutsam, der sich zärtlich unter seinen schiebt, steckt in maronenbraun uniformiertem Ärmel und gehört dem Polizisten Pong an seiner Seite.

Der starrt zwar weiterhin unverändert vor sich hin und in sich hinein, hat aber, ohne auch je nur den Kopf zu wenden, gleichwohl die hilflose Not dieses Fremdlings an seiner Seite wahrgenommen. Ohne auch jetzt seine abgewandte Kopf- und Körperhaltung aufzugeben, schiebt er diesen Bedürftigen mit all der besagten, dennoch resoluten Behutsamkeit seines tatsächlich zärtlichen Unterarmes unsagbar sanft, aber unwiderstehlich mitten in den sechs-spurig brandenden Höllenverkehr hinein: ein Mordversuch?

Aber im selben Augenblick wird der so beiläufig Eingeschleuste von sämtlichen Auto-, *Tuk-Tuk-* und Motorradfahrern als gleich-berechtigter Partner und Partizipant an ihrer aller gemeinsamem *rush-hour*-Schicksal anerkannt und respektiert, jeder bremst ein wenig oder weicht ihm noch millimeterweit aus, man arrangiert sich irgendwie miteinander, *libertas sub lege*, und flugs kann der Neuling dieser Regularien auf der andern Straßenseite seinen hu-stenden Bummel fortsetzen.

Vorher aber blickt er noch zu Pong hinüber, um sich mit dem hie-sigen *wai* zusammengelegter Handflächen oder wenigstens lä-chelnder Augensprache zu bedanken.

Aber Pong ist verschwunden: setzt seine Streife fort?, hat Feier-abend?, ist in den Himmel der Schutzengel heimgekehrt?

Hat jedenfalls die Ehre dieses Molochs der Engel auf allerzärt-lichste, engelhaft menschliche Weise gerettet.

Den andern Geretteten fröstelt in all der Tropenhitze und zieht es mit der Gewalt eines *jet lags* von ganzen sechs Stunden in sein Hotelbett *sub lege*. Er erobert sich ein Taxi.

Dessen Fahrer hat ein unnahbar verstimmtes Chinesengesicht mit exotisch heller Haut und die schlechteste Laune aller gefallenen Engel. Wahrscheinlich windet er sich und sein Fahrzeug schon seit dem frühesten Morgengrauen oder länger durch diesen gna-denlosen Nahkampf, für den es keine Versicherung gibt. Aber er kennt die Schliche und nutzt sie millimeterweise.

Nur einmal ist die Lücke zwischen zwei andern Vehikeln um we-nige solcher Maßeinheiten zu schmal für seins. Immer wieder ver-sucht er es: es geht nicht. Also drückt er auf einen Knopf seiner mysteriösen Armatur, und wie Hasenohren legt sein Wagen die

beiden Seitenspiegel an die Karosserie an. Jetzt paßt er in die är-
gerliche Lücke hinein und hat rechts wie links gar noch den
Bruchteil einer Daumenbreite Luft. So überholt er seine beiden
Nachbarn. Hiernach betätigt er denselben Armaturknopf ein zweites Mal, und die Hasenohren richten sich wieder auf.

Wer das als Fahrgast lobt und sich hierfür des angemessenen
Thai-Wortes *geng* zu bedienen weiß, entlockt dem mißgelaunten
Verkehrsartisten ein erstes chinesisches Lächeln.

Aber nun scheint das Eis der Kontaktsperre gleich geschmolzen.

"Hh!" stößt er schon vokallos aus.

"Excuse me?"

"King."

Und deutet lässig mit ganzem Chinesenschädel nach rechts, wo in
bescheidener Seitenstraße gerade zwei beige- oder crèmefarben
angegraute Limousinen eines Fabrikats entschwinden, das in andern Weltteilen *Daimler* oder *Mercedes*, hier aber in Ermangelung
eines affrikaten z-Lautes, aber am Silbenende auch jeglichen al-
veolar-frikativen s-Lauts einfach *Benn* genannt wird.

"King?"

"King."

Also war das eben im Benn der König von Thailand: ohne Auto-
oder Reiterkavalkade, ohne Motorradkolonne, Militär- oder Poli-
zei-Eskorte, ohne Blaulicht, ohne Stander und mit nur einem einzigen Sicherheitsdouble, das vielleicht nicht einmal eins war.

Solcher Empfang eines Neuankömmlings beeindruckt selbigen
gerade durch diese Unaufwendigkeit seiner Mittel. Wer so unter-
treibt, denkt er, ist sich seiner selbst und seines Stellenwertes so
gewiß, daß er nichts betonen muß. Sein Auftritt hat die echte No-

blesse ebendessen, der das Gegenteil von geltungsgierig, das Gegenteil von machtversessen, von vorübergehend gewählt und *parvenu* ist.

Was dieses Gegenteil ausmacht, kann zu ergründen versuchen, wer sich oft genug in den Wohnungen, auch den Slums seiner Untertanen aufhält, von denen noch der ärmste, der unterentwickeltste, der entlegenste Urwaldbewohner ein Bild seines Königs sei es aus einem Kalender oder einer alten Tageszeitung ausgeschnitten und an seine Bambus- oder Wellblechwand geheftet hat: möglichst nicht nur eins und möglichst nicht nur vom jetzigen König, möglichst auch von derer aller Frauen und Kindern oder Geschwistern dazu.

In *Baang Pa-In*, nur wenige Kilometer südlich des legendären Ajuttajah, können sie alle wie auch jeder Angereiste die Sommerresidenz des Königs frequentieren, die auf unser 17. Jahrhundert zurückgeht und mit ihrer eklektisch preziosen Architektur für die liebevoll staunende Bevölkerung ebenso freigegeben ist wie auch im *Klohng Bangkok Noi* die Halle mit den *"Königlichen Barken"*, rund fünfzig vergoldeten und reich verzierten Rekonstruktionen mythologisch überlieferter Galeeren für Bootsprozessionen und Flußparaden an bestimmten Feiertagen.

In so festlicher Gestalt begegnet der Reisende noch an vielen fröhlich begangenen Geburts-, Todes-, Krönungs- oder Jahrestagen den Königen dieses Landes: sie sind präsent, und jeder Bürger, noch der radikalste Demokrat, Kommunist oder Anarchist, gedenkt dann seines jubilierenden Monarchen und preist ihn in den höchsten Tönen und mit leuchtenden Augen.

Tai fah la-ohng tulih prabaht

Jahre später schreibt jener Taxigast aus Bangkok einen Brief an seine Straßenbekanntschaft von damals, den König von Thailand: *"Bitte an die Macht des Staubs vom Staube Eurer Füße, unsre Häupter zu schützen!"*
Wer sich schon so, als Ausländer und in unzulänglicher Übersetzung von Unübersetzbarem, dieser obligat vorgeformten Anrede eines Königs von Thailand tastend anzunähern versucht, der wird auch wissen, daß es tunlichst und prinzipiell in solchem Briefe an diesen

tai fah la-ohng tulih prabaht

das Wort und den Gedanken *Ich* nicht geben sollte.

Den klugen Sinn dieser scheinbaren Entwürdigung seiner Person erkennt jedoch auch er bewundernd, sobald er erfährt, daß jeder Thai stattdessen *kah putt dschao* schreiben und so sein kleines Ich ersetzen würde: durch *Wir Buddhisten alle.*

Auch wer nicht Buddhist ist, wird begreifen, wie dadurch jedermann zu seinem König unweigerlich nur über Gegenstände spräche, die das Anliegen aller sind. Für jedes Private, sieht auch er ein, sind Freunde oder Familie, ist nicht der König da.

Also erlaubt sich der nicht buddhistische Ausländer, der sich mit diesem Brief an den König von Thailand durchaus zum Sprecher vieler zu machen gedenkt, *Wir Europäer alle* zu schreiben oder aber, je nach Sujet und noch sehr viel lieber, wenn's erlaubt sein mag: *Wir Menschen alle.*

Wir Menschen alle, die wir nicht das Glück haben, Thais aus dem Königreich Thailand zu sein, und jedenfalls *wir Europäer alle* begegnen dem Monarchen dieses Landes – sei es auf den Straßen Bangkoks, sei es im Geiste – ungelenk, ungeübt, entwöhnt, als Demokraten eben, dennoch mit gebotenem Respekt.

Wir Europäer alle wissen auch, daß es in manchem unsrer eignen Länder noch Monarchen gibt. Wir kennen sie, wir haben und betrachten, wir benutzen sie. Aber jeder gute Demokrat erachtet sie auch, leise oder laut, als Restbestände einer andern Zeit. So mancher hält sie eigentlich für überflüssig. Darum hat er auch verlernt, solch einen Brief an eine Majestät

tai fah la-ohng tulih prabaht

zu formulieren, und bittet um Verständnis, Nachsicht und Geduld.

Denn freilich können auch *wir Europäer alle* nicht verkennen, wie die Völker noch in mancher unsrer Republiken ihre Könige und Königinnen ehren, lieben, für die Seele brauchen. Just in unsern allerdemokratischsten Bevölkerungen wie in Großbritannien, wie in Skandinavien, wie im europäisch progressiven *BeNeLux*: überall sind diese Musterdemokraten auch noch Monarchisten.

Und wo in unsern andern Ländern auf Fürstenthrone ganz verzichtet wird, hat sich in manchem Herzen ein verheimlichtes Entbehren oder eine Leere eingeschlichen, die nicht gut tut. Manche unsrer Fernsehleute spüren das und senden ohne Ende und mit stärksten Resonanzen Reportagen über Königshäuser wo auch immer. Zeitungsmacher wissen viele Leser zu beglücken, indem sie Klatsch und Tratsch aus fürstlichen Familien kolportieren.

Allzu viele Menschen lieben das. Sie sublimieren da ein Defizit. Und Volkes Stimme da, strikt anti-monarchistisch, nicht zu hören, ist ja wohl selbst nicht allzu demokratisch: zwingt das Volk, sich die Erfüllung einer eingebornen, angestammten Sehnsucht zu versagen, nötigt zum Verzicht; verweigert und entzieht ihm, was es haben möchte, und ignoriert so den Willen einer Mehrheit.

Tai fah la-ohng tulih prabaht !

Wen aber wünscht sich denn der Wille von *uns Europäern allen*? Gewiß nicht Herrscher wie Heinrich VIII. oder Ludwig XIV., auch nicht wie Nero, Napoleon oder Wilhelm II. Keine Monster außer Rand und Band. Die Katastrophen unsrer monarchistischen Geschichte bleiben unvergeßbar wie das Ringen um Verfassung, Republik und Souveränität des Volkes.

Dennoch scheint nun, seit die Träume unsrer Demokraten sich erfüllten, manchem Gleichgesinnten was zu fehlen. Sind es Vorbilder, Muster, Projektionsflächen, Orientierungshilfen, Kompetenzen: sind es Leitfiguren, wie jede Herde sie benötigt – Alphatiere? Sind es Vater oder Mutter für Waisen und Mündel?

Oder ist es, was jener deutsche Novalis schon prädemokratisch und 26jährig meinen mochte, wenn er jenem *"mystischen Souverän"*, dem Volke also, wie jeder Idee das Bedürfnis nach einem Symbol sowohl ansah wie zuerkannte:

"Und welches Symbol ist würdiger und passender als ein liebenswürdiger trefflicher Mensch?"

Das ist höher gegriffen, als es sich erstmals liest. Es ist der Griff des spezifisch deutschen Idealismus eben nach einem Ideal. Wer die Adjektive *liebenswürdig* und *trefflich* zunächst ernst nimmt, dann auslotet: der wird nicht umhin können festzustellen, daß sie tief innen unsteigerbar, unerreichbare Gipfel, als Epitheta just des Menschen also unrealistische Ideale sind. Sie sind das Höchste, auch so gemeint.

"Das ist eben das Unterscheidende der Monarchie, daß sie auf der freiwilligen Annahme eines Idealmenschen beruht."

Folgerichtig ist für Novalis ein König pure Poesie:

"Diese Dichtung drängt sich dem Menschen notwendig auf. Sie

befriedigt allein eine höhere Sehnsucht seiner Natur. Alle Men-
schen sollen thronfähig werden. Das Erziehungsmittel zu diesem
fernen Ziel ist ein König. Er assimiliert sich allmählich die Masse
seiner Untertanen."

Das formuliert ein Idealist in seinem Text, der nur im Untertitel
"Der König und die Königin", im Haupttitel aber *"Glaube und*
Liebe" heißt.

Von solchem Synonym ist bei alledem die Rede.

Aber Novalis, dieser deutsche Jüngling im Gefolge Schillers,
kennt den profanen Protest aller Empiristen unsres Kontinents gegen solche Utopie:

"Wer hier mit seinen historischen Erfahrungen angezogen
kömmt, weiß gar nicht, wovon ich rede, und auf welchem Stand-
punkt ich rede; dem sprech ich arabisch, und er tut am besten,
seines Wegs zu gehn und sich nicht unter Zuhörer zu mischen, de-
ren Idiom und Landesart ihm durchaus fremd ist."

Wer aber von *uns Europäern allen* diese Sprache des Novalis zu
verstehen versucht und sein eigenes Ideal zum Beispiel im fernen
Königreich Thailand, dessen *"Idiom und Landesart ihm durchaus*
fremd" zu sein scheinen, unverhofft verwirklicht zu finden glaubt,

dem droht ein schöner Traum banal zu platzen, wenn er sich je die
obligate und unerläßlich vorgeschriebene Anrede für den dortigen
so ideal verstandenen König, die seinem heimischen *"Your Maje-*
sty" oder *"Eure Majestät"* entspräche, wörtlich übersetzen läßt.

Dieses stereotype und unverzichtbare

tai fah la-ohng tulih prabaht

bedeutet ohne jede Möglichkeit einer europäischen Beschönigung

"Oh unterm Staub des Staubes Eurer Füße".

Das muß westlichen Demokratenohren auf Anhieb nach byzantinisch-absolutistischer Unterdrückung und extremster Menschenverachtung klingen. Denn es geht davon aus, daß der König für sein Volk samt und sonders vollkommen unerreichbar und unsichtbar bleibt. Noch der allerunterwürfigste Kniefall im Staube erreicht da im gnädigsten, huldvollsten Augenblick nur den Staub des Staubes unterhalb Königlichen Stehens oder Schreitens. Der Sprechende oder Schreibende selbst befindet sich also noch unterhalb dieses untersten Obrigkeitsstaubes.

Solche Kluft scheint unüberbrückbar. Es ist die Kluft zwischen Mikrobe und Gottheit. Wie kann es da je Dialoge geben?

In Thailand kann es.

Aber nach Art der Thais.

Sie sind auf diese Weise gegen jene epidemisch grassierenden, prototypisch europäischen Gefährdungen gefeit, denen dortige Republikaner ausgesetzt sind, indem sie ihre kosmische Orientierung verlieren und die eigene Bedeutung unrealistisch überbewerten. Dort hält sich leicht und grundlos jeder Demokrat für einen König, ohne jedoch im mindesten *"liebenswürdig und trefflich"* zu sein.

Das Bewußtsein, in Wahrheit weniger königlich als vielmehr kosmischer Staub zu sein, ist dort vielfach abhanden gekommen und durch eine ganz und gar außerdemokratische Selbstüberschätzung ersetzt worden, die zu Abermillionen privater Tragödien und psychischer Katastrophen, folglich auch zu historischen Globaldebakeln geführt hat: zu pharisäerhaften Missionierungsaktionen, hybrid sadistischen Kolonisationen, größenwahnsinnigen Weltkriegen und all den andern Unterdrückungs- und Vernichtungskreuzzügen früherer wie heutiger Tage.

Oh unterm Staub des Staubes Eurer Füße

könnte jeder von *uns Menschen allen* seinen Ort im Universum wiederfinden.

Dort ist gute Gelegenheit, das Maß aller Dinge und Personen zu nehmen.

Dort läßt sich auch nachvollziehen, was so viele Natur- und Kulturvölker bewogen haben mag, ihre Herrscher zu Göttern zu erklären: es mag der Verzweiflung über die vermeintlich ewige Unsichtbarkeit des Numinosen entsprungen sein. Wer Gott braucht, aber nicht findet, holt ihn sich in ein Ebenbild, einen Fetisch oder in eine Person, die sich zur Vergötterung sonderlich eignen mag.

"Nichts ist zur wahren Religiosität unentbehrlicher", wußte auch jener junge Novalis, *"als ein Mittelglied – das uns mit der Gottheit verbindet."*

Zahllosen Völkern und Kulturen in der Geschichte dieses Planeten sind ihre Könige als hierfür sonderlich geeignete Mittelglieder erschienen. Da sie jeweils aus Fleisch und Blut von ihrem eigenen Fleisch und Blute waren, erhöhten sich auf solche Weise alle diese Völker auch selbst.

Die Kluft wurde überbrückbar.

Gott war sichtbar und ansprechbar.

Schon durfte aber die ansprechbar gewordene Gottheit dabei nicht trivialisiert und mit jedermann verwechselbar werden. Darum mußte die größtmögliche Höhe des vergötterten Königs beachtet und beibehalten werden.

Solche Könige mußten ganz göttlich, aber auch ganz menschlich sein, damit sie dem entsprachen, was ihre Völker dringend benötigten. Sie mußten weit genug entfernt sein, um ohne kameradschaftliches Schulterklopfen anbetbar zu sein, und nah genug, um die Sprache der Betenden noch zu vernehmen und zu teilen.

Solcher idealen, solcher poetischen Position mußten sie freilich gerecht zu werden auch imstande sein. Sie mußten die Gottheit, aber auch ihr Volk repräsentieren, es verkörpern, mit ihm eins sein.

Vielleicht in solchem Sinne spricht der Thai zu seinem König nicht von Mikrobe zu Gott, sondern irgendwo mittendrin von Staub zu Staub. Sein König hört ihn da und versteht ihn so.

Seine Majestät *Pra Bahtsomdett Pradschao Juh Hua* König Rama IX. von Thailand, den die Menschen seines Landes kurzer Hand und freundschaftlich intim ihren *dschao* nennen, hat sich vielleicht eben deshalb trotz all seiner überstaublichen Entrückung doch selbst als *"Seele des Volkes"* bezeichnet:

"Ein konstitutioneller Monarch muß sich mit dem Land ändern, zugleich aber dessen Geist bewahren. Das bedeutet, daß die Bürger einer Nation zwar verschiedene Charaktere haben; aber was allen gemeinsam ist, muß der König verkörpern."

So entsteht und besteht eine Einheit von Volk und König.

Ihr will dieser Brief an Thailands König Rechnung tragen.

Weil *wir Europäer alle*

unterm Staub des Staubes Eurer Füße

namentlich göttlich Wunderbares vernehmen oder ahnen können, ist es uns ein Bedürfnis, alles das zu preisen, was Volk und König der Thais in solchem Sinne verbindet und als Einheit erscheinen läßt.

Dieser Brief und seine Ebenbilder zeigen und beschreiben Thais, die nicht in Bangkok oder andern Zentren des Geschäftemachens, des Tourismus, sondern auf dem Lande, in den Dörfern, im Regenwalde, auf kleinen Inseln und wo auch sonst

unterm Staub des Staubes Eurer Füße

vermutlich für immer unsichtbar bleiben, *uns Menschen allen* aber in unsrer eigenen Anonymität so manchen wohlbegründeten Anlaß bieten, ihnen selbst, ihrem König und ihrer beider göttlichen Einheit unsre staunende Reverenz zu erweisen.

II

Sakk

Tschoi

Auf einer kleinen Insel der Andamanensee mag an der Rezeption eines elitär einsam gelegenen, luxuriös ortlosen Touristenhotels gleich am ersten Abend nach dem Dinner der besonders attraktive junge Empfangschef in schmucker weißer Livree eine pragmatische Anfrage nach Lageplan oder hiesiger Landkarte zunächst mit der unangebrachten, aber verführerisch lächelnden Rückfrage nach der Zimmernummer des neuen Gastes beantworten.

Nicht sehr viel später, etwa zwischen zehn und elf, klopft es dann an die Bungalowtür dieses bereits halb entkleideten Neulings. Ein dekorativer junger Zigarettenraucher steht draußen. Seine Haut ist dunkelfarbig, der Gesichtsschnitt chinesisch, die Figur leicht kerlig und das Lächeln verlegen.

Anhaltend wortlos und mit glühend fragenden Augen blickt er dem Besuchten entgegen.

Auch dem verschlägt es die Sprache.

Sie schauen sich forschend in die Augen und verständigen sich bereits mit unmißverständlich einverständlichem Lächeln.

Der junge Thai zieht an seiner Zigarette und fragt dann pantomimisch nach einem Aschenbecher.

Das bringt ihn behende über die hemmende Schwelle.

Er schließt die Tür und schließt sie gleich ab.

Er reduziert die Beleuchtung und kontrolliert die Vorhänge: ob sie auch seitlich jeden Einblick verwehren.

Dann legt er sich quer auf das vakante zweite Bett, wirft beide Arme hoch, entblößt dabei einen Streifen seidig straffer Bauchhaut und wartet mit jenem glühend fragenden Augenaufschlag.

Im weiteren Verlauf erweist er sich dann problemlos als ausgehungerter, aber unersättlicher Erotomane, als ein besessener und absolut tabuloser Lüstling, dem es nie und nirgends genügt und der sich an allen Genüssen, allen Ekstasen so zu begeistern vermag, daß er nur allzubald und immer wieder zu jauchzen, zu jubeln und lauthals zu lachen beginnt.

Solche Wonneschauer verleiten ihn später auch zu Brutalitäten, zu schmerzhaften kleinen Gewaltsamkeiten, die er dann aber, *"sorry"*, flugs durch exklusiv asiatische Behutsamkeit, exklusiv asiatische Zärtlichkeit, auch Höflichkeit wieder ausbalanciert: *"God bless you, I love you, God bless you."*

Die eigene Kulmination versteht er, versiert oder naturbegabt, lange, bis gegen Morgen hinauszuzögern. Auch da noch versucht er, sie bloß nicht preiszugeben, als wäre dann alles zu Ende, was sein Geist jedoch ja nicht einräumen, wahrhaben, zulassen will. Sein insofern gebremster Körper aber braucht unabdingbar noch ein zweites Ventil und findet es schließlich in den entlegenen Füßen, die sich der Kontrolle des fernen Kopfes entziehen zu können glauben. Ununterdrückbar, aber auch unübersehbar beginnen sie, seitlich auszuschlagen, hin und wider, quasi waagerecht zu wedeln, chorisch, im Duo, hin und her, und so zu signalisieren, was da in seiner Leibesmitte mit Elementarkraft explodiert.

Noch jetzt will er das tunlichst verschleiern. Aber der weiter blickende Heimgesuchte besteht nun auf hilfreicher Regeneration in einem Schlafe, dem sein überredeter Gast zwar sofort verfällt: doch auch aus jener andern, jener ungewußten Welt noch holt er sich, selig zuckenden Leibes und mit brunnentief gutturalem Schnarchen nicht enden wollende Serien liebeshungrig schlundversessener Zungenküsse, die nicht minder brunnentief sind. So küßt und schnarcht er auf ein und demselben Atem.

Solcher Schlaf ist vollends kurz. Danach nutzt er die noch kürzer verbleibende Restzeit dieser Nacht für abermals jauchzende, jubelnde, wedelnde Wiederholung.

Erster Hahnenschrei oder Sonnenstrahl scheucht ihn schließlich vonhinnen.

Von alledem so beglückt wie ungläubig überrumpelt, geht sein insofern übernächtigter Auserkorener erst Stunden später zum allgemeinen Frühstück.

Dort findet er seinen Liebhaber als indifferent und blicklos bedienenden Kellner vor.

Prompt scheint auch er ihn nicht mehr zu kennen und gibt ihm seine Bestellung in gleichgültig fremdem Tone auf. Beim Warten kann er aber heimlich belauern, wie dieser Liebling sich hinten im Durchgang zur Küche vor spiegelndem Fensterglas die Haare richtet und mit einer Serviette das arbeitsam transpirierende Gesicht wischt: dergestalt fein gemacht, serviert er ihm dann die Kaffeetasse nicht ohne leise klapperndes Zittern, also mit leichtem Überschwappen, das Schwamm und Lappen verlangt und sofortige Wiederkehr insofern nur begünstigt. Später provoziert er sie durch sein mehrfaches Wiederholen der neutral intonierten Frage *"More coffee?"*

Den Rest dieses so verblüffend begonnenen und umso wohliger dahingedämmerten Tages verbringt der so reichhaltig bediente Kaffeetrinker nicht zuletzt mit dem fristbewußten Salben und Regenerieren seiner wundgescheuerten Empfindsamkeiten.

Dabei wird er jählings vom Zimmerboy überrascht: einem sehr mädchenhaften, sehr sensitiven und leicht debilen Geschöpf, das alles sieht und nichts überhört, obwohl seine linke Ohrmuschel nur eine untere Hälfte herausgebildet hat. Dessen erster Blick beim Betreten des Bungalows registriert sofort die Benutzung des herangeschobenen zweiten Bettes und beschäftigt sich alarmiert

32

und von nun an beharrlich forschend mit Faltenwurf, Ausbeulung, Umrissen und Formenspiel in der Hose dieses also nicht allein schlafenden Einzelreisenden, der ihm daher vorbeugend einen generösen Obolus weniger als Trink- denn als korrumpierendes Schweigegeld in die hitzig verschmierte Patschhand drückt.

Während dieser Zimmerboy die Betten frisch bezieht und die gestrigen Laken mit Röntgenaugen inspiziert, weicht der überführte Gast just auf die Terrasse seines Bungalows aus, als sein Liebhaber auf dem Heimwege von der Frühschicht hier vorbeistreicht und blicklos gedämpft die Zahl *"ten"* vor sich hin spricht.

Abends erscheint er dann aber schon um halb zehn und mit stark parfümiertem Schamhaar ...

In den Wiederherstellungspausen kommt es nun diesmal auch zu radebrechenden Konversationsversuchen. *Er heiße Tschoi, sei 22 und wohne in der Gemeinschaftsunterkunft des Personals mit andern Kellnern zusammen, von denen aber keiner so gern onaniere wie er: nein, es frage auch keiner von denen, wo er jetzt seine Nächte verbringt ...* (Sind sie derlei von ihm gewohnt? Tun sie in ihrer Masturbationsfeindlichkeit alle dasselbe?)

Das Alter seines verführten Galans unterschätzt er kräftig mit dreißig und frohlockt dann über die zugegebene Vierzig: just wie sein Vater im östlich fernen Pattalung. Dabei wirft er seinen Kopf in den Nacken und erläutert die längst erspähte Tätowierung mikroskopisch winziger Thai-Buchstaben unterhalb seines Kinnes als die Namen von Vater und Mutter, denen das Einzelkind sich magisch verbunden fühlt. *Übers Jahr werde es genug zusammengespart haben, um den neuen Geliebten zu einem Besuch bei diesen wunderbaren Eltern in Pattalung einladen zu können.*

Mit so verblüffender Verheißung läßt er sich vom Reisewecker seiner gestrigen Eroberung heute schon um fünf, also rechtzeitig vor dem ersten Sonnenstrahl zum Aufbruch mahnen und verabschiedet sich mit leidenschaftlichen Augenküssen und der Ankündigung von *"nine"*.

Kurz vor neun schon erscheint er dann selben Abends zu ihrer dritten, auch letzten Liebesnacht und präsentiert dem Geliebten zwei Fingerringe, deren Wert zwar ausschließlich im Ideellen liegt, die er aber umso mehr beim Wiedersehen vorzufinden erwarte: *einem Ring- und Treulosen müsse er sonst die Kehle durchschneiden.*

Um das vermeiden zu helfen, händigt er auch zwei erinnerungsdienliche Fotos von sich aus. Auf einem der beiden ist er mit jenem schmucken weißlivirierten Rezeptionisten abgelichtet: *der sei sein bester Freund, gleich alt und ebenso fremdengierig, nur zu schüchtern, treffe aber bei der Ankunft neuer Gäste jeweils mit gutem Gespür und gleichem Geschmack die Vorauswahl für Tschoi – im vorliegenden Falle übrigens selbst sonderlich entflammt und an der obligaten Schilderung der Abläufe entsprechend gierig interessiert.*

Berichtet's, umarmt und jauchzt und jubelt und wedelt ein letztes Mal und läßt sich heute schon um drei wecken: um sich vor Dienstbeginn noch ausschlafen zu können. Ohne auch nur die Andeutung einer befürchteten Bitte um Geld oder Schenkungen reißt er sich schließlich los ...

Um halb sieben trommelt wie außer sich der überaus erregte Zimmerboy mit seinem halben, aber doppelt hellhörigen Ohr und vager Hoffnung für seine lüstern schweifenden Augen an die Bungalowtür des Abreisenden. Er behauptet, rechtzeitig wecken zu wollen, ist in Wahrheit aber wohl eher auf eine Enttarnung des geheimen Bettschatzes versessen und hat vermutlich in allzu blindem Eifer verschiedene Gäste, Zimmernummern und Reisezeiten miteinander verwechselt.

Im so entstandenen Durcheinander sieht der allwissende Rezeptionskuppler einen willkommenen Anlaß, für solchen Lapsus des Zimmerboys persönlich und in weißer Livree eine Entschuldigung einholen zu kommen: *"Our mistake. Excuse me."* Und kann nun endlich unter solchem Vorwande wenigstens einen kurzen genüßlichen Blick auf zumindest zerwühlte Laken und zusammengeschobene Betten im Liebesnest seines Figuranten und Informanten werfen, bevor der tolle Zimmerboy sich wie von Sinnen darüber her und alles wieder wie ungeschehen macht.

Keiner von ihnen allen, die unter Abreise eines Gastes immer Rückkehr nach Europa verstehen, erinnert sich aber, daß dieser Aufbrechende seine nächste thailändische Station noch auf derselben Insel, nur an anderm Strande, in weniger überteuertem Hotel geplant hat.

Für seinen Tschoi mag es daher ebenso rätselhaft sein wie ihre gesamte Begegnung für den Abgereisten, als sie sich schon anderen Tages an anderem Strande unverhofft wieder gegenüberstehen. Tschoi hat seinen dienstfreien Nachmittag zu einem kleinen Bootsausflug mit Kollegen genutzt. Vor deren Augen und Ohren muß ihre Affäre aber geheim, dieses unverständliche Wiedersehen daher nun auch ungeklärt bleiben.

Also starren sie sich nur neutral und indifferent in die vor kurzem noch so leidenschaftlich abgeküßten Augen.

Der beschämte, weil scheinbar überführte Fremde macht zwar eine einladend gemeinte, aber allzu vage Geste in Richtung seines jetzigen Bungalows, weiß aber, wie unergründlich sich dem reglos verfinsterten Tschoi das alles darstellen muß. Da sich verbale Verständigung gnadenlos ausschließt, endet also ihre schöne Liebesgeschichte in so unschön mystifizierter Verstimmung.

Als der scheinbar Treulose übers Jahr die ideellen Ringe wieder ansteckt und in der Tat zurückkehrt, ist Tschoi über alle Berge oder bei den heimischen Tattoolieferanten seines Unterkinnes.

Auch der neue weißlivrierte Rezeptionist weiß nichts von ihm.

Lebb

Tuhn

Tuhn kündigt seine Stelle als Hausknecht jener Bar nach einer polizeilichen Drogenrazzia auf, als er selbst 21 Jahre und seine Tochter zehn Monate alt ist.

Alle Bemühung um einen andern Arbeitsplatz schlägt fehl.

Da sein Vater schon lange tot und seine ferne Mutter bettelarm ist, zieht er daher mit Frau und Kind aus jener Gemeinschaftsunterkunft, die sie seit der Geburt ihrer Tochter mit zwei Kellnern teilen, zu den Schwiegereltern aufs Land.

Dort gehören sie fortan zu einer Großfamilie, die von Frauen dominiert wird: nicht nur quantitativ. Schwestern, Kusinen und Tanten sind auch rigoroser und vitaler, auch sehr viel lauter als die männliche Minderheit, die nach Art majestätischer Drohnen tiefinneren Abstand hält und auf unerreichbarer Ebene hoheitsvoll resigniert. Letzte Entscheidungen trifft hier nur die resolute Ehefrau des Hausherrn, eines verschlissenen, ausgebrannten und leberkranken, gleichwohl königlichen Schweigers, der ein Leben lang Straßenwalzen chauffiert hat und sich nun fügt.

Auch als Tuhn jenen europäischen Stammgast seiner Bar als Freund und Logierbesuch mitbringt, wird selbiger eingangs in separatem Gebäude einer Vollversammlung dieser Frauen zu neugierig kichernder Inspektion, aber auch rivalisierendem Verhör überlassen. Daß er geschieden und kinderlos sei, verschreckt nur anfangs, dann stimuliert es flugs, seinem hiesigen Aufenthalt hoffnungsvoll zuzustimmen. Eine leicht Angejahrte gesteht unverhohlen, *am allerliebsten einen Europäer heiraten zu wollen.* Die andern kreischen.

Seinem insofern genehmigten Hausgast weist Tuhn dann eine Bettstatt zu und fragt ihn, *ob er allein schlafen könne.* Erst später malt der sich aus, was wohl erfolgt wäre, hätte er Nein gesagt.

Als er sich andern Morgens rasieren will, findet sich keinerlei
Spiegel in diesem Frauenhause. Tatsächlich kommen seine Be-
wohnerinnen, als sie sich stundenlang miteinander kämmen und
lauthals kichernd, auch eloquent und streitbar gegenseitig umfri-
sieren, ganz ohne solch ein Utensil zurecht, indem sie sich gut-
gläubig im Votum der andern reflektieren.

Wie sich denn aber die Männer hier rasieren? Verlegenes Lächeln.
"Die haben keinen Bartwuchs." Aber der Hausherr da mit seinem
buschigen Moustache auf der Oberlippe? *Eben: der werde ja grade nicht wegrasiert.* Aber ringsum: das Umfeld auf Kinn und
Wangen? Verlegenes Lächeln. *Da wachse kein einziges rasierba-
res Härchen.*

Auch Tuhns Gesicht ist makellos glatthäutig. Umso nervöser betont er im Übrigen seine Männlichkeit und vermeidet ängstlich jeden Anschein von Effeminierung. Zwar trägt er, wie viele Männer
hier, allzugern Röcke, *patung*, aber nur mit kariertem, bloß ja
nicht mit weiblich geblümtem Muster. Auch bei T-shirts und obli-
gatem Kettenschmuck achtet er panisch auf europäisch unbekann-
te Kriteriën, die man hier für eindeutig männlich hält. So männlich ist er.

Seine Ehefrau hat übrigens inzwischen gottlob eine Stelle als
Zimmermädchen eines Hotels gefunden und ist ganztägig außer
Haus. Tuhn ist so lange damit beschäftigt, die kleine Tochter zu
hüten. Zwar das Bekochen, das Füttern und Wickeln lassen sich
all die Frauen des Hauses keinesfalls nehmen. Dafür darf er den
Schlaf seines Kindes bewachen, die Fliegen davonfächeln und in
den Schlafpausen sei es erfolglose Versuche unternehmen, seine
Tochter zu ersten Wörtern, ersten Schritten zu ermuntern.

Wenn dann Tuhns Frau, eine ungewöhnlich hochwüchsige, reiz-

voll langbeinige und ohnehin wortkarge Schönheit mit mollusken-
haft weichem Leib und Wesen, von meist mehr als zwölfstündiger
Arbeit nach Hause kommt, ist sie so erschöpft, daß sie nach kurzem Schäkern mit dem Kinde teilnahmslos einschläft und all die
aufgestaute Verliebtheit ihres Mannes nicht mehr erwidern kann.

Der mag dann ruhig seinen sonstigen Neigungen nachgehen.
Meist fährt er sofort mit dem vakanten Moped seiner Frau strikt
eine halbe Stunde über Land zu seinem Busenfreunde Buhn. Die
beiden hängen wie eineiige Zwillingsbrüder aneinander. Zuerst
wird immer Schach gespielt: aber leicht und friedlich; nie verbis-
sen brütend und finster, nie fanatisch oder gewinnsüchtig rivalisie-
rend.

Ebenso spielerisch musizieren sie später. Buhn als Besitzer einer
Gitarre ist technisch weit überlegen. Dafür ist Tuhn der Begabtere
und singt mit farinellihaftem Falsett populäre *traditionals* und am
liebsten *pianissimi*, um die ihn gar Monserrat Caballé beneiden
müßte. Seinem inspirierten Gitarrenspiel freilich fehlt das tägliche
Üben auf eigenem Instrument.

Nicht selten gesellen sich junge Nachbarn und Freunde zu ihrem
Musizieren. Dann geht die Gitarre reihum. Oder sie erörtern ihre
Probleme, sprechen über Verlust oder landesüblich schnellen
Wechsel von Arbeitsplätzen, auch über die herrschende Amoral
ausbeuterischer Arbeitgeber bei der Lohnauszahlung, kontroverser
dann über Grundstückspekulanten und Drogenmafia, über islamistischen Separatismus, auch Terror oder illegale Lotterie und Korruption der Polizei sowie andere brisante Themen ihres Alltags.

Solcher Diskurs wird meist lebhaft, aber nie laut; nie ungeduldig
oder aggressiv; keiner dieser jungen Bauern- oder Arbeitersöhne
versucht zu dominieren, sich durchzusetzen oder zu profilieren;
keiner will Recht behalten, keiner ereifert sich; jeder trägt in Ruhe
seine Meinung vor, die angehört, respektiert und in die unstörbare

Harmonie ihrer Gemeinschaft eingepaßt wird.

Diese Gesprächskultur mitten im Dschungel scheint nicht nur auf Toleranz zu beruhen, sondern auch auf unerschüttert freiheitlichem Selbstwertgefühl jedes einzelnen. Keiner muß sich beweisen. Jeder ist unangefochten souverän und Souverän.

Als seine Frau einen arbeitsfreien Tag hat, nutzt Tuhn den eigenen Freigang und fährt mit Buhn und europäischem Freunde zum Hahnenkampf in eine Arena, wo exklusiv vierhundert Männer sich brüllend mit den militanten Hähnen identifizieren und in einem Ausmaß erregen wie die Spanier beim Stierkampf und die Deutschen beim Fußball. Hier sind Tuhn und Buhn in ihrem Elemente, kennen sich mit allen Spielregeln, auch mit den hohen Wetten und Gewinnquoten aus.

Falls der vermeintliche Nabob aus Europa sich anschließend mit gemeinsamem Einkaufsbummel für Hahnenkämpfe und all ihre Gastlichkeit bedankt, ergreift nur Buhn die gute Gelegenheit beim Schopfe. Tuhn hingegen betont, eigentlich nichts zu benötigen, und erweist sich so als einer der letzten und anachronistisch werdenden Repräsentanten dieses tief ungierig konzipierten Volkes. Fast nur aus Höflichkeit läßt er schließlich seiner kleinen Tochter schon prophylaktisch für sehr viel später ein Paar Kinderschuhchen schenken.

Als der D-Mark-Besitzer dennoch oder gerade deshalb für ihn selbst auch eine Gitarre erstehen will, lehnt Tuhn sie mit der Begründung ab, *daß Frau und Schwiegermutter sie für überflüssig erklären würden.*

"Aber grade das Überflüssige bereitet Lebensfreude: sanuhk!"

Zum Dank revanchiert sich der Beglückte mit einem buddhistischen Amulett seines verstorbenen Vaters direkt von der eigenen Halskette weg.

Außerdem werde er in dem kleinen Hause, das er eines fernen Ta-
ges auf der Scholle der Schwiegermutter nur für Frau und Toch-
ter bauen will, auch ein Gästezimmer eigens für diesen Gitarren-
stifter parat halten. Oder zumindest eine Schlafstelle, no problem.

Zunächst allerdings müsse er erst einmal Mönch werden: seine
Schwiegermutter habe beschlossen, daß das für ihn jetzt gut sei.

Nussohn (mit offenem O)

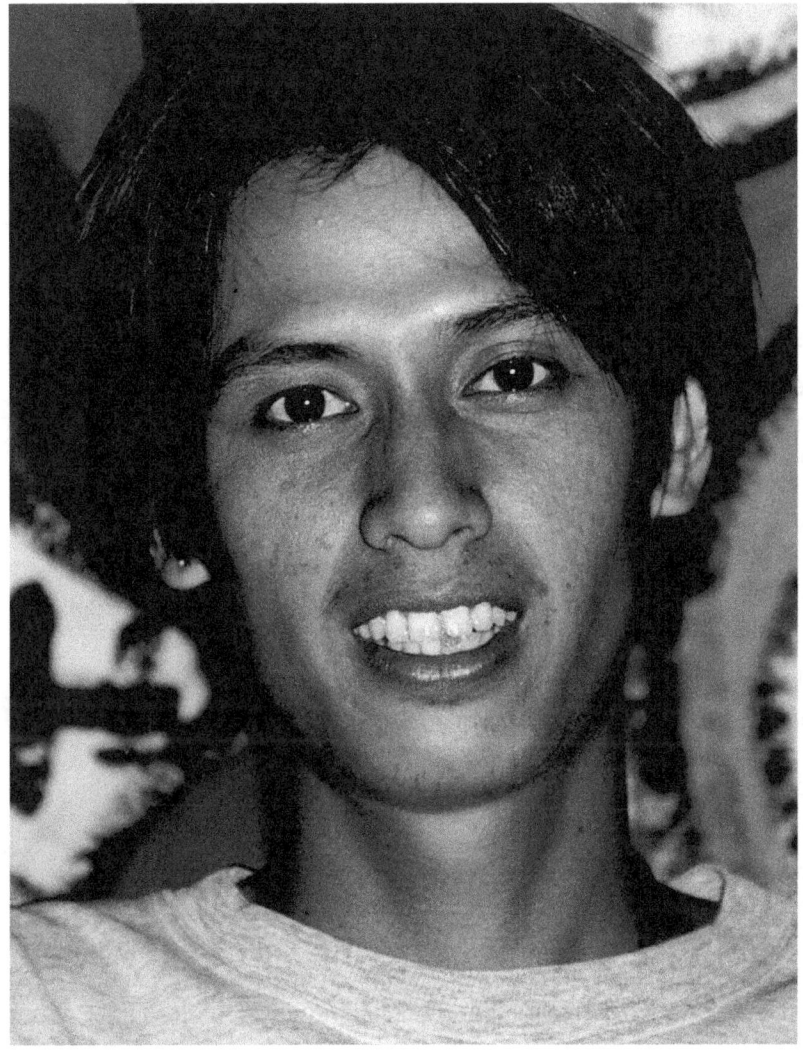

Nyng

Nyng scheint ein Halbknabe: indifferent in Alter und Geschlecht, mit femininer Stimme, bübischen Haaren und Unterarmen, sehr virilem Bizeps und deutlich juvenilem Bewußtsein. Sein Geist ist behend, fantasievoll und gewitzt, sein Körper agil und sinnlich, im Gesicht dominiert der Mund mit so dicken Lippen, daß sie schwer zu schließen sein mögen und infantile Naivität offenbaren.

Eine Saison lang verdient sich dieser Nyng einen Hungerlohn als Bauarbeiter fern von seiner Familie und wohnt so lange mit dreizehn Arbeitskollegen in einer Gemeinschaftsunterkunft, die aus einem einzigen Raume besteht.

Feierabends bummelt er mit seinen Kumpanen durchs Dorf, leistet sich ein Bier oder spielt Billard. Nach einer Freundin befragt, radebrecht der 21jährige: *"I young boy"*. Mit Rückfragen eines ausländischen Interessenten, ob er ein junger Boy *sei* oder einen *habe* oder sich vielleicht gar einen *wünsche*, ist Nyng linguistisch wohl überfordert und antwortet so pauschal wie sphinxhaft einfach *"yes"*. *Attacca* aber rettet er seine Ehre und fügt verwirrend hinzu, *daß er viele Freunde habe*.

Falls jener Ausländer nun noch Lust und Gelegenheit hat, diesen Nyng zu beobachten, wie er im Billard-Pool, im Männerheim, in der Bar, beim Fischen oder abendlichen Muschelbuddeln am Strande mit seinen Freunden umgeht, mag er vollends sehnsüchtig werden.

Denn selbst wenn sie in einer Garküche ihr preiswert karges Abendessen verzehren, teilen sich mit Vorliebe jeweils zwei von ihnen einen Stuhl, obwohl es noch genügend vakante Sitzgelegenheiten gibt. Auch auf mancher Bootsbank oder Reling, auf Barhockern oder angeschwemmten Palmenstämmen sieht er Nyng

und seine Kameraden, auch deren Brüder und Vettern mit eng aneinander gepreßten Gesäßen beieinander hocken. Oft drücken sich
da natürlich auch ihre bloßen Beine Haut an Haut und an- oder
aufeinander; ihre Hände liegen und fuhrwerken unweigerlich gar
auf den Innenseiten der nachbarlichen Oberschenkel oder aber
auch unterhalb der liebend gern bis über die Brustwarzen hochge-
lüfteten T-shirts auf den brüderlich umfaßten Flanken und Rippen,
im Falle oft bevorzugten *muscle* oder *U-shirts* auch griffig auf den
angelehnten Freundesschultern. Bei Lastwagen- und Schiffstrans-
porten stützen sie sich auch gegenseitig durch entsprechenden
Körperdruck und durch ein flexibles Anschmiegen, das jede Be-
wegung des Fahrzeugs, jedes Beben des Motors aneinander mit-
vollzieht.

Sogar in den kurzen Unterbrechungen oder Pausen ihrer Arbeit
auf dem Bau oder als Kellner zwischen essenden Gästen aus aller
Herren Ländern, als Verkäufer in ihren international frequentierten Läden oder Fischer in aus- und einfahrenden Booten pflegen
sie, sich in aller Öffentlichkeit umarmt an einander zu lehnen, einander zu stützen und die Hände aneinander zu legen.

Aber am allerliebsten sitzen sie aufeinander: weil es viel angeneh-
mer ist als allein zu sitzen.

Nicht zuletzt zwei ranghohe Protagonisten der Kommunalpolitik,
sowas wie Bürgermeister und Landrat, also gestandene Mittfünf-
ziger in spießig pseudo-europäischer Kleidung, pflegen bisweilen
durch ihr Städtchen zu schlendern, sich von jedermann mit allerre-
spektvollst zusammengelegtem *wai* der Handinnenflächen grüßen
zu lassen und dabei selbst mit schaukelnden Armen an den Händen zu halten wie ein junges Liebespaar.

Hautkontakte werden also nicht scheinheilig gemieden wie in europäischen Ländern, sondern gesucht, herbeigeführt, gefunden
und ausgeweitet: weidlich genutzt. Gar in den Wohnbaracken der

Saisonarbeiter, wo sich die Kerle halbnackt und brünstig auf engstem Raume über- und untereinander ballen, ist die Atmosphäre
erotisch hochvoltig aufgeladen – Sinnlichkeit als unexplosiver
Natur- und Normalzustand.

Vollends auf ihren Motorrädern, ohne die sie nicht mehr die kür-
zeste Strecke zurücklegen, sitzen Nyng und seine Freunde und deren Brüder und Vettern nie allein, meist zu zweit und am liebsten
zu dritt oder viert.

Notfalls lädt Nyng sich daher gern auch einen wandernden Ausländer zu solcher *ménage à trois* hinten auf. Dann ist ohne jede
Beengung von außen ein allerdichtestes Aneinanderpressen gebo-
ten und unvermeidlich. Ein solcher *farang*, der diese Art Beförde-
rung aus seinem europäischen Alltag nicht gewohnt sein mag, um-
klammert dann die kurzen und schlanken Schenkel seines zartge-
wachsenen Vordermannes zuerst noch ängstlich und hält sich mit
den Händen an dessen Marmorschultern, dann an den besänfti-
gend ruhig atmenden Flanken, später behutsam am weichen oder
auch gestrafften Bauch, schließlich gar übermütig an der konkaven Hühnerbrust fest, mit seinen Zeigefingern beiläufig zielsicher
die kaum erspürbar winzigen Brustwarzen treffend.

Bei längeren Fahrten lösen alle diese Griffe in immer kürzeren
Abständen einander ab und verwandeln sich dabei unbeweisbar zu
einem angedeuteten Streicheln und Schmusen in *staccato*-Form.
Für gelegentlichen Wortwechsel muß sich da aus akustischen
Gründen der Aufsitzende so weit vorbeugen, daß Wange dann fast
an Wange liegt. Gar wenn es dabei wieder mal tropisch zu regnen
beginnt, muß Hintermann den Vordermann beid- und ganzarmig
umschlingen und sein glühend nasses Gesicht so tief wie irgend
möglich zwischen dessen flügelhaft ragende Schulterblätter pressen.

Alle solche Berührung kann Nyng beim Chauffieren zwar nicht

direkt erwidern, wohl aber so bereitwillig entgegen-, an- und hinnehmen oder auch dirigieren, daß die Glückszange ihres wechselseitigen Schenkeldruckes, vor allem aber der unfreiwillige Gegendruck seines konzentrierten Fahrergesässes bisweilen eine schwer unterdrückbare Erektion des Aufgebockten anregt, der aber nie erfahren wird, ob Nyng sie mit seiner ursächlich auslösenden Knakkigkeit überhaupt noch zu übersehen oder mißdeuten imstande war. Beim Absteigen flirtet Nyng freilich heftig.

Aber er flirtet fast immer so heftig. Auch seine Kollegen und Freunde, deren Brüder und Vettern flirten fast immer so heftig, sind jedenfalls stets und allzu gern zum Flirten bereit. Es begleitet und ergänzt wohl auch all ihre vielen Körperkontakte und bedient sich mit Vorliebe eines wissenden, dennoch fragenden Lächelns, das nur eine der zahllosen Facetten jenes legendären thailändischen Lachens und ihnen allen ganz bewußt ist, ohne daß es deshalb seinen naiven Charme verliert.

Dieses Lachen kann viele Gründe und Zwecke haben. Es kann durch Komik ausgelöst werden wie durch Freude, auch durch Verlegenheit oder Übermut oder Unsicherheit oder Spieltrieb oder Güte, erst recht als Signal des Flirtens. Immer aber ist es ein Aufblitzen, eine Explosion der Seele, ein jähes Durchlassen des Verborgenen, des Geheimen, des Intimen ins offenbarende Gesicht, das dadurch noch schöner wird.

Und zumal wer so als Sozius auf Nyngs Motorrad über Land fährt, sieht allenthalben noch im hinterwäldlerischsten Slum lauter filmreif lächelnde und blitzblank gewandete männliche *beautés* aus Wellblechhütten, Bambusverschlägen, Pfahlbaukaten und Männerbaracken ins Unerreichbare ihres so prüden wie keuschen Lebens hinaustreten und mit strahlendem Lachen den Arm um die Schulter, die Flanke, die Lende eines Freundes legen, überall.

So unterwandern sie die gesellschaftlich auferlegten Frustrationen jahrelanger Askese und ersparen ihrer wollüstig glühenden Haut den radikal geforderten Verzicht auf körperliche Erfüllung, die sie einzig und allein durch die meist unerreichbar ferne Eheschliessung finden sollen.

Nicht wenige aber setzen dann später auch noch als Ehemänner und Familienväter auf zutiefst distanzierte und unnachahmlich königliche, aber vollkommen öffentliche Weise jene angenehmen Hautkontakte ihrer Adoleszenz mit einem Hofstaat von Freunden und Ausländern fort. Die Frauen respektieren es.

Das läßt sich bisweilen gar bei einem sehr offiziellen Brunch im Nobelrestaurant eines mehrsternigen Hotels beobachten, wenn zum Beispiel einer feinen und sichtlich hochgestellten, sichtlich wohlhabenden Gesellschaft an langer Festestafel ein hierarchisch noch höher Stehender introduziert und vorgestellt wird, für den sich alle, auch die Damen von den Plätzen erheben: so respektabel ist er. Aber der ihn vorstellt und insofern auch selbst über erwiesene Respektabilität verfügt, hat keinerlei Bedenken, eben während dieses zeremoniellen Augenblicks seine kräftige Patschhand dem übergeordnet Höhergestellten zuerst in Taillenhöhe auf den Rücken zu pressen und dann langsam abwärts gleiten zu lassen, bis sie sich auf der rechten Arschbacke des Honorablen wohlig ausruht. Den irritiert dieser Griff nicht im mindesten. Sein Bewußtsein scheint ihn gar nicht zu bemerken: so sehr mag er derlei auch in all seiner hierarchischen Höhe gewohnt sein.

Und unbewußt mag er da mitten in seiner offiziellen Begrüßung diesen rückwärtig angenehmen Zugriff genießen.

Ledd

Kaao

Kaao hat sich sein Restaurant auf hohen Pfählen eben dort in einen Fluß hineingestellt, wo der gerade ins Meer mündet und schon so breit ist, daß nur bei starker Ebbe Süß- und Salzwasser, aber auch Ein- und Ausströmen in ihrem ewigen Machtkampf überhaupt noch zu unterscheiden sind. Vollends die säumenden Mangroven geben dieser maritimen Landschaft ihren zwitterhaften Charakter zwischen diesem und jenem.

Aber nicht nur der exponierte Standort inmitten elementarer Undeutlichkeit macht dieses Speiselokal so populär. Wer es zum ersten Male über den langen Bretter-, eigentlich Bootssteg betritt, wird unverzüglich von Kaao persönlich wie ein langentbehrter alter Freund begrüßt, an einen Tisch mit denkbar bester Aussicht aufs Flußpanorama gesetzt und nach speziellen Lieblingsgerichten befragt, die Kaao ihm eigenhändig und zu einem angemessenen Freundschaftspreise zuzubereiten verheißt.

"Für meine Lieblingsgäste koche ich selbst", erklärt er so wahrheitsgemäß wie vergeßlich und läßt sich nach hiesiger Kellnersitte für die Dauer des Speisekartenstudiums am selben Tische nieder, von dem sich Kaao freilich nur noch ungern wieder erhebt. Statt dessen erteilt er die fälligen Direktiven lieber seinem Personal. Meist aber sitzen allzubald auch mehrere seiner zahlreichen Kellner mit an der Tafel von Chef und Gast, hören lachend zu und bestellen sich Bier, das später letzterer, an besonders harmonisch verlaufenden Abenden "niemand" bezahlt.

"Hier ist alles ein bißchen anders als anderswo", eröffnet Kaao einen seiner zahllosen Monologe in erstaunlich tollkühnem Thai-English. *"Zu einem Restaurant wie tausend andere und mit all dem Konkurrenzkampf hätte ich gar keine Lust. Zu mir müssen*

die Leute kommen, weil hier alles anders ist – schon der Standort: einmalig; dann der Gastwirt: unvergleichlich, very special. Die Speisekarte: lauter Spezialitäten, von der Küche in spezieller Qualität bereitet. Darum koche ich oft auch selbst. Wenn ich keine Lust mehr habe, setze ich mich zu meinen Lieblingsgästen, ein ganz spezieller Service. Ja und?, willst du sagen, ist das schon alles? Natürlich nicht. Natürlich habe ich auch Mitarbeiter, die was Besondres sind. Schau dir meine Kellner an, meine Köche – lauter Verrückte, die sich alle Nase lang umarmen: ein Langhaariger, ein Seezigeuner, ein Trommler, zwei ladyboys, ein Hindu, ein ehemaliger Stricher, ein Computerfreak, ein Laote, ein verkrachter Student, ein Wahrsager, ein Tänzer, ein Dompteur, und der beste war im Knast, wegen Wilddieberei. Natürlich verprellt das eine bestimmte Kundschaft. Aber auf die verzichte ich gern. Denn alle meine Tische sind immer voll besetzt, jeden Abend ausverkauft. Du, entschuldige, kannst du mal schnell den Tisch wechseln, dieser hier war für die indische Großfamilie reserviert, die da eben kommt."

Und mitten im allergenüßlichsten Verzehr seiner Reistafel wird grade so ein Stargast unbekümmert zu einem fliegenden Wechsel des Tisches genötigt, aber tausend helfende Hände vollziehen solchen Interruptus binnen Sekunden.

"Ich heiße Kaao", stellt der Wirt sich einem Neuling am ersten Abend vor und läßt sich nach kurzer Begrüßung und Einweisung der indischen oder sonst einer Großfamilie wieder bei ihm nieder.

"Weil ich so eine helle Haut habe: Kaao heißt weiß. Schwarz ist damm, so heißt mein ältester Bruder, wir waren elf Kinder, jedes hatte eine andere Hautfarbe, wunderbar. Da habe ich gleich gelernt, daß jeder Mensch anders ist. Darum bin ich jetzt so ein guter Chef."

Die Kellner feixen.

"Da gibt es gar nichts zu lachen. Vorgestern fahre ich so ein Hochzeitspärchen aus Korea mit meinem Boot auf die Affeninsel da drüben, reine Gefälligkeit, weil die so lieb waren, und wen treffe ich da am menschenleeren Strande? Drei von meinen Kellnern, einer hatte grade Dienst und schwänzte einfach, angeblich krank. Na, was soll sein? Wir haben zusammen gegrillt, gegessen, getrunken, die Koreaner gehänselt, gelacht, no problem. Aber beim Weggehen sage ich zum Schwänzer: 'Das ziehe ich dir vom Lohn ab, und weil du ein ladyboy bist, gleich doppelt.' – 'Wieso denn doppelt?' – 'Na, einmal für den Mann und einmal für die Frau.' Alle lachen sich tot und wissen, das tut der Kaao ja doch nicht. Tu ich auch nicht. So geldgierig bin ich gar nicht. Aber wenn sie dann wirklich mal krank sind, kommen sie trotzdem arbeiten. Weil wir Freunde sind. Wir bleiben auch nach der Kündigung Freunde, bloß keine Feindschaft. Ich ärger mich nie im Geschäft. Das zahlt sich dann irgendwann aus im Leben. Oder im nächsten. Geld ist sowieso nicht das Wichtigste. Mit Geld kann ich mir ein Auto kaufen, hab' ich; oder zwei, hab' ich auch; oder Schmuck, hab' ich jede Menge zu Hause; oder ein Schnellboot, ist mir viel zu schnell, aber hab' ich auch; auch ein Haus in der Stadt, mit allen Schikanen und Technik, Klima-Anlage, Telefon, Computer, alles. Brauch ich alles nicht. Ich gehe zu Fuß, ich fahre mit meinem Fischerboot, ich trage keinen einzigen Ring oder sowas, nichts, vom Computer verstehe ich gar nichts. Ich arbeite, ich koche, ich sitze mit euch zu sammen und habe meinen Spaß. Und wieso? Weil ich fast gestorben bin. Auf dem elektrischen Stuhl. Nee, lach nicht. Mit nassen Händen in eine Küchenmaschine reingefaßt, die angeschaltet war – hier: die Brandnarben kannst du jetzt noch sehen. Statt Ringen. Drei Köche mußten mich losreißen, so fest klebte ich an der Maschine, alles flog nur so."

Steht auf und spielt es ausführlich in all seiner Dramatik vor, die Kellner lachen sich tot, und er setzt sich wieder.

"Um ein Haar war ich tot. Seitdem weiß ich genau, was ich mir für mein Geld kaufen kann und was nicht: nicht das ewige Leben, auch keine Gesundheit, keine Liebe, kein Glück. Alles, was wichtig ist, gibt es nicht für Geld. Weshalb arbeite ich überhaupt noch? Ich will bloß noch eins: auf die Similan-Inseln. Kennst du die Similan-Inseln auf halbem Wege nach Indien? Noch nie gewesen? Da fahren wir mal zusammen hin. Meine Mutter stammt von dort. Es ist das Schönste, Nationalpark. Neun Inseln, eine ursprünglicher als die andre, alter Schlupfwinkel für Piraten. Und wunderbare Menschen. Kein Komfort, keine Technik, aber Wale, Delphine, Korallenriffe, Glück. Mit einem wie dir könnte ich da leben."

Lacht, erhebt sich, umarmt den Gast wider alle Thai-Gebräuche und verschwindet zum Weiterkochen in der Küche.

Als der so unüblich herzlich Umarmte nach Jahresfrist wiederkehrt, ist das Restaurant an einen japanischen Konzern verkauft und Kaao über alle Berge.

Oder über den Indischen Ozean zu den Similan-Inseln ...

Pann

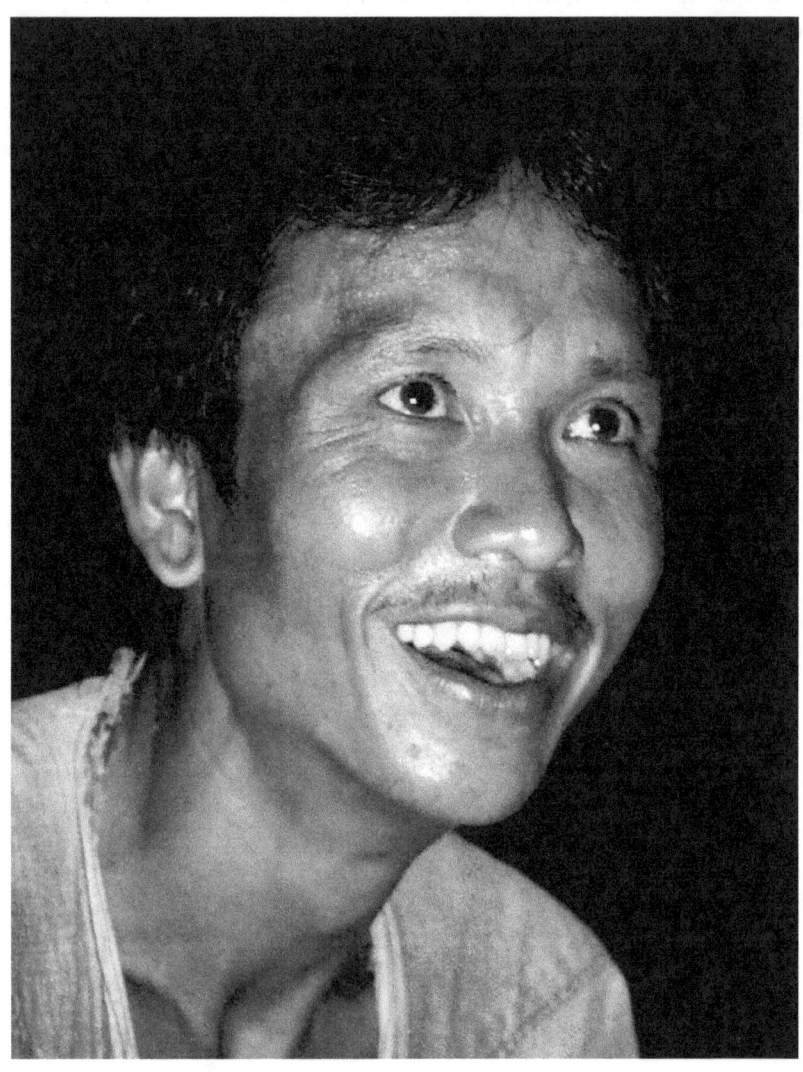

Waang

Wer mit europäischen Freunden zum Beispiel im Seebad Ao Naang ein abendlich gut besuchtes Restaurant betritt und da froh sein muß, einen eben gerade frei werdenden Tisch zu ergattern, wird den jungen Mann,

der hier nicht nur das leergegessene Geschirr samt halbvollen Gläsern, benutzten Bestecken, verschmierten Servietten und Essensresten der aufgebrochenen Großfamilie beiseite räumt, sondern auch das fleckige Tischtuch gegen ein sauberes wechselt und den neuen Gästen die Speisekarten zureicht,

schon gleich danach, als erste Getränke bestellt werden sollen,

an einem nahen Nebentische sitzen und in die heiteren Konversationen eines obligat lachlustigen Freundeskreises eingemeindet sehen, der nur aus ähnlichaltrigen Thais besteht.

Erste pantomimische Signale der durstigen Weißen bleiben unbemerkt. Das wird in esoterisch erachteter Heimatsprache diesem Kellner prompt als Dienstverletzung und mangelnde Arbeitsmoral, seinem ganzen Volke hurtig als prototypische Faulheit ausgelegt. *"Denen geht es schon viel zu gut"*, *"Die haben es gar nicht mehr nötig"*, derlei, gar unüberhörbar lautstark.

Entsprechend ungeduldiger und aggressiver wird nach dem Winken nunmehr auch das Rufen in ungebremst vorwurfsvollem Tone: *"Halloh!"*, *"Hören Sie nicht?"*, *"Herr Ober: waiter!"*, *"Das glaubt man nicht: eine Frechheit!"*

Chorisch findet das schließlich Erhörung. Der Angespitzte kommt, notiert sich liebenswürdig all die diversen Getränkewünsche, dann aber, nach vielfachem Ändern, Widerrufen, ausführlichem Erkundigen, Rückversichern und Erfragen von Herstellungsweisen und Würzungen, auch gleich die Bestellung der auserkorenen Speisen aus fremder, also verdächtigter Küche. Der Beauftragte hilft,

das asiatische Konzept einer Mahlzeit als Collage aus heterogen simultaner Vielzahl in die europäisch einzig übliche Sequenz sukzessiver Elemente umzufunktionieren,

liefert dann diese Order samt all ihren Sonderwünschen – *"Aber nicht zu scharf!"*, *"Für mich ohne Kokos!"*, *"Mit ganz, ganz wenig Zitrone für mich!"* – in der Küche ab, serviert auch sofort die verlangten Getränke mit entsprechenden Gläsern

und kehrt dann wieder zum Nebentisch in den Schoß seines heiteren Zirkels zurück, dessen Mitglieder dieses ganze Intermezzo kaum registrieren. Bald zahlen sie auch ihren eigenen Verzehr und verlassen allesamt das Lokal.

Auch dieser Kellner geht.

Seiner Kundschaft am Nebentisch, die das selbstversunken übersieht, dämmert vielleicht erst beim Servieren ihrer Mahlzeit, vielleicht erst beim Kassieren durch neues Personal, wahrscheinlich aber nie, daß ihr erster Kellner in Wahrheit ein anderer Gast war, der einen akuten Engpaß ihres punktuell überforderten Restaurants durchschaut hatte und hilfsbereit eingesprungen war.

Solche hierzulande ursprüngliche und auslaufend noch vorhandene Auffassung von Arbeit

nicht als Verpflichtung, nicht als Dienst oder Fron, sondern als lustiges Miteinander, als Spiel mit Nötigem und ein Helfen, das aber weniger einem Altruismus entspringt als vielmehr dem Bewußtsein einer Gemeinschaft, die im selben Felde lebt,

ist einer Kundschaft wie dieser noch fremder als all die skeptisch verzehrten Gerichte.

Also wird sie auch nie erfahren, daß sie zu Anfang ihrer Mahlzeit von einem jungen Tischnachbarn bedient wurde, den seine lachenden Freunde in einer Mischung aus Respekt und zärtlicher Hänselei am liebsten Waang nennen.

*

Gemeinsam mit einem europäischen Freunde wird dieser Waang zur Geburtstagsfeier eines amerikanischen Geschäftsmannes eingeladen.

"Mit Sicherheit", antwortet er, werde er da hingehen: *sure.*

Aber nach nur kurzer Verzögerung fügt er seine Definition hinzu, *daß jegliche Sicherheit in Wahrheit etwas durch und durch Unsicheres sei: "sure is unsure".*

Ein kaum registrierbar schnell placierter Kontrollblick verschafft ihm die sichere Sicherheit, verstanden worden zu sein, und ermutigt ihn zum Kontrapunkt, *daß einzig alles Unsichere sicher sei: "unsure is sure".*

Explodiert in homerischem Gelächter über solche Dialektik von Welt und Leben.

Ahnt aber sofort die lauernden Gefahren einer so radikalen Relativierung für unweigerlich hineinspielende zwischenmenschlichfreundschaftliche Verbindlichkeiten, gar Garantien und variiert, *daß unter Umständen eine Sicherheit auch hundertprozentig sicher sei und sonst gar nichts, also dann sogar die Unsicherheit was Unsicheres: sure sure, unsure unsure, kapp.*

Damit gibt er dem Eingespielten auch zu verstehen, *daß er mit so sicherer Sicherheit nicht zu jener amerikanischen Party gehen werde:* schon aus seinem sehr konträren Verständnis eines Geburtstages heraus.

Auch er habe nämlich nächste Woche Geburtstag und werde

schon 29. Der so Informierte ist seit vielen Jahren vertraut genug, um sofort und schlüssig nachweisen zu können, daß Waang jetzt erst 26 werde.

"Ach so ", sagt Waang und vermittelt seine Gleichgültigkeit gegenüber solchen Zahlen. *"Aber mein Geburtstag nächste Woche ist auch gar nicht mein richtiger Geburtstag. "*

Denn er sei mitten im Dschungel und so fern von allen zivilisatorischen Institutionen geboren worden, daß sein Vater damals die vorgeschriebene Frist nicht einhalten und erst runde acht Wochen später in der entlegenen Kreisstadt die zuständige Behörde aufsuchen konnte, der er dann, um einer Ordnungsstrafe zu entgehen, ein termingerecht falsches Datum dieser Geburt angegeben habe: zurecht; denn auch das sei egal. Right is wrong und wrong is right.

Der Freund aus Europa ist erleichtert, für längst irritierende astrologische Unstimmigkeiten nunmehr eine so profane Erklärung zu erhalten, und fragt in solchem Sinne nach dem echten Geburtsdatum.

"Im Februar ", ist die lakonische Auskunft.

Also *Wassermann.* Oder schon *Fische?* Wann denn genau?

"An einem Donnerstag. "

"Aber welchem? "

"Dem nach Neumond. Das könnte man rauskriegen, wenn man wollte. "

"Den Kalendertag weißt du also nicht? "

"Wofür? "

Aber eigentlich entspricht dieser Waang auch unseren Vorstellungen von *Wassermann* oder *Fisch* überhaupt nicht. Ach, vielleicht gelten hier unsere abendländischen Kriterien gar nicht: bei anderer Himmelsperspektive? Die buddhistische Astrologie teilt primär nicht in Monate, sondern in Jahre ein.

Seine Geburt habe in einem Jahr des Hahnes stattgefunden.

Aha.

Aber dessen Anfang war Mitte Februar. Falls der Donnerstag nach Neumond damals nicht gegen Ende, sondern am Anfang des Monats lag, wäre Waang vielmehr in einem Jahr des Affen geboren.

Tatsächlich können ihm Nahestehende beobachten, wie er alljährlich im Februar gegen Neumond, also wechselnden Datums mit ein paar kleinen Geschenken zuerst jene Buddhastatue in einem benachbarten Tempel, dann seinen leiblichen Vater besucht, um sich da jeweils für seine Geburt zu bedanken.

Es gebe für jedermann einzig zwei Fakten: die Geburt und den Tod. Letzterer sei sogar nur eine Folge der ersteren. Die Geburt also sei das einzig Wichtige, einzig Dankenswerte.

Aber kein Grund für eine lärmende Party: kein Grund, sich selbst als Mittelpunkt feiern und beschenken zu lassen, im Gegenteil. Zuwendung nicht erwarten, sondern geben.

*

Auch berufliche Fragestellungen beantwortet oder umgeht dieser Waang mit dem Hinweis auf jene beiden vorgegebenen Fakten:

da man geboren sei, werde man sterben. Also habe man schon ein Ziel. Ein anderes brauche man nicht.

Mit was man die Zielstrecke zwischenzeitlich ausfülle, sei beliebig, also austauschbar. Different is same. Er selbst zum Beispiel sei zu ebensoviel imstande wie die meisten Menschen, sich für nichts zu schade und zu allem willens. Also arbeitet er wechselnd als Waldarbeiter auf Kautschukplantagen, in besseren Zeiten als Kellner oder Barmann für den Tourismus, in Pechsträhnen notgedrungen, aber problemlos auch als Dealer, Anreißer oder Zuhälter in Puhgett oder *Haat Jai*, lernt da gegebenenfalls auch zuschlagen, wenn es sein muß, und findet sich jeweils zufrieden mit solcher *"good experience"* ab: *"okay for me"*.

*

Alle solche Tätigkeiten, habe er erfahren, seien auch allesamt nichts anderes als der Versuch, eine Antwort auf die Frage zu finden, was man in dieser Spanne zwischen den faktisch vorgegebenen Eckdaten eigentlich wolle.

"Was willst denn du zum Beispiel?"

"Gucken."

So ahnungsloses Zitieren des goethischen Türmers Lynkeus, der sich just ebenso *"zum Sehen geboren, zum Schauen bestellt"* empfindet wie dieser junge Kätnerssohn in sajammesischem Dschungel an der äonenfernen Andamanenküste, wird dann nach kurzem Überdenken noch modifiziert und primäres *"looking"* durch deutendes, wertenderes *"enjoying"* ergänzt, nein: ersetzt – *es sei das ebenselbe wie* "looking". *"Ihr glücklichen Augen, was je ihr gesehn, / es sei, wie es wolle, / es war doch so schön."*

Nur nüchterner.

*

Auf ein Fernziel fixiert zu sein, verhindere solches Schauen. Wer, zum Beispiel, unbedingt wissen will, ob jenes rätselhafte Gebilde am Horizont eine kleine Felseninsel, ein Boot oder ein großer Fisch sei, wird darauf zufahren, ohne es, weil es ewig zurückzuweichen scheint, je zu erreichen,

und dabei all die Felseninseln, Boote und Fische übersehen, an denen er indessen vorüberfährt: und *"no looking, no enjoy"*. Also warum dann überhaupt das ferne Ziel anpeilen?

Oder wie jene Berufskarrieristen, die unausgesetzt nach oben schauen und ihr Fernziel da in der blauen Luft suchen: sie verabsäumen den unabdingbar gebotenen Blick auch nach unten, auf den Boden, den Standort ihrer Füße, ihre Basis, ihr Fundament, und seien insofern gerade durch solche einseitig beschränkte Zielstrebigkeit echt existenzgefährdet.

Leben könne man sowieso nur wie ein Flußlauf: in nachgiebigen Kurven, die sich übergeordneten Kräften fügen, mal hier lang, mal da lang, mal so, mal so.

*

Solches Mäanderbewußtsein ist auf seinem Wege zur freilich fixierten Mündung fernab unweigerlich illusionslos, aber auch nachsichtig:

was ist, das ist; und was nicht ist, ist nicht. Bewerten und Kritisieren all dessen sei so vermessen wie sinnlos.

Auch wer oder was diesem Waang je mißfällt, verärgert ihn nicht, verletzt ihn nicht. *Denn da alles unterwegs beliebig und austauschbar sei, habe alles auch gleiche Berechtigung. Different is same.* Nichts wird je von angemaßter Besserwisserei verurteilt, die etwa eigene Wünsche oder Meinungen zum tyrannischen Maßstab für Andersartige machte.

Totale Toleranz ist die logische Folge, ihm aber unbewußt.

Denn als sein abendländischer Intimus solche Duldung und ihre kulturelle Hochkarätigkeit zu würdigen versucht, da versandet das schnell, weil wert- und maßstabliefernde Folie einer Intoleranz für diesen Respektierer weder Begriff noch Erlebnis sind. Jedes Lobpreis des Geltenlassens wird vor ihm zur überflüssigen Verbalisierung von niemals Erfahrenem: zu Plattitüde, Geschwätz.

*

Solche Philosophie und Praxis unterschiedsloser Gleichberechtigung hat in Waangs konsequentem Falle auch totale Bedürfnislosigkeit zur Folge, diese einen ebenso totalen Mangel an Ehrgeiz, an Ambition, an Anspruch. Er lebt asketisch, begnügt sich mit demütigenden Unterkünften in Verschlägen hinter Bauschutt und Geröll, ißt ausschließlich alles gern, kann überall schlafen, fühlt sich überall wohl und billigt all das: *"okay for me"*, ein Diogénes. Ein Demutsfähiger.

Also hat er keine Probleme.

Also ist er zufrieden, also heiter.

Also ist er mit sich im Reinen, also gut gelaunt, also leuchtet er transparent.

Also ist er respektvoll, gütig und hilfsbereit.

Also packt er auch zu: ist handfest, profan und praktisch, ein hurtiger Organisator, der mütterlich-väterlich sorgt, für jeden und alles, an alles denkt, alles holt, alles macht. Nichts ist ihm zu mühevoll, nichts zu kompliziert. Alles packt er mit seinen schwieligen Arbeitshänden an und kann es: beiläufig, spielerisch, unmerklich, schnell.

Er schlachtet auch Schweine, jagt Warane, fischt und kocht, macht Kautschuk und rodet den Urwald, klettert an Kokospalmen hoch und repariert archaische Brunnen, aber Elektromotoren gleichfalls und ist ein bewußtes, bekennendes Mitglied seines Bauern- und Arbeiterstandes, das unartikulierte Interessen seiner Kollegen mutig gegenüber jedwedem Unternehmer vertritt: ein buddhistisch motivierter Betriebsrat auf eigene Faust.

Er beherrscht den Alltag eines Waldarbeiters und prähistorischen

Dschungelbewohners ebenso wie den spätkapitalistischen Tourismus in Hotel, Restaurant oder Bar und bewegt sich auf Autobahnen und jedem Parkett mit derselben selbstverständlichen Sicherheit wie zwischen Lianenranken.

Er verbindet Archaik mit Neuzeit und ist dessen froh.

*

Als Barmann hat er strahlenden Charme für jedermann und vielschichtig wache Aufmerksamkeit für alles und jedes, ob Aschenbecher, Feuergeben, Kassettenwechsel, Gespräche, Nachschütten, Fürsorge, Säubern, Anstoßen, alles das und viel mehr, eben besten Service, mit betörender Anmut, herzlichem Liebreiz und immer wieder bestürzender Güte in seinen laotisch geschnittenen Zügen, seinen abgrundtief schwarz blitzenden Augenschlitzen.

Mit alledem ist er Nacht für Nacht ein brillierender, trinkfester Mittelpunkt solcher Szene, ihr komödiantischer Star.

Die Kundschaft liebt ihn besitzergreifend: *"'s näxte Mol, wo i komm, sprichst deutsch. Verstanden?"*

Aber vollends nach Feierabend im Freundeskreise verströmt er sich gern als vitaler Spaßmacher und virtuoser *entertainer* ganzer Tafelrunden, die er mit bilingualem Redefluß, schlagfertiger Präsenz und kommunizierendem Witz dominiert. Der hat seine Wurzeln zwar im Sprachlichen, steigert sich aber blitzschnell ins Onomatopoetische, Pantomimisch-Komödiantische, gar Schauspielerische und bestätigt auch da seine souveräne geistige Brillanz und eine Persönlichkeit, deren weitgefächerter Radius oftmals außer Rand und Band gerät.

Alles sonst vielfach spirituell Introvertierte weicht dann einer explosiven Potenz, deren magnetischer, deren infektiöser Humor das Paradoxon und alles absurd Bizarre spielerisch mit banal Vulgärem zu vermischen liebt. Tränenreich belachte Paradenummer ist insofern seine darstellerisch perfekte Unterscheidung der unbeherrscht knallenden Explosion eines männlichen Furzes von den ununterdrückbaren Unterdrückungen seiner in schamhaften Raten dosierten weiblichen Variante.

Mit alledem ist er über Stunden ein unermüdlicher, funkelnder, schillernder, verzaubernder und unschlagbarer, unumneidet anerkannter Protagonist, auch an Vitalität, an Ausdauer, Aura.

Lediglich sein oftmals vorsorglich nachgereichter Kommentar, der aus dem einzigen, erklärenden Worte *"joking"* besteht, verrät die Einsamkeit eines allzuoft Mißverstandenen.

Aber auch dessen Gutherzigkeit, die niemanden verletzen will.

*

Doch am Abend des innerlich wie äußerlich radikal feucht-fröhlich zelebrierten Neujahrstages, der für Buddhisten mitten im April liegt, fällt ein strahlender junger Vetter volltrunken, aber so unglücklich über leere Flaschen, daß er mit erschreckend blutenden Schnittwunden ohnmächtig liegen bleibt.

Da verläßt Cousin Waang sofort das Haus des Geschehens: freilich um alsbald wiederzukehren und für einen undefinierbar weißlichen Brei um Entschuldigung zu bitten, den er in seine Hand spuckt. Er besteht aus hastig vor der Tür im nachtdunklen Dschungel gepflückten Blättern einer blutstillenden Pflanze, deren Effekt durch menschlichen Speichel irgend gesteigert oder dahingehend beschleunigt wird, daß die Blutung des so Behandelten umgehend aufhört.

Andern Morgens kann der zwanzigjährige Patient die geschilderten Wunden nicht einmal mehr in Gestalt von Narben ausmachen.

*

Wer aus fernen Landen über viele Jahre immer wieder diesem

Waang begegnet und dessen Sympathie gewinnt, in dessen Freundeskreis und Familie einbezogen, schließlich der einzige Partner für all seine philosophischen Erläuterungen, auch poetischen Erfindungen und sogar Gefährte utopischer Reisepläne wird,

findet sich immer häufiger von diesem vielfältig ausgebeuteten Habenichts eingeladen: zu Getränken, Mahlzeiten, Schiffspassagen, kleinen Besorgungen. Unübersehbar will er sich selbst nicht in der Rolle des Schmarotzers, des Ausgehaltenen sehen lassen, wie sie so mancher junge Landsmann, sei es notgedrungen spielt.

Auf den möglichen Tratsch über ihre unbegreiflich heterogene Verbindung angesprochen, sagt er, *keinen kümmere sowas; jeder akzeptiere es.*

"Alle?"

"Alle. Das ist hier Freiheit."

Aber andern Tags ergänzt er, *daß man dem Tratsch ringsum nur auf zweierlei Weise begegnen könne: indem man zunächst dafür sorge, daß man selbst nicht klatscht, also selbst mit dem Aufhören anfängt: "Ich tratsche über niemanden. Nie ein Wort."* Und tut es wohl wirklich nicht, ein Demokrat.

"Und zweitens?"

"Indem man ihnen was zu tratschen gibt, bevor sie was erfinden: dann sind sie glücklich."

Beglücken also selbst da noch als seine Devise.

*

Andern Jahres unternehmen die beiden eine gemeinsame Rundreise durch das ganze Thailand.

2

Tohng (mit offenem O)

Tiramuht

Tiramuht ist der Name jenes Leitenden und gut verheirateten Hotelangestellten, der nach siebenjähriger Mönchszeit,

einer im Rückblick wahren Wander- und Lehr-, einer Predigerzeit und unauslöschlichen Stigmatisierung seines ganzen Lebens mit wundersamen Erfahrungen, die er *"übernatürlich"* nennt,

auch heute noch, zumal Andersgläubigen gegenüber, mit Vorliebe und leuchtenden Augen für *teravada*, die hiesige und lankische, die ursprüngliche Gestalt des Buddhismus missioniert. Unermüdlich wiederholt er daher, *daß es in dieser Heilslehre keinerlei Verbote oder Gebote gebe, weil alles in individueller Freiheit von dir selbst zu entscheiden, eben absolut up to you sei, sofern es nur den drei zentralen Maßgaben entspreche: don't worry, take it easy und be happy.*

Nach den weitgefächerten Nuancen des *wai*, jener so vieldeutigen Zusammenlegung der Handflächen zu Gruß oder Dank, erläutert dieser Tiramuht dann auch das Leben in buddhistischen Klöstern,

wo jeder männliche Thai sich mindestens einmal im Leben und möglichst einige Monate lang auch jenen strikt asketischen Ordensregeln unterwerfen sollte, die dem Mönch abraten, je neben einer Frau zu sitzen oder sonst von einer Frau irgend berührt zu werden: er wäre hiernach verunreinigt und müßte sich komplizierten Säuberungsritualen unterziehen; im Falle gar eines regelwidrigen heterosexuellen Geschlechtsverkehrs sei sein Mönchtum sofort beëndet;

in Vorzeiten gar habe er für derlei mitsamt seiner Partnerin noch lebenslänglich Gras für die Elefanten des Königs mähen oder die königliche Reismühle drehen, noch früher sich und sie über einem Holzkohlenfeuer langsam zu Tode rösten lassen müssen.

Denn der Buddha selbst, der ja vor seiner geistlichen Erleuchtung ein ausschweifend genüßliches Leben geführt und auch geheiratet hatte,

habe hiernach, also wohlerfahren, die Frauen schon vor rund zweitausendfünfhundert Jahren als das größte Übel, die ärgste Gefahr für den geistigen Fortschritt eines Mönches erachtet und niemals persönlich vor ihnen gepredigt: sie lögen nämlich, seien jähzornig, eifersüchtig, neidisch, dumm und auf dem angestrebten Wege ins Nirwana nur hinderlich, weil ihr ganzes Naturell unweigerlich abermalige ungute Reïnkarnation zur Folge habe;

sie selbst sollten daher vorrangig auf das Ziel hin leben, demnächst als Männer wiedergeboren zu werden; nur so könnte allzu langes Weiterzeugen und leidvolles Wiederkehren vermieden werden; insofern sei also weniger der sexuëlle Genuß als vielmehr die unentwegte Fortpflanzung das zuïnnerst Ablehnenswerte an den Frauën.

Als ihn Ananda, sein treuer Jünger, eines Tages entsprechend hilflos fragte, welches Verhalten denn da den Frauen gegenüber am ratsamsten sei, soll der Buddha geantwortet haben: *"Schaut sie nicht an."*

Vielleicht deshalb, erläutert Tiramuht, *pflege man auch heute noch Frauen mit dem wenigst respektvollen aller möglichen wais zu grüßen. Und vielleicht eben deshalb auch sei in jener ersten hiesigen Hochkultur von Sukotai im 13. zum 14. Jahrhundert die ikonische Idealskulptur eines körperlich deutlich androgynen Buddha mit Mutterbrüsten und hengsthaftem Phallos entwickelt worden*: depolarisierende Zusammenführung.

Das alles, behauptet er zu wissen, *sei die unpopuläre Wahrheit, die gern unterschlagen werde, gleichwohl dennoch die Wahrheit sei.*

Weil solches alles aber, wie vieles in dieser Lehre eines eigentlich Intellektuellen, für das Volk vielleicht allzu unpraktisch, weil allzu abstrakt und theoretisch sei, habe sich der Buddhismus beizeiten und auf lebenskluge Weise mit den älteren und sehr viel populäreren Strömungen von Brahmanismus und Animismus verbunden;

so sei es, nur zum Beispiel, für jeden Mann sehr empfehlenswert, statt eine leibliche Frau lieber naang tanih, jenen weiblichen Geist zu heiraten, der wohlweislich in Bananenbäumen wohne und seinem menschenmännlichen Gatten ausnahmslos jeglichen Wunsch zu erfüllen vermöge.

Wenn aber nun an dieser markanten Stelle des Gespräches zum Beispiel Waang oder ein anderer Freund, der gerade anwesend ist, den so frauenkritisch orientierten Tiramuht um ein hilfreiches Amulett für ein gutes Mannesleben bittet, kann es sein, daß dieser vormalige Mönch, bereitwilligst, einen *balaat klik* verschenkt:

einen hölzernen, elfenbeinernen oder auch metallenen Penis, der als Glücksbringer in jedweder Größe und möglichst mit eingravierten Palih- oder Sanskrit-Versen um den Hals oder, in ganzen Gürteln, um die Hüfte getragen wird und die Männer, zumal wenn sie hierzu auch noch Frauenkleider anlegen und ihre Fingernägel lackieren, vor einem rätselhaft jähen Tode mitten im Schlaf zu bewahren vermöge.

Fischer jedoch oder Männer, die fischen, wehren mit solchem *klik* jenen gefürchteten *Bösen Geist* ab, der *pih plaai* oder *pih nahm plaai* heißt, sich in allen Gewässern aufhalten und Fischerboote behindern oder schädigen kann; um den zu bekämpfen, muß ein fischender Mann seine Hose ausziehen, seinen Phallos entblößen und diesen noch möglichst durch ein ganzes Hüftband mit solchen artifiziëllen *kliks* unterstützen: *dann weiche der Geist; ob befriedigt und gesättigt oder jedoch verschreckt, wisse niemand genau.*

Aber feixend gibt Tiramuht dann zu, daß solche Penis-Ullrs ihrem Träger auch sexuell assistieren sollen. Nur dürfe sich niemand solch einen Phallosfetisch, gar auf einem Amulettmarkt für Touristen, selbst erstehen: *jeder Talisman müsse geschenkt werden, denn Glück und spirituelle Energie seien nicht käuflich; die Wünsche und guten Gedanken des Gebenden, der möglichst auch über geistlichen Segen verfügen sollte, seien das hierbei entscheidend Hilfreiche.*

Tiramuht jedoch, von Waang also um solchen Schutzgeist für seinen brüderlichen Freund aus Europa gebeten, hat derzeit keinen *klik*, wohl aber einen *saisinn* zur Hand:

jenen sei es farbigen, sei es weißen Wollfaden oder Zwirn, aus dem bei geschlossenen Augen und mit gemurmelten Segenssprüchen ein präbuddhistisch simples, aber hochkarätiges Armband zuerst an die mönchisch erleuchteten Lippen gehalten, dann um das rechte Handgelenk des Bedachten geknüpft wird, *von wo es nie wieder entfernt werden, einzig infolge von Verschleiß und Alter wieder abfallen dürfe.*

Um solchen *saisinn* für den Gast und *farang* ersucht, hat dieser sensible Tiramuht jedoch auf wahre Magierweise unversehens auch ein zweites und zwillingshaft gleiches für Waang parat: nach Art von Eheringen, mit denen er nun unausgesprochen, aber zeremoniell die beiden Freunde unlöslich miteinander verbindet.

Beiläufig spricht er dann auch über Männerfreundschaft, *die in Thailand bisweilen, unter bestimmten Umständen, gar höherrangig empfunden und eingestuft werde als selbst Familienbande.*

Als er sich hiernach, tief in der Nacht, verabschiedet, nicht um bei Frau und Kindern, sondern in einem Männerheim, gar in Frauenkleidern und mit eigens lackierten Fingernägeln zu schlafen, lädt er auch das frisch geweihte Freundespaar dorthin ein ...

Übers Jahr verbreitet sich die Kunde, daß dieser Tiramuht sich von seiner wachgeistigen, humorvollen und allseits als sonderlich patent geschätzten Ehefrau getrennt, ihr die gemeinsamen Kinder überlassen habe und vor derlei Zumutungen des Lebens wieder in den Schutz eines frauenlosen Klosters zurück geflüchtet sei.

Manche kolportieren auch seine Ankündigung, sich für den Rest seiner jetzigen Inkarnation in einer einsamen Höhle des gebirgigen Dschungels niederzulassen.

Pra

Neng

Neng ist 25, ungelernter Gelegenheitsarbeiter, also Lebenskünstler wie die meisten seiner ländlichen Altersgenossen und beobachtet an einem Bar-Tresen, wie der einsame europäische Nachbar zu seiner Linken sich energisch gegen die aufdringlichen Attacken der Animiermädchen dieses Etablissements verwahrt.

Von Hocker zu Hocker lamentiert Neng umso scheinheiliger und mit indianisch chinesischem Lachen unter seinem schulterlang blau-schwarzen Haar, *daß er selbst von diesen und andern Frauen leider nie beachtet werde, sondern mit männlichen Freunden vorlieb zu nehmen gelernt habe.* Nachdem er Ehelosigkeit, dann auch die Vorliebe seines Gesprächspartners für junge Männer mit hartnäckigem Charme erfragt hat, versorgt er seine Freunde Dah und Bong, die gemeinsam auf dem Barhocker zu seiner Rechten sitzen, in unkontrollierbarem Dialekt mit entsprechenden Informationen, und als der Europäer geschröpft und enttäuscht diese unzuständige Bar verläßt, begleiten sie ihn selbdritt zu seinem nahegelegenen Bungalow.

Vor geöffneter Tür bleiben sie fragenden Blickes und so vielsagend auffordernden Lächelns an der Schwelle stehen, ohne sich zu verabschieden oder sonstwie dem Fremden die Initiative abzunehmen, daß dieser zunächst keinen andern Ausweg weiß, als sie alle noch zu einem "abschließenden" Whisky in jene mitternächtlich einsame Lounge direkt am Lotosteich vor seinem Bungalow einzuladen, die hier den irreführenden Namen eines Tempelturmes trägt: *"pagodah"*. Schon hat Dah sich eine Gitarre herbeigezaubert, Neng singt dazu im Falsett, und Bong massiert ihrem Gastgeber die europäisch verkrampften Schultern: *sabaai, sabaai.*

Diese sogenannte Pagode trägt ihre Bezeichnung zu Unrecht und ist in Wahrheit ein oktagonaler und besonders liebenswerter Gartenpavillon ohne Seitenwände. Er offeriert drei Hängematten, die aber von ihrer allseitigen Beliebtheit längst so verschlissen wurden, daß die vier Whiskytrinker nun ihr tropennächtlich sinnliches Miteinander sicherheitshalber lieber auf den Palmenmatten und Sitzkissen des Bambusfußbodens genießen.

Aber allzubald schon unterbricht Neng sein kastratenhaftes Singen, und während Dah auf seiner Gitarre verführerisch weiterpräludiert, während Bong von den Schultern abwärts nun den ebenso verkrampften Rücken knetet oder verführerisch streichelt, fragt dieser Neng mit indianisch chinesischem Lachen und in sehr, sehr uneuropäischer Direktheit, *mit wem von ihnen denn ihr neuer Freund die heutige Nacht zu verbringen wünsche, das sei nun ganz up to him.*

Hiernach singt er gleichmütig einfach weiter im Falsett zu Dahs Gitarre, und Bong massiert bereits die Gegend um das europäisch verkrampfte Steißbein,

während der Angesprochene flatternd zu jenem authentischen Spitzdach ihrer bergenden Pseudo-Pagode emporschaut, das von innen mit üppig blühender Bougainville bewachsen ist und einzig an ihrer Peripherie einer exzentrisch und himmelhoch hindurchgewachsenen Kokospalme Durchschlupf gewährt, indes die offenen Seitenwände dieses Oktagons von einem hüfthohen Konturengeländer aus dunkelbraun lackiertem Palmenholz verbarrikadiert werden,

so daß es aus solchem Käfig also keinerlei schnellen Fluchtweg zu geben scheint und der alternativ Gestellte sich lieber eine passende Antwort auf jene unverblümt im Raume stehende Anfrage überlegen sollte:

bevorzugt er den unwiderstehlich schönen, aber eigentlich wohl eher heterosexuellen und vermutlich hemmungslos geschäftstüchtigen Neng mit seinem indianisch chinesischen Lachen unter dem schulterlang blauschwarzen Haar und einem tätowierten Drachen auf dem Elfenbein seines schon entblößten haarlos glatten Brustbretts

oder diesen knapp zwanzigjährigen und etwas pummeligen Dah, der mit eindeutig schwulem und unsäglich wissendem Lächeln über seine Gitarre hinweg zu locken versteht, sich aber von seiner Familie die benötigte Tolerierung seines Liebeslebens gerade mit einer offiziellen Eheschließung erkauft hat,

oder aber jenen offenkundig noch ganz erfahrungslos unentschiedenen Bong, der mit seinen siebzehn Jahren primär Wissensdurst und Erlebnishunger zu stillen giert?

"Ich mag euch alle drei" wird nur als Witz belacht und als etwa ernst gemeinter Versuch einer Lösung des anstehenden Problems gar nicht in Erwägung gezogen.

Drei verführerisch fragende, verführerisch willige, verführerisch belustigte Augenpaare erschweren beharrlich ausdauernd diese transkontinentale Entscheidung,

die dann aber von den beiden Verlierern bis hin zur Neige ihres Whiskyglases keineswegs als ablehnende Kritik verbucht, geschweige verübelt wird.

Gleich andern Tags, nach genüßlichem Vollzug dieser ersten Liebesnacht des Vielgereisten im abrahamitischen Schoße zusätzlich auch noch eines zärtlich umfangenden Moskitonetzes, stellen sie sich alle drei, zwar nach und nach, aber unterschiedslos unbefangen und unternehmungslustig bei ihm ein, um mit quasi neu gemischten Karten die heutigen Chancen und Gelüste neu zu verhandeln, eine heute vielleicht anderweitige Entscheidung neu herbeizuführen – *"no problem"*.

Tschaai

Ui

Ui ist in einem kleinen Reisebüro direkt am Hafen zunächst die lehrlinghafte Nummer drei, aber schon eine einzige Hochsaison später mit seinen 24 Jahren die unverzichtbare Nummer eins und verkauft hier nun auch Filme, Schnorchelmasken, Bootstouren, Eiscrème, Leihwagen, Telefongespräche nach Übersee, Sonnenschutzmittel, Badehosen, Coca-Cola, Bastmatten, Surfbretter, Ansichtskarten, Sonnenbrillen und alles, was Touristen aus aller Welt für ihren hiesigen Urlaub benötigen mögen.

Aber für solchen Kaufmannsgeist muß er gut gelaunt sein. Meist ist er das erst gegen Abend. Jedenfalls den ganzen ersten Teil eines Vormittages hat er von seinen allnächtlichen Ausschweifungen einen so dicken Kopf oder sonstige Nachwirkungen, daß er jede Antwort schuldig oder selbst überhaupt irgendwo unsichtbar zu bleiben vorzieht.

Dann steht sein Laden zwar offen, aber leer. Alle Unterlagen, Faxe, Prospekte, Tickets, Briefe, Verträge, Urkunden liegen greifbar auf der Theke, viele Schubladen stehen offen, alle technischen Gerätschaften sind eingeschaltet und jedermann zugänglich. Sicher ist auch die Kasse unverschlossen.

Kundschaft muß dann lange warten, ohne daß jemand sie bedienen kommt. Viele gehen schließlich zur Konkurrenz gegenüber. Nur wer auf diesen Ui nicht verzichten will, harrt aus: meist eine stark überdehnte Geduldsprobe lang.

Endlich ertönt im Rücken des Wartenden und direkt in dessen Ohr hinein ein überlautes "Indianergeheul": Ui ist da und erwartet zur Begrüßung eine Erwiderung solchen "Indianergeheuls". Aber einleitende Konversation über Wohlergehen und Witterung, wie sie hier eigentlich üblich ist, verschmäht er, kommt gleich zur Sache.

Heute will dieser Kunde mit der Engelsgeduld drei Flüge seiner Rückkehr nach Europa umbuchen.

"Warum?"

"Weil ich mit Freunden jetzt erst mal in den Ihßáhn fahre."

Schon hat Ui aus dem Kopf eine Telefonnummer angewählt, muß aber lange warten. Inzwischen läßt er sich die bisherigen Flüge, dann die gewünschten neuen Termine und Reiseziele nennen, ohne sich aber irgendwas zu notieren.

Er muß immer noch auf Antwort warten.

Das langweilt ihn schnell. Er funktioniert den Hörer zum Mikrofon um und singt ein leidenschaftliches Thai-Lied hinein.

Singend bedient er eine mollige texanische Blondine, die eine Schnorchelmaske leihen will. Während sie die passende Größe ausprobiert, spielt er hinter seinem Tresen gegen einen kleinen Jungen aus der Nachbarschaft Fußball mit einem Pappkarton. Dabei singt er weiter.

Dabei reicht er der Texanerin neue Schnorchelflossen zum Anprobieren.

Dabei übersieht er keinen einzigen Passanten, der draußen vorbeigeht.

Er muß immer noch auf den Gesprächspartner warten.

Er spielt Fußball und singt.

Er öffnet seinen Haarzopf und schüttelt ihn zur Löwenmähne aus.

Den wartenden Umbucher fragt er, *ob er heute nacht mit der großen blonden Frau aus der gestrigen Disko geschlafen habe.*

Die Texanerin bekommt die nächste Gummimaske.

Dann kickt er dem Jungen den Pappkarton weg und verströmt sich tanzend mit einem *crescendo* seines Gesanges in den Telefonhörer, ruft aber winkend zwei dicken Schwedinnnen, die draußen in seinen Ansichtskarten wühlen, ein geradebrechtes *"Jag älsker tig"* zu.

Dafür unterbricht er sein Lied und erklärt es bei dieser guten Gelegenheit dem lauschenden Umbucher: *"Ich singe von einem Mann mit zehntausend Gefühlen"*.

"Und dieser Mann bist du?"

"Na klar."

"Oder ich."

Kreischendes Kastratengelächter.

Die Texanerin fragt ihn mit einer Schnorchelmaske vor dem Gesicht und Paddelflossen an den Füßen, ob er ihr diese Größe anraten könne.

Der Junge schießt von draußen den Pappkarton gegen das Faxgerät.

In diesem Augenblick meldet sich im Telefon der erwartete Teilnehmer. Ui gibt die gewünschten Umbuchungen in Auftrag und hat keine einzige Flugnummer und Abflugzeit, kein einziges der diversen Reiseziele alter und neuer Fassung vergessen.

Während er nun auf das telefonische *Okay* weiterwartet, kassiert er von der Texanerin eine Anzahlung, verkauft er den kichernden Schwedinnen fünf Ansichtskarten mit Briefmarken und kickt den Pappkarton wieder ins Freie.

Die Umbuchungen werden jetzt bestätigt. Während Ui die entsprechenden Aufkleber für die Flugtickets ausfüllt, läßt sich derselbe Kunde von ihm noch ein Telefongespräch zur Nachbarinsel vermitteln, das er dann in einer ungestörteren Ladenecke und mit halblauter Stimme führt. Er verabredet mit seinem Freunde Waang dessen übermorgigen Besuch und die genaue Ankunftszeit der Fähre.

Währenddessen verkauft der ausfüllende Ui noch eine Inselrundfahrt an eine belgische Großfamilie, singt sein Lied von den zehntausend Gefühlen zu Ende und flirtet mit einer dekorativen Italienerin, die mit Cattolica telefonieren möchte.

Als er dem Umbucher die veränderten Flugtickets aushändigt, verlangt er inclusive Telefongebühren einen Preis, der um zwei Drittel unterhalb seiner groß plakatierten Tarife liegt.

Das sei doch viel zu wenig?

Nein, wieso: hier gebe es wechselnde Preise – "we have changing prices".

Zwei Tage später holt der Umbucher seinen Freund Waang von der vereinbarten Fähre ab. Er selbst kommt viel zu früh und die Fähre zu spät: also muß er warten und sucht dafür in Uis benachbartem Reisebüro nach Schatten und Sitzgelegenheit. Beide findet er, nur Ui nicht.

Trotz überlanger Wartezeit läßt Ui sich nicht blicken. Wieder stehen Schubladen offen, fliegen Reiseunterlagen im Ventilatorwinde umher. Der Wartende verhindert dabei das Schlimmste, mag unbewußt auch als Wachdienst fungieren und wartet in all der gnadenlos aufsteigenden Hitze.

Plötzlich hört er die Stimme des unsichtbar bleibenden Ui aus dem Laden der gegenüberliegenden Konkurrenz etwas rufen. Er begreift, daß es ihm gilt und fragt zurück: *"Was ist?"*

"Jetzt kommt dein Freund."

Richtig ist in der Hafeneinfahrt die erwartete Fähre aufgetaucht.

Also hatte Ui offensichtlich vorgestern abend inmitten aller seiner Verrichtungen auch noch ihre telefonische Verabredung mitgehört und den jetzigen Aufenthalt in seinem Geschäft als pures Warten auf das Fährschiff durchschaut: also brauchte er sich auch nicht hinüber zu bemühen.

Als dieser selbe Kunde runde anderthalb Monate später von seiner Rundreise durch den Nordosten des Landes zurückkehrt, trifft er eines besonders heißen Frühnachmittags den völlig erschöpften und entsprechend lustlosen Ui am Strande. Trotzdem erkundigt der sich – nach all den Wochen, all den Kunden seither – mit verblüffendem Gedächtnis: *"Na, wie war es im Ihßáhn?"*

Und setzt sich mit all seiner schlechten Laune in jenen schattig lockenden Liegestuhl, aus dem sich der Angesprochene aber soeben erhoben hat, weil der Stoff von Sitz- oder Liegefläche, ohnehin stark zerschlissen, gerade laut hörbar weiter zu reißen und jeden Benutzer zu gefährden begonnen hat.

Eben noch rechtzeitig vor dem Niederlegen kann er Ui vor diesem Liegestuhl warnen. Ui aber winkt nur mißgestimmt ab, legt sich dennoch auf das riskante Möbel, schläft sofort ein und verbringt da seine ganze lange Siesta, ohne daß der Stuhl ihn heimtückisch zu Boden fallen läßt.

Sein Warner beobachtet das von einer sicheren Nachbarliege aus und begreift, daß dieses ungefährdete Weiterliegen auf reißendem Stoff nur zuletzt an Uis geringerem Gewicht liegt.

Primär beruht es vielmehr auf einer Technik seiner Sensibilität. Er sitzt nicht abendländisch gegen den Stuhl, sondern mit ihm. Spürsicher übernimmt er dessen Gegebenheiten und Spannungen in den eigenen Körper. Weil er diesen andern Umgang beherrscht und sich dessen ganz bewußt ist, hat er auch die Warnung leichtfertig in den Wind schlagen können.

Nach etwa anderthalbstündigem und bewegungsreichem Schlaf erhebt er sich dann vom unverändert halbzerrissenen Liegenstoff und kehrt unternehmungslustig beschwingt in sein inzwischen verwaist daliegendes Geschäft zurück: als Mann mit zehntausend und auch sehr zarten, behutsamen Gefühlen selbst für altes Strandmobiliar.

Noch in derselben Nacht treffen sich die beiden in jener Diskothek wieder. Ui hat seine Haarflut jetzt als Dutt auf den Kopf gesteckt, trägt einen Wickelrock um die schmalen Hüften, umarmt den heimgekehrten Ihßáhn-Reisenden freundschaftlichst

und übersieht ihn dann für den Rest der Nacht.

Joht (mit offenem O)

Bomm

Wer von stundenlangem Schnorcheln über südlichem Korallenriff endlich zum Strande heimkehrt, mag von Zufall oder Schicksal jenem bestgelaunten Bomm zugeschwemmt werden, der sich eben jetzt in der bauchhohen Ebbe des mittäglich aufgeheizten *Indischen Ozeans* die schulterlangen Haare wäscht

und dem gummimaskierten Rückkömmling mit so zutraulichem Lachen seines erotisierend beseelten Gesichtes entgegenwartet, als seien sie längst miteinander befreundet. Auch seine ersten Worte haben schon den intimen Klang einer Fortsetzung und überspringen so auf unwiderstehlich ansteckende Weise alle fremdelnden Formalitäten einer ersten Annäherung:

da draußen zu schnorcheln, sei sehr viel unersprießlicher als am gegen überliegenden Haat Jao, wo sie es also morgen bei Flut gemeinsam tun sollten, hierorts lasse sich besser Wasserski laufen oder mit dem Paraglider fliegen: ach, dieses Lotos-Amulett da am europäischen Schnorchelhalse sei aus ebenderselben Jade wie der chinesische Buddha zwischen all den andern Talismanen an seiner eigenen Kette, schau mal.

Und Kopf an Kopf, Leib an Leib, Haut an Haut vergleichen die neuen Freunde ihrer beider Schmuck und Schutz.

Bomm stellt sich als überzeugten Buddhisten, auch als allvormittäglichen Vermieter von Wasserski und Paraglidern vor, *der da übrigens Rabatte gewähren könne, aber abends immer in jenem sehr populären Coconut Palm Beach-Restaurant arbeite: da sei die Küche noch authentisch Thai, auf heute abend also!*

Abends steht er mit offener Haarflut, beseeltem Gesicht und in fantasievoll farbenlustiger Kostümierung vor dem überfüllten *Coconut Palm Beach*-Restaurant, preist lauthals spielerisch die opulent und verführerisch zur Schau gestellten Langusten, Polypen, Muscheln, Krabben, Schnecken, Garnelen, Meeresfrüchte, Austern und tropisch bunten Fischraritäten, gar meterlange Barrakudas an, läßt keinen Touristen ohne kulinarische Nötigung vorbeiflanieren und macht zumal hellhäutigen Frauen, vollends allen Japanerinnen mit ganz und gar papagallohaftem Charme zumindest den Mund wäßrig. Pausenlos ist er hier das Zentrum von Gelächter, Kreischen und Fotografieren, möglichst mit grauslich strampelnden Riesenlangusten in beiden Händen.

Den neuen Strand- und Jade-Kumpel von heute mittag begrüßt dieser Bomm nun schon wie einen alten Spezi, placiert ihn an bevorzugter Tafel, informiert die pfiffigsten Kellner und überläßt das weitere Ankobern von Gästen ab sofort seinen Kollegen oder einzig der verführerischen Ware selbst, weil er sich lieber am Tische seines neuen Freundes, am liebsten gleich mit halber Backe auf dessen Stuhle niederläßt. Dort ordert er ungefragt ein geschnorrtes Bier, zeigt den passierenden Kellnern das Jade-Amulett des neuen Gastes, der nunmehr seinerseits anfragt, wo wohl auch er einen solchen Buddha-Anhänger erstehen könne.

Das Wort Buddha scheint den übersprudelnden Anreißer unverzüglich umzukrempeln: leise, konzentriert und sensibel leitet er erste Verhandlungen über einen eventuellen Austausch ihrer stoffgleichen Talismane ein. Das versammelt auch andere Bedienstete dieses *Coconut Palm Beach*-Restaurants um ihren Tisch, alle ordern geschnorrtes Bier, setzen sich dazu, auch aufeinander und beraten die beiden Feilschenden. Bomm macht geltend, *daß sein Buddha das handgemachte und absolut unverkäufliche Geschenk eines Mönches aus dem nördlich fernen Kloster Pra Tat Lampaang Luang sei und von einem so industriellen Lotosblatt allenfalls durch das Mitliefern der europäischen Goldkette aufgewogen werden könne.*

Wird das zunächst verweigert, zieht sich ihr Handel noch über die ganze mehrgängige Mahlzeit hin. Nach dergestalt ausgedehnter Debatte rings um den ganzen Tisch einigen sich die beiden Protagonisten endlich auf sofortigen Austausch nur der beiden Anhängsel und eine nachgelieferte Goldkette aus Europa *"im nächsten Jahr"*:

alles unter der Prämisse, *daß der Buddha nie und nimmer weitergeschenkt werde, weil sich nur so und durch solche Ehrerbietung seine Weitergabe gegen das eigentlich viel geringerwertige Lotosblatt überhaupt rechtfertigen lasse.*

Das leidenschaftlich beteiligte Kellner-Kollegium übernimmt nun das Öffnen und Zusammenfügen der Kettenverschlüsse, das Abnehmen, Umfädeln und Anlegen der ausgewechselten Anhänger, fingert und fummelt also gemeinsam, emsig und erotisierend anonym mit kitzelnder Sensibilität im Genick herum.

Vorteil, gar Sinn des ganzen Handels ist ein beschleunigtes Vertiefen dieser jungen Freundschaft. Bomm schlägt allzubald und mit sicherem Instinkt ein nunmehr gemeinsames Verreisen, sich selbst dabei als bedingungslos verfügbaren Eskort vor. Aber ist ihm auch bewußt, daß er so den Gefährten vom Gespielen zum Mäzen mit Erwartungen, sogar Ansprüchen, Anrechten umpolt?

Der schlägt daher lieber zunächst einen unverfänglicheren Bootsausflug vor. Der ganze Umkreis stimmt sofort begeistert zu und erachtet sich gleichfalls als eingeladen. *Aber wohin? Na, überall hin, einen ganzen Tag lang. Abgemacht? Abgemacht: auf morgen also. Was, schon morgen: lieber übermorgen. Übermorgen?* Die ganze Gruppe zögert synchron wie ein Fischschwarm und mit vage diffusen Blicken: denn übermorgen ist hier Utopia, Futurologie, Nirwana. Hier gibt es nur Jetzt oder Nie. *Gut also, morgen früh im Sinne von gleich jetzt; aber ihre Arbeit? Da springen Kollegen ein, no problem.*

Andern Morgens sitzen sie wirklich schon früh und zu fünft im vollgetankten, mit Reis, Obst und Getränken voll befrachteten Schnellboot und springen über lebhaften Seegang zu Nachbarinseln mit einsamen Riesenstränden und lohnenderen Korallengärten, mit bizarren Kalksteinfjorden und gruselig unergründlichen Felsenhöhlen, zwitterhaften Mangrovenlandschaften, flußartigen Meeresarmen und prähistorischen Pfahlbau-Dörfern, die bei Flut im Wasser und bei Ebbe im Modder stehen, wo einscherige Winkerkrabben und evolutionär mutierende Fische auf veritablen kleinen Beinen ihren Geschäften nachgehen.

Am Volant ihres pfeilschnellen Wellenreiters, der von Insel zu Insel zischt, verwandelt sich Bomm im konzentrierten Dialog mit dem aufmüpfigen Ozean sofort vom verspielten Schlawiner zum Verantwortungsträger und Mann. Er kennt die Elemente, gegen die er da anrast, und beherrscht sie ebenso wie das hochtechnisierte Fahrzeug. Als die Tide wechselt und der Wind sich legt, fährt er im Zickzack-Kurs von einem Fischerboot zum nächsten und sorgt für soeben frischgefangene Krabben, Fische und kleine Langusten zum Lunch an menschenleerem Palmenstrande und von einem Grillfeuer, das er mit gemeinsam eingesammeltem Strandgut nährt.

Schon hierzu entledigt sich Bomm aller Kleidung. Die andern erklären das für nicht thaigemäß und behalten die Badehöschen an. Dafür schmiegen sie sich nach beendetem Mahle an ihrer aller exotischen Sponsor und kuscheln und schmusen mit ihm.

Das verweigert nun wieder Bomm, zeigt dem neuen Freunde aber einen veritablen Stein unter der Haut seines Genitals. Es mag sich dabei um die operative und hierorts gern praktizierte Introzision von *muhk*, einer Glas- oder Plastikperle, aus Gründen sexueller Stimulation handeln. Seine Kumpel jedenfalls, wohlvertraut mit solcher Abnormität, rätseln mit vieldeutiger Ironie und geheimem

Wissen, wofür die alles gut sein mag.

Zumindest zum Herzeigen ist sie ganz hervorragend gut. Bomm liebt es nämlich unverkennbar, sich zu präsentieren, stellt und bietet den eigenen Körper nur allzu genüßlich und seine Seele mit ihren vielen verborgenen Regungen zwar unwissentlich, in seinem durchlässig offenen Gesicht aber nicht minder sichtbar dar und zur Schau. Ungehemmt wie kaum einen andern Thai gelüstet es ihn auch hinfort ganz unwiderstehlich nach Entblößung, zumal vor andern Männern, gar nach Schamlosigkeit mit andern Männern. Mit Vorliebe tanzt er daher in gemischten Diskotheken mit Männern, duscht, pinkelt und scheißt er wollüstig vor befreundeten Männeraugen. Höhepunkt seines Exhibitionismus, für dessen Offenbarung er sich im Freundeskreise nicht minder genießerisch verspotten läßt, ist dann jeweils die Darbietung jenes so ungewöhnlichen genitalen Steines, den er also auch jetzt schon hinhält, bestaunen und belachen, aber auch allzu gern von den Freundesfingern aus Fernwest ausführlich untersuchen und abtasten läßt.

Auf die witzelnden Anzüglichkeiten seiner Kumpane reagiert er mit einem Redeschwall aus japanischsprachigen Obszönitäten, die er aus vielen einschlägigen Amouren wie Trophäen davon getragen und in seinem unverbraucht intakten Gedächtnis gespeichert hat.

Während er solche Schweinereien nun mühsam auch noch in sein bruchstückhaftes Englisch zu übersetzen versucht, werden die andern Thais in der Mittagshitze träge und schläfrig. Den Initiator ihres Ausflugs geleitet Bomm daher zu einer abgelegenen Höhle, in deren grotesker Tropfsteinlandschaft träumende Fledermäuse hängen und deren licht- und schier endlosen Schlund er mit seiner schnell improvisierten Fackel zugänglich macht. Hier ist es angenehm kühl für Siesta und ernstes Gespräch zwischen Freunden und nackten Männern.

Natürlich bewegt es sich eingangs noch spielerisch frozzelnd um Genitalien und Sexualität, aber schon ohne japanische Sauigeleien, dafür bald mit der Perspektive späterer Eheschließung und Kinderschar. Schon verliert sich da alles Verspielte, der ewig Tändelnde wird bitterernst, offenbart nunmehr auch den prekären Engpaß seiner Lage als familienlose Vollwaise, die

auf dem winzigen heimatlichen Eiland im fernen Osten der Bucht von Bangkok, jenem nördlichsten Teil des *Golfes von Thailand* im westlichsten Auslauf des *Südchinesischen Meeres*,

keinerlei Wurzeln oder Rückhalt, geschweige Obdach, Hafen, Geborgenheit oder gar sippenübliche Hilfe finden könne. Entsprechend orientierungs-, maßstab-, auch eigentlich emotionslos

lebe er daher blindlings in den Tag. Wie die meisten Landsleute seiner Generation ohne Ausbildung, ohne Beruf, friste er sein dergestalt perspektiv-, also wirklich aussichtsloses Dasein von umgerechnet drei Deutschen Mark *und fünfzig* Pfennigen *für abendliches Kobern und bestenfalls noch einmal denselben Hungerlohn am morgendlichen Strande, sofern ihm da Wetter und Flutzeit gnädig sind. Das Wasser stehe ihm also ungleich gezeitenlos bis zum Halse und biete keinerlei Ausweg.*

Trotzdem will er aus all dem raus und nach oben: *"it's my life!"* (ohne F, das einem Thai am Ende eines Wortes nicht über die Lippen will und schlimmsten, genötigten Falles durch ein P ersetzt wird: *it's my lipe!*).

An dieser Weiche seines Offenbarungseides fängt Bomm mit omnipotentem Taschenmesser, das er für die Fackel benötigt und trotz derzeitiger Taschenlosigkeit daher mitgenommen hat, seine Zehennägel zu schneiden und seine verlagerte Gêne so zu überwinden an. Seine Seele sitzt ihm dabei so weit vorn im transparenten Gesicht wie bislang noch nie.

Von abertausend Rettungsideen seines pausenlos rotierenden zerebralen Mahlwerks, resümiert er zu seinen Zehenschnipseln hinunter, *habe nur eine einzige Bestand und reale Basis:* eine Cowboy-Bar mit Reitstall und Pferdeverleih für gelangweilte Touristen samt Reitunterricht am Andamanenstrande. *Sowas gebe es noch nicht, das fehle hier noch dringend.*

Jeden Einwand gegen so landes-, klima- und faunafremde Offerte vermag er vehement zu entkräften: *jeder Mann träume vom Reiten. Jede Lady erst recht.*

In der Tat erweist sich alles, auch ein Standort und Herkunft der Pferde, die hierzulande rar sind, gar ihr Transport schon handfest durchdacht, theoretisch gelöst.

Ja, und?

Alles sei auch so billig. Pferde seien hier billig, ihr Transport durch Vetternrabatte billig, ihr Unterhalt quasi gratis, das Grundstück quasi geschenkt, die Baukosten minimal, denn alles sei eigenhändig machbar und eigentlich no problem, sondern eigentlich auf der Hand liegende Lebenschance.

Nur?

Nur brauche er etwas Startkapital, gar nicht viel.

Der Nagel der linken großen Zehe zwingt ihn zum tiefen Niederbeugen und Dorthinschauen gerade in diesem Augenblick. Entsprechend leise, kaum hörbar gemurmelt: *vielleicht nur fünfundzwanzig tausend Baht, nicht mehr.*

Das sind damals circa eintausendsiebenhundert *Deutsche Mark.*

Allerhöchstens und allerschlimmsten Falles das Doppelte, mehr bestimmt nicht und könne bei blühendem Reitgeschäft, diesem Männer-, auch Frauentraume, schleunigst erstattet werden, no problem.

Und wieder aufgerichtet, auch wieder leichter vernehmlich: *bis dahin und dann erst recht könne er jedweden Gläubiger gratis und lebenslänglich mit Tisch und Bett versorgen* – über die doch dieser Logier- und Kostgänger des *Coconut Palm Beach*-Restaurants selbst gar nicht verfügt. Das verdrängt er im Feuereifer seines Überzeugungsversuches, flüchtet aber mit gutem Instinkt nunmehr schnell in den Schutz des Scherzes zurück und verschiebt so zugleich den Ernst seiner ganzen Initiative auf das nächste Jahr, wenn sein nackigter Jade-Freund ihm die zugesagte Goldkette für das Lotosblatt bringe: *next year*.

Die Fackel qualmt, die Höhle ist kalt, der Pferdetraum androgyn und das Ei gelegt: sie brechen auf. Auf steinig beschwerlichem Rückwege zum Boot bietet Bomm noch als vorsorglichen Nachschlag und tägliches Memento eine klassische Thai-Massage an, *"everywhere": die helfe bei allem, bewirke wahre Wunder, gleich heute abend oder morgen schon.*

Aber andern Nachts feiern Touristen und andre Europäer hier bei tropischer Hitze ihre Silvesternacht.

Die einheimischen Buddhisten tolerieren, akkompagnieren auch das, begehen ihr eigenes Neujahrsfest aber erst ein gutes Vierteljahr später, Mitte April. Trotzdem ballern sie heute ein paar Feuerwerkskörper in die stickig warme Dschungelnacht, aber manche schon bei Sonnenuntergang, andre etwa gegen neun, je nach *gusto*; wann präzise das christliche Jahr seine Numerierung wechselt, weiß niemand genau, weil die Uhren hier differieren oder seit langem still stehen: um Punkt zwölf knallt also niemand mehr.

Tatsächlich steht hier oft die Zeit still, und solch ein exotischer Termin ist nur willkommen, um neuerlich lachen, feiern, trinken, lachen, tanzen, schmusen, lachen und dies oder jenes Geschäftchen abwickeln zu können: noch um diese silvesterliche Mitternacht sind deshalb Reisebüros und manch anderer Laden ohne lange Ladenschlußdebatte einfach geöffnet.

Bomm will heute noch keine Geschäfte machen, sondern hauptsächlich lachen und tanzen. Also findet eine gemeinsame Sause von Bar zu Hotelbar, von Schwof zu Disko, von Disko zu Hotelschwof statt. Wo immer Bomm eintritt, ist es ein Auftritt. Überall ist er gleich Herr der Szene, ihr allseits beachteter Mittelpunkt: weil er immer er selbst bleibt. Er tut und läßt, was er will. Er ist selbstbewußt. Er ist kühn. Ein freier, ein anarchischer Mitmensch. Ein gleichberechtigter Souverän. Ein filouhafter Habenichts mit offener Mähne, offenem Piratengesicht und königlicher Aura auf vollen Touren. Ein Ärmster der Armen, der seine Selbstachtung, seine Würde bewahrt und vor sich her trägt, ohne das alles zu wissen. Alle fliegen auf ihn –

besonders die Frauen, die seinem Charme, seiner Frechheit, seiner selbstgewissen Körperlichkeit nicht widerstehen können, alldem nur allzu willig verfallen.

Das spürt er natürlich, das benutzt er. Damit spielt er. Genüßlich reizt er brenzlige Situationen aus, heizt er Geilheiten auf. Er flirtet, animiert und powert, macht Ramba-Zamba, ist auch hier wieder allerorts Zentrum kreischenden Gelächters: als toller Hecht und ausgekocht vielerfahrener Playboy.

Aber er tanzt ausschließlich und überall einzig mit Nimm, seinem Freunde, seinem Sklaven, seinem *spiritus rector* und *alter ego*: Plisch und Plum.

Oder sonstwas.

Die Frauen, aus Japan und sonstwo, läßt er lechzen und allenfalls mittanzen, linker Hand, morganatisch, ironisch.

Aber immer nötigt er auch den neuen Jade-Bruder aus fernem Kontinente zum Tanzen mit ihm und Nimm, und lange nach Mitternacht oder Jahreswechsel erinnert er diesen potentiellen Mäzen *in spe*, daß inzwischen *"next year"*, also höchste Zeit zumindest für die versprochene Goldkette sei. Der Schuldner muß Zeit gewinnen und kontert: *"Auch für versprochene Massagen."*

"Okay."

Auf inoffiziell verkürzenden Schleichwegen zwischen Nissenhütten, Lagerschuppen, Personalbaracken und allerbilligsten Ferienhäusern hinter verbautem Seeblick erreicht die Troika flott und flugs als angestrebten Tatort den Bungalow des Massagelustigen. Dort wirft sich Bomm gleich eingangs besitzergreifend auf dessen Bettstatt und disponiert die Platzverteilung für die gemeinsame Übernachtung selbdritt mit dem Europäer schließlich inmitten der beiden Thais.

Der diskrete Nimm zieht sich indessen nackt aus und geht duschen.

Bomm verfügt auch für die bevorstehende Massage eine prärituelle Reinigung. Also brausen sie schamlos zu dritt unter nur einem Duschkopf und in intimer Enge, trocknen sich schamlos eng und dreieinig gegenseitig ab. Erst dann beginnt die Massage.

Der Massierte liegt nackt auf dem Bauch, Bomm sitzt mit braunhäutigem Nacktarsch auf weißem Nacktarsch, knetet versiert und begabt, furzt auch bisweilen vertraulich von Arsch zu Arsch.

Nimm legt sich dicht daneben, freilich wieder in knappem Slip. Aber sein rechtes Bein verhakt sich mit einem Unterschenkel seines thronenden Freundes, Wade scheuert da an Wade.

Bomm legt die rechte Hand des Massierten auf Nimms Gemächte in seinem keuschen Körbchen, auf daß auch dies da geknetet werde. Die müßige Linke des Bäuchlings tastet rücklings nach Bomms Genital mit seinem steinernen Bommel irgendwo über sich und reibt die beiden gegen sein Steißbein. So wird mutuell geknetet. Unterhaltung und Kichern verstummen und geben Raum

für keuchendes Atmen. Reihum wird gewienert, gescheuert, geknetet, gerieben, gepreßt und geknutscht und gedrückt und ge-
keucht.

Als Bomm den gewalkten Weißling schließlich veranlaßt, sich auf
den Rücken zu legen, hat er nunmehr auch diese Sache so aufge-
heizt und hochgekocht, daß dessen traktiertes und hochstimulier-
tes *corpus* unmißverständlich und herrisch gebietend seine brün-
stige Totalbereitschaft und dringende Bedürftigkeit in den däm-
merigen Raum sticht.

Bomm mag erschrecken. Jedenfalls unterbricht er und sagt, *sie
seien doch Brüder, sorry. Auch brauche er jetzt zur Halbzeit Zigarette und Pause – Freund Nimm, sehr viel kompetenter, werde
weitermassieren, genauso gut oder besser:* und geht hinaus, also
flüchtet. Der große Macho, Pirat und Anmacher kneift, auch ganz
unkaufmännisch, prostituiert sich also auch für erhoffte Pferdefi-
nanzierung durchaus nicht, nutzt solche vage Okkasion nicht etwa
stricherhaft aus, sondern enteilt beizeiten, in Ehren und in den
Schutz einer mütterlich korpulenten und possessiven Inderin, sei
es gar alternden Japanerin, die sich für seine idiomatisch perfekten
Sauigeleien aufgeschlossen und kichernd spreizen mag.

Dem somit abgeschmetterten Kettengläubiger gegenüber schweigt
er fortan beim Wiederbegegnen an Strand und *Coconut*-Auslage
voller Zartgefühl und Würde über all seine Pferde- und Reise-
sehnsucht, hofft nur noch wortlos auf nachsichtige Subvention
durch einen verständnisvollen Freund und Bruder.

Aber am Tage vor dessen Rückkehr in seinen fernen Erdteil taucht
Bomm mit dem Abschiedsgeschenk eines mysteriösen Glases voll
schneckenartiger Schleimtiere auf, die roh gegessen werden sollten, und bietet als Sicherheit für immer noch erträumte Finanz-
spritzen einen Schuldschein an, den er seinem künftigen Sponsor
auf kommunaler Polizeistation obrigkeitlich ausstellen, beglaubi-

gen, signieren und stempeln läßt:

als habe er dreieinhalbtausend *Deutsche Mark* als Leihgabe schon
erhalten, die er sich binnen fünf Jahren zurückzuzahlen verpflich-
te; andernfalls sei er polizeilich belangbar und sehe einer Haftstra-
fe entgegen. Das unterschreiben zwei dienstlich humorige Dorfpo-
lizisten, Freund Nimm als Zeuge sowie der *blanco* Angepumpte
aus arglos neugieriger Abenteuerlust und Bomm selbst natürlich
mit sehr, sehr ungelenker Hand.

Die somit als abgesichert erachtete und umso inbrünstiger ersehn-
te Gegenleistung in europäischem Bargeld wird dann von Bomm
noch monatelang in kostspielig geschnorrten, aber zartfühlend in-
direkten, völlig unplumpen Telefonaten über stratosphärische Sa-
telliten und Abertausende von Kilometern hinweg gelinde und
charmant, aber hartnäckig angemahnt.

Doch als der Inhaber jenes beschämend vertrauensseligen Schuld-
scheines nach Jahr und Tag mit zugesagtem Goldkettchen und
konkreten Vorschlägen für einen realistischen Umsetzungsver-
such jener equestrischen Luftschlösser wiederkehrt, ist Bomm
verschwunden: niemand weiß, wohin.

Doch alle wissen, daß er mit einer japanischen Lady auf und davon ist, sie nach Tokio, nach Amerika, nach Europa eskortiere
oder auch nur nach *Grung teep*, nur auf eine Nachbar-, sei es jene
ferne kleine Heimatinsel, wo dieser arme König ebenso volk- und
wurzellos ist wie hier und überall.

Denn viele seiner Freunde von damals erinnern sich nun nicht einmal mehr seines Namens.

Der so günstig verprellte Wohltäter aus Übersee trägt seither jenes
Goldkettchen um den eigenen Hals und erinnert sich.

Den Schuldschein hegt er als kostbare Reliquië eines bedingungslos brüderlichen Vertrauëns von Seltenheitswert.

Witt

Nimm

Nimm indessen, dieser figürliche Winzling mit feinem, aber erschreckend kaltem Chinesengesicht ohne Charme und ohne Lachen, pflegt den neuen Jade-Tauschfreund, wenn er dem je allein, also ohne seinen Spezi Bomm begegnet, rüde zu übersehen oder scheu zu ignorieren.

Aber manchmal, nach unergründlichen Gesetzen in den Abgründen seiner strikt geheimgehaltenen Seele, winkt er dem Fremdling auch unnachahmlich zu: halb neckisch, halb herrisch und gänzlich verführerisch, gänzlich unwiderstehlich; wortlos und fortgesetzt winkend lockt und zwingt er ihn so, auf Schleichwegen durch das Labyrinth der hiesigen Slums seinem gnomen- und zuhälterhaften Lotsen letztendlich in jene Diskothek unter äquitorial exotischem Sternenhimmel zu folgen, wo Boss Bomm sie dann beide schon ungeduldig erwartet.

Sofort und absprachelos, meist als erste von allen stürzen dort Plisch und Plum auf die engbemessene Tanzfläche und präsentieren sich da sympathisch verlockend als inbrünstig singendes, exzessiv swingendes Paar und als komisches Duo. Zumal der sonst so unhumorige Nimm offenbart nun in todernst bewußten Stilisierungen seiner Zwergenhaftigkeit die versöhnliche Drôlerie und Anmut eines perfekten Komikers.

Gleichwohl verhelfen die dem 24jährigen nicht zu erotischer Sicherheit, gar Selbstverwirklichung. Einem wohlhabenden und sinnenfeindlich moslemischen Elternhaus entwachsend, liegt er mit den wenigen Pfunden seines Fleisches noch auf anerzogenem und schüchternem Kriegsfuß. Wohl nur Freund Bomm hat längst begriffen, wie inbrünstig sich dieser spröde Nimm nach Männern sehnt. Eigentlich sehnt er sich nur nach Bomm und ist heillos eifersüchtig auf jede dicke Inderin oder ältliche Japanerin in dessen Bannkreis.

Er kompensiert dieses aussichtslose und qualvoll ungestillte Verlangen durch allzu kesse Lippe, durch vorlaut großen Mund und rüde Sprüche, mehr noch durch eine nachgerade krankhafte Geldgier, die alle Grenzen des Anstands schamlos überschreitet, unersättlich ist und ihn zum skrupellos preistreibenden Kapitän und Vermieter des familiären Schnellbootes, aber ebenso hemmungslos auch zum schnorrenden Schmarotzer werden läßt.

Einmal geht das fast schief. Auf ihrer allabendlichen Tanzfläche taucht eines Nachts ein auffallend attraktiver, kostspielig modisch gewandeter, kostspielig modisch dekorierter und unmißverständlich schwuler Koreaner mit angemessener Liebschaft auf und fasziniert auch den hautnah benachbart tanzenden Nimm durch so überzeugende Vermischung von Schönheit und Reichtum mit sexueller Bereitschaft.

Prompt ist er daher lakaienhaft liebedienernd, gar kontaktbedürftig zur Stelle, als dieser wohlsituierte Adonis aus Seoul in seiner tropennächtlichen, alkoholischen und exzentrisch tanzenden Überhitzung oder auch aus explosivem Entblößungsdrang die luxuriöse Sommerjacke von Versace oder Armani abstreift: Nimm nimmt sie ihm mit komisch-herrischem Gestus, aber beiläufig selbstverständlich ab, hängt sie sich ebenso beiläufig selbstverständlich um die eigenen so viel spärlicheren Schultern und zieht sie sich vollends an, als der hübsche Krösus halbnackt und in fast bewußtloser Trunkenheit von seinem Galan ins Luxusapartment mehr abgeschleppt als heimgeleitet wird.

Aber Nimm wird beobachtet, wie er der fremden Modelljacke in die Taschen faßt, lose exotische Geldscheine in märchenhaftem Unmaß zutage fördert und in den eigenen Hosentaschen verschwinden läßt. Der Geschäftsführer stellt ihn nur allzubald, wenn auch leise und unauffällig, mit eisiger Höflichkeit zur Rede, nimmt ihm Jacke und Geldscheine in aller Ruhe wieder ab und begnügt sich mit vollkommen unnervös geräuntem Lokalverweis. Nimm trollt sich protestlos, ebenso unauffällig und ohne zu erklären, daß das Geld dieses unerreichbar Begehrten ihm in Wahrheit ein sexueller Fetisch war. Vermutlich weiß er das aber gar nicht.

Denn einmal läßt er sogar die Geldtasche seines Busenfreundes Bomm mit all den kümmerlichen Ersparnissen dieses Habenichts angeblich irgendwo auf einem Bootspier liegen und von sonstwem finden oder stehlen, jedenfalls wegkommen und unwiederbringlich verlorengehen. Der tief getroffene Bomm erstarrt, aber schweigt und verschließt diesen Schmerz wie jeglichen Argwohn in seinem unveränderlich treuen Freundesherzen. Er mag ahnen, was selbst seine wenigen Bahts da aufwiegen sollen.

Nur in der geschlossenen Gesellschaft eines vertrauten Kreises findet dieser gepeinigt heimgesuchte Nimm bisweilen, dann freilich überraschend leicht den Weg, sich zumal an reisend gastierende Ausländer, die sich aber gerade konzentriert mit andern Thai-Freunden unterhalten, also abgelenkt sein sollten, unauffällig anzuschmiegen, von Haut zu Haut beiläufig zu kuscheln, sich ihnen auf den Schoß zu setzen und ungehemmt schamlos zu schmusen. Kaum wird das aber erwidert, erfindet er einen unglaubwürdigen Anlaß, verdächtig fluchtartig abzubrechen.

Freund Bomm ist in den vielen Fällen, wenn er selbst von angestachelten Männern begehrt wird, fürsorglich und fast liebevoll bemüht, sie unauffällig mit dem scheuen Nimm zusammenzubringen, sie ihm weiterzureichen. Doch der entzieht sich meist voller Angst. Oder aus Treue zum einzig Geliebten.

Aber als Bomm noch vor dem Interruptus jener exzessiven Massage die Freundeshand aus Europa auf Nimms Gemächte legt, das freilich wohlverpackt in seinem knappen und keuschen Höschen lauert, da hält der Überraschte überraschend still, entzieht oder wehrt sich mitnichten, erwidert freilich auch gar nichts, sondern leitet den katalytisch zugeführten Strom anscheinend unreduziert an die eingehakte Wade des eigentlich und alleinig Angehimmelten weiter oder zurück, dem er solche Elektrizität seines winzigen Leibes in ihrem sonstigen *speedboat-*, *parasailing-* und *Coconut-*Alltag schüchtern vorenthalten, islamisch-asketisch verheimlichen mag: an seinen Herzens-Bomm.

Aber als der nun vor den geschlechtlichen Resultaten und Konsequenzen seiner eigenen ausgeuferten Massage Reißaus nimmt und Hals über Kopf Freund Nimm zu seinem physiotherapeutischen Nachfolger bestimmt, verweigert sich dieser durch indifferenteste Passivität und liegt nun auf dem verwaisten Triolenbett nur wort- und reglos, auch blick- und vollkommen initiativelos wie ein geduckter Hase auf der Flucht neben dem erregten Mann mit der Pranke auf seinem einzig schützenden Minislip.

So liegen die beiden also da.

Beide warten mit angehaltenem Atem.

Nimm spielt mit seiner Weigerung weiterzumassieren den *Schwarzen Peter* einer nächsten Aktivität dem schamlosen Fremdling zu. Der will nun auch den allerkleinsten Anschein von Gewalttat vermeiden, aber auch das womöglich jeden Augenblick ergriffene Hasenpanier dieses eigentlich wartenden, eigentlich hoffenden, eigentlich sehnenden Brünstlings verhindern und folgt daher einem eher unreflektierten Impuls, als er Nimms kesse, aber jungfräuliche Lippen zwar überfallartig kurzer Hand, aber zärtlich und sehr, sehr langen Atems ausdauernd küßt. Nimm läßt es überraschend tapfer geschehen. Offenbar weiß er, was es gilt. Er erkennt die rare Gelegenheit, packt sie brav beim Schopfe und hält geduldig still. Er erwidert den Kuß nicht, aber nimmt ihn hin, in all seiner Länge: genußlos, reaktionslos, aber gelehrig aufmerk-

sam. Kaum geben die ungewohnten transkontinentalen Männer-
lippen ihn frei, da flüchtet er unverzüglich – aber nicht etwa ins
Freie, nicht auf und davon wie König Bomm, sondern ins nahe
Bad und schon wieder unter die Dusche, die ihn von alledem
schleunigst reinigen soll.

Doch als der neue Kußfreund ihm dorthin folgt, fürchtet er wohl
einen nächsten und potenzierten Überfall, dem er aber noch nicht
gewachsen wäre. In panischem Schrecken sucht er also das Weite:
unabgetrocknet, kommentarlos und mit charmelos ernstem, abweisend feinem Chinesengesicht.

Diese Absage mißversteht nun sein thailändisch fremder Verehrer.
Allzu voreilig wirft er sie auch mit Bomms rezenter Verweigerung in ein und denselben Eintopf, quittiert sie mit gebotenem
Wirklichkeitssinn und fühlt sich wieder frei zu weiterer Ausschau
nach erwünschterer Gelegenheit.

Die bietet sich schon wenige Tage später bei unverfälscht thailän-
dischem Festessen in ausgewähltem Freundes- und Familienkreise an touristenlosem Strande nicht weit von Nimms Heimatdorf.
Unter funkelndem Tropenhimmel wird geschlemmt, zumal in ganzen Sequenzen diverser Langusten- und Krabben-, dann deliziös
gewürzter Fischgerichte. Die Gebote des zuständigen Propheten
Mohammed werden von den überwiegend jungen Männern in entfesselter Tafelrunde zuerst mit Bier und Whisky fortgeschwemmt,
dann auch mittels gerauchter Narkotika in den warmen Nachtwind
und über die Andamenensee gepustet. *Sub lege libertas.*

An solchem Verstoß zugleich gegen die Gesetze ihres Staates beteiligen sich ungeniert auch zwei schwippverwandte Polizeioffi-
ziere in Zivil. Sie eröffnen dann nach dem Schmaus auch das polizeilich ebenso streng untersagte Kartenspiel um Geldbeträge.

Die allgemeine Stimmung fliegt also hoch.

Sie fliegt auch im Gemüte des unlängst so rüde abgeblitzten Verehrers und nur fragmentarisch Massierten hoch, dessen Position als Freund nämlich gleichwohl ungeschmälert ist. Grade eben tauscht er sich quer über die abgegessene Schlemmertafel hinweg zur englischen Kolonialgeschichte mit jener mütterlich korpulenten Inderin aus,

deren Liebhaber Bomm mit so naiv wie gefahrvoll entblößtem Oberkörper hautnah zu seiner Rechten sitzt und sich da allzu willig, auch ohne jeglichen indischen Protest von europäischen Männerhänden streicheln und genüßlich befingern läßt;

der das wagt, wird zu seiner Linken von einem in Schönheit erblühten, resolut veranlagten und inzwischen noch zusätzlich enthemmten Vetter (oder Schwager oder Neffen) seiner Gastgeber flankiert, den weder der kolonialhistorische Diskurs noch das anderweitige Schmusen irritiert oder von seinen eigenen Aktivitäten abhält, die er anhaltend und fantasievoll unter der abgegessenen Festtafel und im gierig freigelegten europäischen Gemächte entfaltet. Das wird nun wiederum von Bomm und seiner Inderin wohlwollend toleriert und scheinbar übersehen.

So zieht sich dieses genießerische *Après* in vielfältig geschichteter Sinnenlust hin.

Einzig Nimm, der schräg gegenüber sitzt und seinen Vetter (oder Schwager oder Neffen) auch diesbezüglich kennen oder fürchten oder verachten, vielleicht auch beneiden und bewundern mag, wird zunehmend unruhig. Aber wahrscheinlich macht ihn schon das unverhohlen dargebotene Knutschen mit seinem Bomm nervös.

Als jedoch wenig später sein enthemmter Anverwandter jenem fernwestlichen Küsser den Weg zur Toilette zeigt, die entfernt im Dunkeln liegt und von der sie beide erst nach beweiskräftig überlangem Aufenthalt zwar separat, aber unübersehbar derangiert zurückkehren, macht der sonst so verschlossene Nimm seinem heimlichen Kußfreund eine heftige Szene und offenbart eine völlig überraschende und umso tiefer entfachte, lodernde Eifersucht.

Regelrecht skandalierend, wie es für buddhistische Thais und deren unnervös ärgerlose Lebensführung ganz undenkbar wäre, überläßt dieser arg verletzte junge Moslem das gebuchte Nebenbett im Hotelzimmer seines rechtmäßig beanspruchbaren Intimus nunmehr diesem neuen, gar älteren Usurpator aus eigener Sippe, übernachtet selbst, zumindest offiziell, bei seinem also sehr viel zuverlässigeren Bomm und dessen offenbar müheloser zugestandenen Inderin, wird dann aber vom Sonnenaufgang in embryonal invertierter Schlafstellung am einsamen und ungastlich feuchten Morgenstrande aufgespürt.

Seit dieser Nacht verweigert seine mißachtete Erstlingsliebe diesem ungeduldigen Rohling von Sonstwoher, der nicht warten und reifen lassen konnte, noch lange jeglichen Gruß, sogar Blickkontakt.

So enttäuscht ist er, so unversöhnlich.

Aber als der Ignorierte eines Tages in seinen fernen Kontinent zurückkehren muß und sich trotz alledem von Nimm verabschieden kommt, da ertrotzt sich der überraschend das Geschenk eines nicht allzu billigen Fingerrings:

"zur Erinnerung!"

Anonym

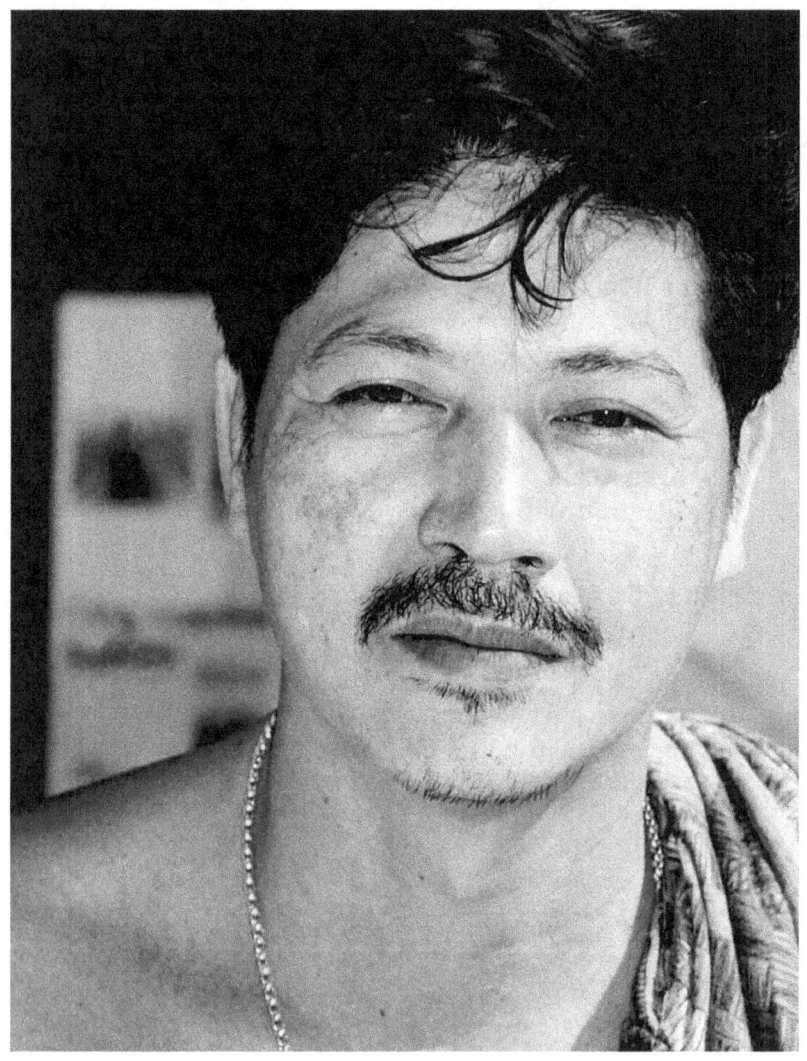

Winiht

Ein *farang*, wie in Thailand die Europäer, aber auch Amerikaner, Australier und sonstige Weißhäuter in respektierlich-despektierlicher Mischbewertung genannt zu werden pflegen, hält hier,

sonderlich wenn er die Wonnen einer klassischen Thai-Massage nur so fragmentarisch wie unter Bomms und Bongs allzufrüh wieder abbrechenden Zauberfingern kennengelernt hat,

eben dann besonders gierig nach ihrer Fortsetzung oder Gänze Ausschau, falls er in der Engelsstadt Bangkok auch den östlichen Bereich des *Watt Po* besucht hat.

Die Reiseführer preisen dieses Kloster wegen seines größten buddhistischen Tempels in Bangkok und ältesten des Landes oder aber größten des Landes und ältesten in Bangkok an. Jedenfalls geht es auf die legendäre Ära von Ajutajah zurück und beherbergt auch heute in seinem Labyrinth aus Gebetshallen, Lehrsälen, Wandelgängen, Einfriedungen und fast hundert *Tschedih*-Türmen etwa dreihundert Mönche. Durch deren Gewimmel, aber auch zwischen zahllosen Chiromanten und anderen Wahrsagern hindurch führt der Weg an jenem riesigen schwarzen Lingam, einem steinern indischen Phallossymbol, wie auch an der größten und schönsten thailändischen Statue eines *Ruhenden Buddha* vorbei, der hier gigantisch, vergoldet und perlmuttbesetzt den steinernen Übergang ins erstrebte Nirwana vollzieht.

Erst dann und hinter dem *Gelben Tschedih* nähert sich der Suchende jenem Pavillon, in dem als Teil einer hier vor mehr als anderthalb Jahrhunderten gegründeten Volks-Universität auch ein erstes medizinisches Zentrum dieses Landes vom König persönlich finanziert wird und neben Kräuterkunde und Akupunktur auch Literatur und Astrologie, aber eben auch die klassische Thai-

Massage pflegt und unterrichtet. Daher will auch jeder seriöse Masseur landauf wie -ab seine Kunst und Fertigkeit durchaus hier gelernt haben: das *Watt Po* ist ihrer aller erste Adresse und *ergo* entsprechend überlaufen.

Auch jener *farang* muß wegen chronischer Überfüllung der grossen Massage-Halle resignieren und anderwärts sein Glück versuchen.

Von den zahlreichen Strandmassösen freilich, die sich mit oder ohne Berufung auf das *Watt Po* allerorts gern an sonnenbadende Touristen heranpirschen, weicht ein kundigerer *farang* eher aus, weil es sich hierbei häufig um ehemalige Prostituierte handelt, für die das bei altersbedingtem Reizverlust oft der einzige Ausweg für ihr Überleben ist.

Für Frauen, die hier gesellschaftlich überall voll emanzipiert und in jeglichem Berufe anzutreffen sind, gibt es erotisch allerdings wie seit Jahrhunderten nach wie vor nicht viel mehr als zwei Möglichkeiten: die eine ist die Ehe; die andere also Prostitution, was hier aber sehr viel ehrenhafter und weniger anrüchig ist, als Ausländer das wissen und einsehen zu lernen bereit sind.

Aber natürlich merkt man solchen Massösen ihre Vergangenheit an: wenn nicht in jedem Falle an schlampiger Schamlosigkeit,

die sich bisweilen nicht scheut, den eigenen Oberkörper beim Massieren nur mit einem weißen Büstenhalter zu bekleiden, was hier angesichts der sonst üblichen prüden Diskretion der Frauen unweigerlich vettelhaft verwahrlost wirkt und Abscheu auslöst;

nein, am verräterischsten ist an ihnen eine weit verbreitete und kaum übersehbare Gefühlskälte, die auch an ihrer erschreckenden physiognomischen Leere zu erkennen ist. Alle Lustigkeit und alle Interessen, die ihre Konversation beim Massieren redselig bekundet, sind vorgetäuscht, Maskerade; in Wahrheit ist alles in ihnen ersatzlos erloschen und absolut tödlicher Geldgier erlegen. Der zuliebe bieten sie gegebenenfalls auch jetzt noch gern eine sexuelle Ausdehnung ihrer Massage an.

Solche wohlfeilen Offerten schlägt der Eingeweihtere auf seiner Suche nach qualifizierter Thai-Massage also aus. Er hält sich auch in jenem abgelegenen Landhotel noch skeptisch bedeckt, als ihm da schon an seinem ersten Tage in der tropisch blühenden Gartenanlage ein mittelalterlich und besonders viril aussehender Masseur seine Dienste anbietet. Das kommt da überstürzt und noch zu früh, will erst beobachtet werden: *"Vielleicht später"*.

Seither wird aber hauptsächlich umgekehrt der Vertröster vom Vertrösteten observiert und bei jeder Begegnung angelächelt, angeflirtet und gegrüßt, aber beileibe nur indirekt erinnert, nie durch Aufdringlichkeiten belästigt.

Natürlich registriert dieser grüßende Flirter sensibel und siegessicher auch die reziproken Wahrnehmungen seines aufgepiekt künftigen Klienten, wenn er auf schattigem Rasen unter Kasuarinen, die zwanzig Meter hoch in den leuchtenden Himmel ragen, arg verkrampfte Weißlingsleiber lockert und ihre aufgestauten Energien wieder in Flüsse verwandelt.

Das tut er mit heiterer Ernsthaftigkeit und konzentrierter wie auch derartig unverspannter, scheinbar beiläufiger Gelassenheit, daß mancher massierte Generaldirektor und Jaguarfahrer aus Lyon oder Düsseldorf seinen Fall nicht ernst und wichtig genug genommen erachtet und stetig Ratschläge oder Anweisungen gibt, deren Tonfall sie als Anordnungen ausweist. Ohne ihren Ferrari, ohne Sekretärin und Chauffeur, selbst ohne Fax und Fon haben es so bedeutende Männer hierzulande oft schwer. Sie fühlen sich ihrer heimischen Wichtigkeit und Würde, insofern ihrer Identität beraubt und existentiell verunsichert, was sie durch Arroganz und schlechte Manieren so gelangweilt wie demonstrativ zu kompensieren versuchen. Denn selbst auf den Ausweis ihrer kostspielig soignierten Kleidung müssen sie in der Hitze des hiesigen Klimas verzichten.

Vollends unter den einschüchternd himmelhohen Kasuarinen und auf der Bambusmatte ausgerechnet dieses dunkelhäutigen Masseurs sollen sie nun also akzeptieren lernen, daß sie zwar keineswegs Mr. Nobody, aber, viel schlimmer, Mr. Everybody sind und sich in einem Lande befinden, in dem trotz monarchistisch ausgerichteter Hierarchien die Gleichberechtigung aller Menschen ungleich vorurteilsloser praktiziert wird als in den westlich demokratischen Ausläufern der *Französischen Revolution.*

Die Ehefrauen oder sonstigen Reisebegleiterinnen scheinen hier damit weniger Probleme zu haben als mit dem Balanceverlust ihrer geradezu hysterisierten Chefs.

Eine von ihnen, nur als Beispiel, stürzt eines frühen Nachmittags aus ihrem Bungalow heraus und untersagt in gebrochenem, aber umso barscherem Englisch ihrer Nachbarin das Radiohören. Mit schweizerischem Akzent weist diese nach, daß die tatsächlich hörbare Musik aus dem Kassettenrecorder jenes Masseurs ertönt, der im Schatten der himmelhohen Kasuarinen gerade seine Siesta hält und dabei zuhört, wie authentische Thai-Melodien an ihrem Ende jeweils unverhofft wieder aufwärts führen und insofern Endlosigkeit verkünden, also wohl Ewigkeit meinen und eben dadurch so verführerisch sind.

Die empörte Sachwalterin der Mittagsruhe ihres hier vollends unleidlich gewordenen Begatters gebietet dem Masseur, sein impertinentes Radio auszuschalten. Der weiß zwar nicht, warum,

denn die legendäre Toleranz der Thais entfaltet sich nicht nur an Religion und Sexualität, sondern allumfassend, auch bei der Duldung also von Vorlieben, seien es Geräusche anderer Menschen;

aber aus Gefälligkeit bringt er sein störendes Gerät zum Schweigen.

Nur: kaum ist die Zuchtmeisterin in ihrem Bungalow verschwunden, klopft der nunmehr gelangweilte Masseur an dessen Tür und mahnt die offenbar vereinbarte Massage an. *"Doch erst um vier"*, keift dieselbe Frauënstimme. *"Okay"*, lächelt der Masseur dem nahen Gärtner zu, der alles beobachtet hat; *aber vielleicht habe er dann keine Zeit: "maybe no time"*.

Und trollt sich, seiner Sache sicher.

Richtig sitzt er kaum wieder auf seiner schattigen Bambusmatte, da erscheint aus demselben Bungalow mürrisch und arg verkniffenen Antlitzes der angemahnte Auftraggeber und läßt sich grußlos, wortlos und wahrhaft herablassend zur Massage seiner bedeutenden, andernorts vielleicht gar prominenten, aber offenbar schmerzhaft eingeschränkten Körperfülle herab.

Die liebenswürdigen Konversationsangebote des animierten Kneters ignoriert er zunächst. Der ignoriert seinerseits diese hilflos überhebliche Ignoration und plaudert unverdrossen weiter. Daraufhin ordert der unrespektiert Prominente bei seiner dienstbeflissenen Ische lauthals den *walkman*.

Humorig empfiehlt der Masseur den Verzicht auf solche Ablenkung von der erwünschten Entspannung, also gebotenen Hingabe und unterhält sich dann die ganze restliche Massage über mit dem nahen Gärtner in phonstark kicherndem und absolut unzugänglichem Thaidialekt. Der massierte und so unbotmäßig bevormundete Aufsichtsratsvorsitzende kocht innerlich und reagiert seine kopfhörerlose Wut an winzig herabfallenden Nadelzweigen der Kasuarinen ab, die er beschimpft, weil sie ihm auf Bauch und Rücken rieseln.

Noch besser aber als diese Kostprobe souveränen Humors gefällt dem beobachtenden *farang* eine Bemerkung desselben Masseurs zu einer weiblichen jungen Weißhaut, die sich im Anschluß an seine Behandlung als kalifornische Anhängerin von Moshe Feldenkrais und dessen Methoden entlarvt und insofern die Technik der soeben erprobten Thai-Massage gnadenlos beckmesserisch beanstanden zu können glaubt. Der so indolent Kritisierte rechtfertigt sich nur kurz, dann begnügt er sich mit höflichem Zuhören. Als die intolerante Missionarin sich schließlich entfernt, sagt er strahlend: *"Solche Leute sind schuld, daß es noch immer Kriege gibt."*

In diesem Augenblick beschließt der bisher zögerliche Augen- und Ohrenzeuge dieser Szene in seinem Sinne, sich nunmehr von diesem erstaunlichen Manne massieren zu lassen. Der lächelt ihm sofort von Weitem zu und ruft hinüber: *"Gut, heute massiere ich Sie."*

Ebenso telepathisch spürt er wohl auch die Sympathie dieses *farang* mit solchem Erweis seiner Sensibilität. Daher empfiehlt er ihm exklusiv einen vorausgehenden Besuch seiner Waldsauna und entführt ihn alsbald zu seinem eigenen Gehöft, das auf einer Lichtung mitten in der bedrohlich üppigen Wildnis des Regenwaldes liegt.

Dort ist am Dschungelrande zwischen himmelstürmenden Bambusstauden,

die mit betörend grazilen Trieben pro Stunde fünf Zentimeter wachsen können und deren symbiotische Epiphyten in Vollmondnächten Glück bescheren,

wie auch unter jenen Sympathie heischenden *Papaja*-Bäumen mit ihren sonnenförmig grünen Lichtkronen und so verwirrend scrotumartigen Früchten, die hier *malagoh* oder nur *logoh* heißen,

hier also ist leicht auch mancher äonenkluge Waran, manche unentschieden katzenäffische Lemure wohlgeschützt damit befaßt, jene Art Hochsitz zu belauern, wie er ebenhier von den Erekten aus sonderlich schlanken Baumstämmen errichtet wurde

und den nun Masseur und Kunde über eine unbequem weitsprossige Holzleiter zu erklimmen trachten. Oben finden sie eine kleine Podestfläche mit Kartoffelsäcken zu einem zeltartigen Kabuff überstülpt, das sie durch einen Schlitz im grob überlappenden Jutegewebe betreten. Dieser winzige und stickige Innenraum zwischen stark strapaziertem Sackleinen ist die Sauna.

Sie bietet Raum lediglich für klein oder mittelhoch gewachsene Einzelschwitzer und einzig in Not- oder Initiationsfällen wie diesem jetzt – dann aber nur unter Überwindung eventueller Berührungsängste – zusätzlich auch noch für den unheiklen Informator direkt von Haut zu Haut. Doch so ist ihr Beieinander dann schon die abschließende Engigkeit kurz vor einem Ineinander, Endphase kurz vor einer nicht mehr vermeidbaren Penetration, schon halb verschränkt und ganz intim.

Diese Sauna nun wird aus einer umfunktionierten alten Teertonne beheizt, die zwischen dem Beingestänge ihres Hochsitzes über einer ständig gefütterten Feuerstelle aufgebockt ist und in deren Innerem so erhitzte Heilkräuter des Dschungels ihre esoterischen Kräfte zu einem Dampf verwandeln, der senkrecht aufwärts in die Schwitzhütte steigt und dort fast den Atem benimmt.

Nur mit geschamigem Lendenschurz bekleidet, verbringt auch der auserwählte *farang*, der hier von der vielköpfigen Familie des Masseurs als erster Frequent aus Europa herzlich willkommen geheißen und neugierig angestaunt wird, eine lange halbe Stunde, zuletzt gar alleingelassen in diesen aggressiven, sehr schweißtreibenden und okkulten Husten lösenden Schwaden.

Zur anschließenden Massage wird er ins benachbarte Wohnhaus

geführt, das aus Wellblech um einen einzigen Innenraum besteht und in dem sich das ganze Familienleben abspielt.

Er ist fast zur Hälfte mit dicht aneinander geschobenen Liegen ausgefüllt, auf denen die ganze Sippe tags massiert und nachts selbst schläft. Die vielfältig strapazierten Bettlaken bleiben stets dieselben.

Auch der schweißtriefende *farang* streckt nun auf solchem Lager seinen dort oben arg verkrümmten Körper nur allzugern, also völlig ungehemmt und inmitten anderer Kundschaft aus.

Neben ihm traktiert der Vater seines Masseurs, ein 56jähriger Greis mit unbarmherzig gegeißeltem, ausgelaugtem, verbrauchtem und müdem Gesicht, aber vollkommen fettloser Jünglingsfigur und ebenmäßig glatter, fast schwarzer Haut

die verstauchte, übel geschwollene, innerlich gewiß stark entzündete und sehr schmerzhafte Hand eines flotten jungen Motorradfahrers, die durch folterartig brutales und all ihre Schmerzen nur steigerndes Massieren vor irreparabler Verwachsung oder sonstig unguter Heilung im Vorhinein bewahrt werden soll; der junge Mann stöhnt durch zusammen gebissene Zähne hindurch und bäumt sich bisweilen wie wahnsinnig auf; sein Therapeut ignoriert das routiniert und scheint seiner gänzlich uneuropäischen Methode sehr sicher; auch alle andern ignorieren pragmatisch die Qualen des Gemarterten.

Freilich wird nur wenige Bettplätze weiter vom milchkaffeebraunen Nestor dieser therapeutischen Sippe, einem weit über achtzigjährig asiatischen Enak und weithin berühmten Wunderheiler, das sehr viel bedauernswertere, weil seit vielen Jahren aussichtslos querschnittgelähmte Opfer eines Verkehrsunfalls behandelt und nach kurzem verheißungslosen Abtasten der gefühllosen Beine einzig an der Wirbelsäule auf- und abwärts massiert; dabei plätschert ihre Konversation über offenbar heitere Gegenstände dahin und explodiert wiederholt in herzhaftem Gelächter.

Von der leicht gelbhäutigen Schwester des Hotelmasseurs wird eine alte Frau, von seinem maronenfarbigen Bruder ein junger Mönch in all seiner orangefarbenen Seidenpracht durchgewalkt.

Sie alle kakeln und kichern, zumal die müßigen Mitglieder dieser vielfarbigen Familie, die rings um das Lager der Siechen und Hilfsbedürftigen unbeeinträchtigt vergnügt ihren Alltag lebt. Eine Frau stampft barfuß die Wäsche sauber, eine andere kocht unter würzigster Geruchsentwicklung, eine dritte ißt bereits; die Großmutter liegt auf dem allgemeinen Lager inmitten der Patienten und schläft; die halbwüchsige Tochter macht sich zum Ausgehen schön, ihr etwa gleichaltriger Bruder in all seiner pubertär erblühten Anmut begleitet auf der Gitarre seinen inbrünstigen Gesang eines alt überlieferten Liebesliedes; ein alter Mann sucht mitten dahinein in seinem Radio und dessen Wellensalat einen ganz bestimmten Sender und findet ihn lange nicht; ein etwa zweijähriges Mädchen krabbelt auf der allgemeinen Liegewiese zwischen all den bekannten und unbekannten Leibern herum, massiert da auf eigene Faust reihum mit oder kuschelt sich gefühlvoll an wildfremde Körper, knutscht sie genießerisch ab und greift auch nicht eben ungern in manch zuckenden Schritt zwischen wehrlos gespreizten Beinen, ohne daß jemand das sonderlich registriert, geschweige verwehrt.

Auch Nachbarn, Freunde und sonstige Laufkundschaft kommen und gehen. Denn für all die isolierten Einzelgehöfte dieser abgelegenen Dschungelgegend werden hier auch die notwendigsten Siebensachen für täglichen Gebrauch und Verzehr feilgeboten. Dieser braucht Salz, jener Streichhölzer, ein dritter Bindfaden. Mancher leiht sich auch ein Werkzeug aus, ohne das groß zu erfragen, manch anderer tut sich an den immer verfügbaren *gapp kaos*, diesen divers und konträr collagierbaren Gerichten zum obligaten Reis, gütlich, ohne etwa auf eine Einladung zu warten oder gar zu bezahlen: ebenso kann auch jeder bei ihm zu Hause mitessen, alles ebenso ungefragt mitbenutzen. Erwerb und Besitz haben hier kein Eigentumsmonopol zur Folge, nur den offenen Zugang für alle und jeden.

Entsprechend alledem, bemerkt der massierte *farang*, sieht dieser Raum auch aus. In seiner unterschiedslos totalen Verschmelzung von privater und öffentlicher Sphäre ist er nicht nur Schlaf- und Arbeits-, sondern auch Wohn- und Speisezimmer, Kinderzimmer, Altenteil, Küche, Laden, Werkstatt, Restaurant, auch Garage für Mofas, also eine Allzweckräumlichkeit und die komplexe Gegenwelt zu allem Außen, also zur Natur – wo aber gleichwohl der zumindest quantitativ größere Teil des Lebens stattfindet.

An der Natur orientiert sich hier letztlich alles. In sie ist alles eingebettet, auch ihr Bestandteil Mensch. Damit mag es zusammen hängen, daß dergestalt nebengeordnete Innenräume unübersehbar vernachlässigt, eben geringer geschätzt, als ein leider notwendiges Übel nur zum Schutze vor Regen benötigt werden, falls der überhand nimmt und die Übermaße des Monsuns erreicht.

Eben darum hängen hier auch an undichten Stellen des Wellblechdaches kleine Plastiksäckchen unter der Decke und werden als attraktive Feuchtigkeitsbiotope von akribisch aufmerksamen Gekkos umlagert.

Im Übrigen ist der ganze Innenraum in Wahrheit ein Depot. Hier wird alles gelagert, was vor Vergewaltigung durch Naturkräfte wie Monsunregen oder Sonnenhitze ursprünglich einmal geschützt werden sollte. Vieles wird dann später vergessen und bleibt liegen. Folglich sieht es hier auch aus wie auf einem Flohmarkt, im Pfandhaus oder Fundbüro. Der Massierte liegt inmitten eines Chaos aus Hausrat, Andenken, Krempel, Gerätschaften,

Kram und Gerümpel, Klamotten, Plunder, Ramsch, Sack und Pack, Schurrmurr. Gegebenenfalls wäre dies oder das auch käuflich.

Wohnkultur im Sinne von Bequemlichkeit und Schönheitssinn fehlt hier gänzlich. Das befremdet bei einem Volk, zu dessen nationalen Idealen fast fetischartig das *sabaai* gehört: das Wohlgefühl, das Angenehme; auch das *suai*: das Schöne.

Aber solche Kriterien bleiben wohl eher auf alles Zwischenmenschliche, also auf Körper und Seele, sei es auch deren Kostümierung, oder aber auf den ganzen riesigen und zentral bedeutenden Sakralbereich bezogen, der den Thais gar nicht schön genug gestaltet werden kann.

In einer so profanen Dimension wie der alltäglichen Häuslichkeit jedoch nimmt ein Buddhist auch Unbequemlichkeit und Häßlichkeit mit Geduld und anspruchsloser Bescheidenheit hin: es geht auch so und ist unwichtig.

Einzig die vielen Bilder der Königsfamilie, meist aus Illustrierten ausgeschnitten und liebevoll ehrerbietig gerahmt, sorgen an den Wänden ringsum für Zierat und Überhöhung des Banalen.

Draußen vor der Hütte übernimmt das jenes Geisterhäuschen, *saan pra puhm*, das auf schützender Ehrenkonsole und mit täglichem Pflegesatz von zum Beispiel Banane und Wasser dem Andenken und jetzigen Wohlergehen aller verstorbenen Voreinwohner dieses Gebäudes geweiht ist und durch die weit geöffneten Fenster deren Wohlwollen auch in das Tohuwabohu dieses Innenraumes und auf alle Anwesenden einströmen läßt.

Solche Schirmherrschaft der Penaten mag auch die soeben vollzogene Massage inspirieren. Ihr Exekutor, der sich im begleitenden *parlando continuo* seines erotisch samtenen Basses mit dem Namen Winiht und als erst 35jährig vorstellt, entfaltet während die-

ser Arbeit seiner langfingrig kräftigen Dschungel- und Heiler-
hände zuerst den noch kühl distanzierten und leicht ironischen
Charme eines selbstgewissen Machos, dann zunehmend auch eine
immer sensibler werdende Schönheit seiner chinesisch-laotisch
gemischten Physiognomie, die unter all dem Kneten mehr und
mehr zu glühen beginnt.

Seine Technik habe auch er im Watt Po gelernt und kapriziert sich
entsprechend chiropraktisch auf die Extremitäten, auf Gelenke
und Bänder: dehnt sie und streckt und entzerrt, renkt sie knackend
ein und verbiegt sie bis sonstwohin, immer wieder und wieder, im
Largo einer Zeitlupe, achtet dabei auf keinerlei Überschreitung
von Schmerzgrenze oder Tabu, geht verfänglich ungehemmt mit
all den gleich wichtigen und daher gleich berechtigten Körpertei-
len, also auch mit fremden wie gar den eigenen Intimitäten um,
sitzt vertraulich auf dem Arsch des Traktierten, schiebt dessen
große Zehe in die eigene Arschspalte, drückt dessen Hand auch
gegen das eigene schlaffe Genital, rahmt das fremde zwischen seinen pressenden Dschungel- und Heilerhänden millimetereng quasi
ein und erlaubt sich noch sonstige derlei kecke Griffe, die nötig
sein mögen oder auch nicht. Zwar nicht nackt, ist man hier ebenso
nackt oder nackter als bei mancher europäischen Nacktmassage:
so nah ist man sich, und solche Nähe ist sich nie nah genug – wo
ist die Grenze zur Intimität? Längst aufgehoben.

Das muß wohl alles so sein, gehört hier alles dazu und löst zum
Beispiel auch beim benachbarten Landsmann und Mönch in Höhe
der Hüften eine unübersehbare punktuell gipfelartige Hochstül-
pung seiner so pittoresk orangefarbenen Seide aus.

Wohl um derlei seinem *farang* oder auch sich selbst im Familienkreise zu ersparen, schaut Winiht bei all seinen indiskreten Mani-
pulationen und Grenzübertretungen, die sich übrigens auch auf
den häufig mitmassierten eigenen Körper und dessen erogene Zo-

nen ausweiten, demonstrativ gelangweilt zum Fenster hinaus auf Bambus und Papaja oder auf die diversen Aktionen der Verwandtschaft und gibt seinem heiklen Tun so den Anschein völlig unerotischer Verrichtung, als lause er einen Affen.

Oder er beteiligt sich einfach am herzhaften Gelächter des Querschnittgelähmten mit seinem Methusalem.

Außerdem nennt er schonungslos laut die körperlichen Mangel- und Verfallserscheinungen des massierten Europäers beim Namen: Verfettungsansätze, viel zu trockene Haut, auch Haarausfall und Haltungsschäden, lauter Symptome für die Abartigkeiten und Widernatürlichkeiten des Großstadtlebens, *das er freilich nur von seiner Lehrzeit im Watt Po her kenne und tief verabscheue. Anschließend habe er, noch vor seiner Verheiratung, mehrere Jahre allein und obdachlos im Dschungel gelebt, sich von dessen Früchten ernährt und noch nie eine Krankheit gehabt.*

Er und alle überhören den jähen Schmerzensschrei des gefolterten Motorradfahrers: auch solch eines Opfers unnatürlich städtischer Technik. *Nur im Regenwald könne man nie vergessen, daß man Bestandteil von Kosmos und Natur, also Schöpfung, also Gott sei: jeder habe Gott in sich, sei ein Teil von Gott, also! Was brauche man da Technik und Städte, wofür noch?*

In diesem Augenblick fällt die mitmassierende Zweijährige mit Applomb vom Bett und so unglücklich auf ihr Gesichtchen, daß sie selbst, sonst aber nur der *farang* zutiefst erschrickt: es sieht schlimm aus. Aber nur den winzigen Bruchteil einer Sekunde lang herrscht regloses Schweigen im Raum. Denn just im Augenblick des nur allzu nachvollziehbaren Tränenausbruchs der so bestürzend Gestürzten wird der verhindert: von der gesamten Großfamilie samt all den just therapierten Landsleuten. Aber niemand tröstet etwa das Kind oder bemitleidet es, niemand reagiert auch nervös oder schimpft, niemand sagt *"Das kommt davon"*, niemand stürzt hin und hebt die Kleine auf, nein: just im Augenblick des Tränenausbruchs bricht der ganze Umkreis unisono in herzliches Gelächter aus. Also fängt auch das verdutzte, hierdurch abgelenkte Kind zu lachen an und vergißt so Schmerz und Schrecken. Es muß sich auch assistenzlos eigenmächtig wieder aufrichten.

Das erklärt, warum hierzulande nur selten plärrende, ständig aber lachende und sehr selbständige Kleinkinder zu sehen sind.

Bei alledem hat Winihts etwa vierzehnjähriger Sohn sein Musizieren nicht etwa unterbrochen, sondern verhilft ihm mit jener unverwechselbar thailändischen Aufwärtsschleife zu scheinbarer Endlosigkeit, die ja in Wahrheit Ewigkeit symbolisiert und assoziieren hilft.

So verbindet sein filigranes Liebeslied auch das Ende von Winihts Massage mit dem Beginn einer anschließend zugehörigen Gesichtsbehandlung, die von den schwielenloseren Händen seiner Ehefrau übernommen wird und eine sofortig starke Verjüngung bewirken soll. Leider hat der hiermit beglückte *farang* zu prüfen verabsäumt, wie alt er vorher aussah, und nach einem Spiegel fragt er hier taktvoller Weise gar nicht erst. Wozu auch: alle Anwesenden bestätigen ihm händeklatschend und lachend den erstaunlichen Effekt dieses Jungbrunnens.

Freilich ist er dabei auf ihren Mimus angewiesen. Denn gerade hat jener Radiohörer, Bruder von Winihts schlafender Großmutter, den lange vergeblich gesuchten Sender auf seiner Skala aufgespürt und dreht nun voll auf. In einer Überlautstärke, die auch alle observierenden Warane und Lemuren im Umbusch verschrecken dürfte, lauscht er nun der erregten Reportage von einem Wettkampf im Thai-Boxen, jenem so beliebten Nationalsport, den jeder männliche Thai auch zu privater Verteidigung beherrscht und in Alltagssituationen gern und oft aufblitzend andeutet. Meist genügt das.

Aber das Radio überbrüllt nun auch unbeanstandet die abschlies-
sende Frage des *farang* nach der Höhe der fälligen Honorierung.
Vor allem kann er die Antwort nicht verstehen. Aber niemanden
scheint der akustische Terror von Radio und Großonkel zu stören.
Dafür wird der Großonkel gegebenenfalls auch die Phonzahl jedes
andern protestlos und ohne Vorschriften tolerieren. Seine Schwester schläft sogar einfach weiter.

Rein pantomimisch also erfährt der *farang*, daß Bezahlung hier
prinzipiell freiwillig sei: auch ob überhaupt, *up to you*.

Nicht nur deshalb schwebt er nun schwerelos vonhinnen und fühlt
sich als Federgewicht,

kann auch die Grenze zwischen Traum und Wirklichkeit nicht
mehr ausmachen, hat seine mitgebrachten Kategorien zumindest
stark revidiert, gar um einen andern Kosmos erweitert

und überläßt seine angereicherte Seele nur allzugern den überaus
wohligen Attacken einer unwiderstehlich beseligenden Schlaf-
sucht. Noch im Hinüberdämmern begreift der Überwältigte Sinn
und Krönung allen Reisens als rigorosen Ausbruch in ganz und
gar Konträ ... −

Kai, 90

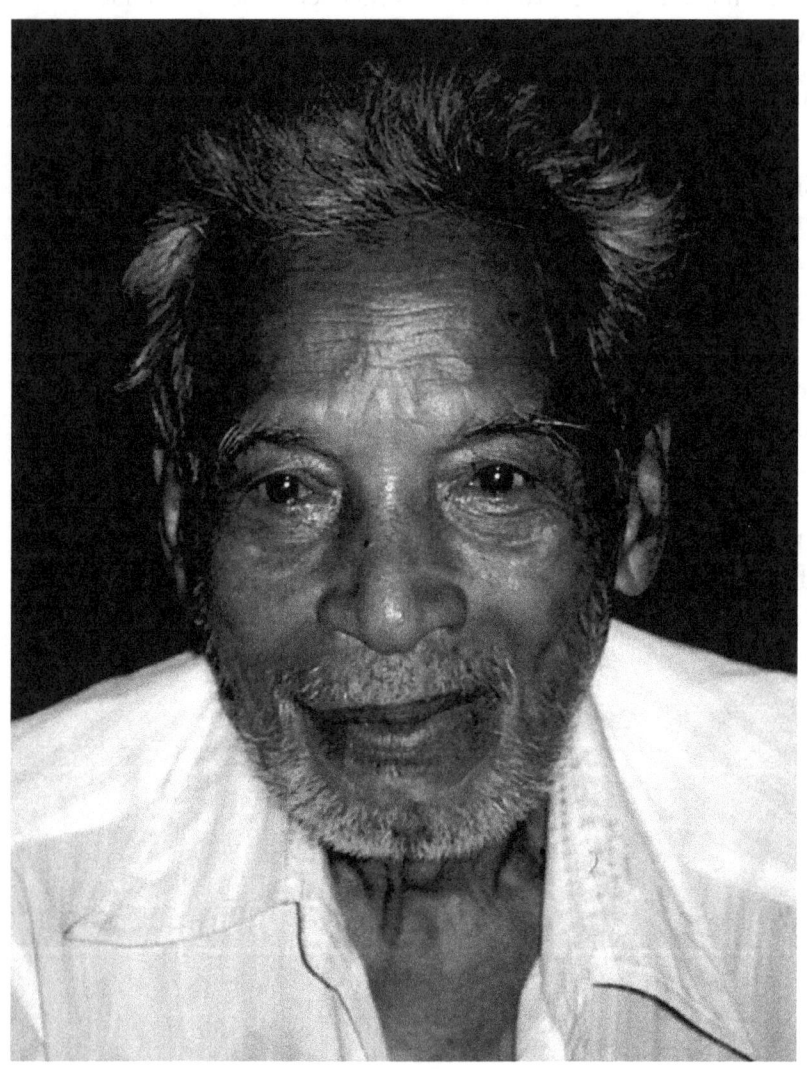

Tai fah la-ohng tulih prabaht

II

Wir Europäer alle haben Sprachen, in denen jedes Wort an seiner
äußeren Gestalt erkennen läßt, ob es einen Singular oder Plural
meint. Das Idiom der Thais hingegen kennt keinen grammatikali-
schen, keinen äußerlich ablesbaren Unterschied zwischen Einzahl
und Mehrzahl. Er ergibt sich einzig aus dem Zusammenhang.

Oh unterm Staub des Staubes Eurer Füße !

In den Zusammenhang einer mehr als siebenhundertjährigen Monarchie gestellt, ist also auch ein König hier formal dasselbe wie
all die insgesamt 55 gekrönten Herrscher in der bisherigen Geschichte dieses Landes. Wem von ihnen allen nun ist dieser Brief
gewidmet?

Jedenfalls *wir Europäer alle* mit unserer vielfach so ungut zwie-
lichtigen Monarchengeschichte und deren häufigen Fehlentwick-
lungen,

aber besten Gewissens auch *wir Menschen alle* mit oder ohne eigene Königserfahrungen

sollten in diesem Brief an einen oder so manchen König von Thailand zuallererst

mit Ehrerbietung und Bewunderung jene ersten beiden fürstlichen
Regenten in Sukotai meinen, die dieses Land im frühen 18. Jahrhundert buddhistischer oder 13. Jahrhundert christlicher Zeitrech-
nung von der Okkupation durch "burmesisch" westliche Talaing
(oder Monn) und kambodschanisch östliche Kamen befreiten.

Die Revolte gegen deren Fremdherrschaft und hiernach eine Un-
abhängigkeitserklärung, auf der seitdem das damals gegründete

freie Königreich Sajamm beruht, bezogen sich schon auf den *teravada*-Buddhismus samt animistischer Relikte aus *Sri Lanka* und variierten in dessen Geiste auch das monarchische Konzept eines Gott-Königs, wie sie es von jenen Kamenn,

die noch heute durch irrige Transkription in Europa eher als Khmer bekannt sind,

und von deren indischem Vorbilde übernahmen.

Aber sie vermenschlichten es sofort. Schon diese frühen Könige von Sukotai verstanden sich selbst als fürsorglich wohlmeinende Landesväter und gaben sich mit ihrem *Tammasat* einen Gesetzes-Codex, der einen mildtätigen *"König der Gerechtigkeit"* forderte und mit seinem Kataloge der zehn *Königlichen Tugenden* einen idealen Monarchen zu definieren trachtete. Der sollte sich ausweisen

durch Wohltätigkeit und Almosen,
durch insgesamt moralisches Verhalten
und liberalen Geist,
durch Aufrichtigkeit gegen jedermann
und Sanftmut,
durch Selbstbeherrschung,
den Verzicht auf jeden Zorn,
durch Gewaltlosigkeit,
Geduld
und Zurückhaltung.

Mit solchem Ethos also bemühten sich diese ersten Könige der Thais, so *"liebenswürdig und trefflich"* zu regieren, daß ihr Volk ihnen loyal und liebevoll ergeben war. Es gelang ihnen, einen Typus von Monarchie zu entwickeln, dessen Errungenschaften auf religiösen, kulturellen und politischen Gebieten noch heute als ein *Goldenes Zeitalter* und *"Wiege der Thai-Kultur"* verklärt werden.

Wir Menschen alle aber sollten unter diesen Monarchen im frühen Sukotai mit sonderlich ehrerbietiger Bewunderung jenem dritten Könige huldigen, der Ràm oder Rama Kamhäng hieß und um die Wende von unserm 13. zum 14. Jahrhundert mehrere Jahrzehnte lang das Land zu einer Blüte führte, die noch 650 Jahre später durchaus nicht verwelkt ist:

Oh unterm Staub des Staubes Eurer Füße !

Er ließ sich (mit offenem O) *kunn poh*, also *"Verehrter Vater"* titulieren und heißt im Volke noch heute der *"Vater Thailands"*. An seinem Palasttor hing eine Glocke für jedermann: dem Läutenden öffnete er selbst und lieh ihm sein Ohr für Beschwerden oder persönliche Anliegen, selbst Leiden aller, auch seelischer Art. Jeder wurde von diesem Könige angehört und beraten, sein Problem wurde untersucht und möglichst gelöst.

Solchem Bemühen um das Fortkommen jedes einzelnen entsprach dann auch *anno Domini* 1283 die Entwicklung einer Schrift, die aus dem Sanskrit abgeleitet, der Sprache seines damals noch analphabetischen Volkes angepaßt wurde und die Basis noch der heutigen schriftlichen Verständigung in Thailand bildet.

Diese gleichsam aus dem Boden gestampfte Kulturrevolution, mit der Ràm Kamhäng im Unterschied zu manchem Kollegen der Weltgeschichte sein Volk lesen und schreiben lehrte,

aus der Unmündigkeit also befreite,

ermöglichte kurze dreizehn Jahre später schon das älteste überlieferte Denkmal hierorts literarischer Dokumentation. Noch in Stein gemeißelt und diesem königlichen Moses oder Columbus hiesigen Schreibens namentlich gewidmet, enthält die sogenannte Ràmkamhäng-Inschrift des buddhistischen Jahres 1739 und des abendländisch spätmittelalterlichen 1296 die nunmehr also möglich gewordene Festschreibung des Grundsatzes, daß in diesem Staate vor dem Gesetz alle Bürger gleich seien. Auch Wohlstand werde angestrebt – für alle Sajammesen gleichermaßen, aber auch für alle andern, die hier leben, ohne *sajamm* zu sein: Antirassismus also, integrierende Fremdenfreundlichkeit und multikulturelle *égalité* hier schon in allerfrühester Anfangsphase!

Wir Menschen alle preisen so klugen König.

Freilich hatte der zuvor das *"Kleine Fahrzeug"* des *teravada*-Buddhismus zur offiziell verbindlichen Staatsreligion erklärt, somit hohe moralische Forderungen an sich selbst, seine Mitarbeiter, seine Familie aufgestellt und jegliches Standes- oder Kastendenken, wie es die benachbarten Hindus pflegten, untersagt.

So hohes kulturelles Niveau manifestierte sich organisch in Architektur und Skulpturen, die von diesem König in einem Maße inspiriert und gefördert wurden, daß der Stil von Sukotai über Jahrhunderte noch bis heute als klassisch dominierende Kunst der Thais überdauert und Maßstäbe gesetzt hat.

Das alles sicherte dieser Ràm Kamhäng schon in so früher Stunde politisch ab, indem er, ein ebenso milder wie resoluter Patriarch und Diplomat, sein Land in alle Himmelsrichtungen und bis an die Grenzen zu Laos, Myanmar, Kambodscha und Malaysia auszudehnen wußte, so daß es schon fast seine heutigen Konturen besaß.

Jenseits dieser Grenzen hatte er nur Freunde.

Intern verstand er hinlänglich zu delegieren, zu dezentralisieren und mit egalitären Strukturen eine Frühform von Mitverantwortung zu begünstigen.

Dieses Königreich von Sukotai hat keine Kriege geführt, mußte aber Rang und Monopole schon nach rund hundertfünfzig Jahren an das etwas südlichere Ajutajah abtreten.

Wir Menschen alle sollten auch für jene Könige von Ajutajah Respekt zu empfinden versuchen, obwohl sie manchen Vorbehalt, wie wir ihn eigenen Monarchismen gegenüber zu entwickeln genügend unerfreuliche Anlässe hatten, eher zu bestätigen scheinen.

In vierhundert Jahren praktizierten in diesem politisch, wirtschaftlich und militärisch potenten Reiche insgesamt 33 Könige ungefähr das, was in der europäischen Geschichte Absolutismus genannt wird.

Hier hatte das auslösend religiöse Gründe.

Unter kulturellem Einfluß jener militärisch unterworfenen kambodschanischen Kamen übernahmen die Könige von Ajutajah Elemente des indischen Brahmanismus und damit jenes Konzept der *derawadschah*, das einen König als göttliches Wesen begreift.

Solches Selbstverständnis als Gottkönig und *dschao tschihwitt*, *"Herrn des Lebens"*, machte ihn auch zum Herrn über den Tod zahlloser Untertanen, die solchem Monarchismus nicht gerecht werden mochten.

Sein Repräsentant entrückte sich selbst ins unnahbar Unerreichliche:

Oh unterm Staub des Staubes Eurer Füße !

Kein Sajamm durfte je das königliche Antlitz erblicken: auch hierauf stand die Todesstrafe. Reiste ein König durch sein Land, wurden seitlich seiner Route Zäune errichtet, um ihn unsichtbar zu machen. Auch jeder Gegenstand, den er benutzte, galt als so heilig, daß schon auf ihn hinzudeuten die Amputation des dermaßen frevelnden Fingers zur Folge hatte.

Diesem Kulte dienten nicht nur die Rituale eines extrem entfalteten Zeremoniells, sondern auch ein hierzulande neues Feudalsystem mit zentralistischer Verwaltung sowie eine hierarchisch durchstrukturierte Gliederung, die die ganze Bevölkerung in Freie und Sklaven aufteilte und die soziale Wertigkeit eines Menschen einzig über dessen Landbesitz definierte.

Entsprechend wurde hier der *Tammasat* von Sukotai durch den hinduistisch orientierten *Manuh* abgelöst, der weniger die Rechte als die Pflichten von Untertanen und Kasten ihrem Könige gegenüber ebenso festschrieb wie auch die drakonischen Strafen für Verstöße.

Gleichwohl war alles das zumindest in seinen Anfängen als stabilisierender Dienst an einer zuinnerst gütig und wohltätig verstandenen Idee gemeint, die noch den Geist von Sukotai erkennen ließ und diese expandierende Nation zusammenhalten und fördern sollte.

Das tat sie auch lange. Etwa um das christliche Jahr 1600 gelangte dieses Imperium von Ajutajah unter seinen Königen Naresuan und Narai auch kulturell zu einer Blüte, die wiederum als ein *Goldenes Zeitalter* bezeichnet wird und deren architektonische Zeugen noch in den heutigen Ruinen ihrer Hauptstadt,

die damals eine der schönsten asiatischen Metropolen war und mit fast einer Million Einwohnern das derzeitige London als Dorf erscheinen ließ,

das hohe Niveau seiner Künstler eindrucksvoll offenbart.

Bei allem Respekt vor solcher Hochkultur, die sich auch in prosperierender Wirtschaft manifestierte, richtet sich dieser Brief für die Könige von Thailand gewißlich am wenigsten an jene Potentaten von Ajutajah, wie sie in Europa etwa den ungeliebt sonnenköniglichen Herrschern des barocken Spätmittelalters entsprachen und dort geraden Weges zur Pariser Revolution, dann in ein demokratisches Zeitalter führten.

Zwar wurden auch im sajammesischen Königreiche von Ajutajah

zwei Herrscher ermordet und bezeugten insofern, daß auch gott-
ähnliche Majestäten sterblich und Geduld oder unterwerfende
Hinnahme selbst einer Thai-Bevölkerung nicht unbegrenzt strapa-
zierbar sind.

Das erwies sich auch später bisweilen: noch in unserm jetzigen
Jahrhundert. Und als die Könige von Ajutajah dem *crescendo* von
Verlockungen europäischer Missionare und Kolonisatoren wenn
nicht ihr Herz, so doch ihr Ohr zu leihen, Handelsverträge mit ihnen abzuschließen und wirtschaftlich verbrämte Brückenköpfe zuzulassen begannen, von denen der holländische sich so aggressiv
gebärdete, daß sechshundert schwerbewaffnete Franzosen um Hilfe ins Land gebeten werden mußten – :

eben da kam es schließlich zu einer Palastrevolte gegen den kran-
ken und schon halbwegs katholisch gewordenen König, zu schneller Vertreibung aller Europäer und fortan zu jener *splendid isola-
tion*, deren Abschottung gegen jegliche Ausländer psychologisch
noch heute nicht ganz überwunden ist.

Aber seit jener Franzosenzeit ist *faràngsèt*, das Thai-Wort für das
französische *français*, ein Synonym für *fremd* mit heute noch letzten kritischen Resten von Ablehnung, Unerwünschtheit.

So konsequente Abschottung nach außen hatte zwar ihre Vorteile.
Aber vierhundert Jahre kriegerischer Auseinandersetzungen mit
den Nachbarn in Laos, Kambodscha und ganze sieben Male mit
dem nördlichen *Lann Nah*, fünf noch ärgere Male mit dem "bur-
mesischen" Myanmar hatten nicht minder ihre Folgen. *Anno Domini* 1767 überfielen die Birmanen schließlich dieses stetig ag-
gressive Ajutajah, belagerten, eroberten und vernichteten es total,
zerstörten drei Königspaläste, 375 Tempel, 94 Stadttore, über 25
Festungen, alle Bibliotheken, Archive und Statuen in einem gna-
denlosen Holocaust, der Abertausende von Sajammesen tötete,
hunderttausend deportierte, das Land im Chaos und die Überle-

benden mit einem Trauma zurückließ, an dem noch heutige Nachfahren leiden.

Diese Quittung für hybride Angriffspolitik erinnert in Vernichtungsvolumen und größenwahnsinniger Selbstverschuldung an das deutsch-europäische 1945. *Wir Deutschen und Europäer alle* könnten und sollten uns mit jenen Thais von 1767 solidarisieren.

Die Königliche Sippe in all ihrer Göttlichkeit war ausgerottet, von all den hierarchisch sorgfältig aufgebauten Führungseliten nur *Takk Sinn*, ein chinesischstämmiger Unterfeldherr und Provinzgouverneur, am Leben und noch ehrgeizig willens, einen Wiederaufbau zu organisieren. Er versammelte die Reste von Volk wie Armee und stockte sie durch Immigration chinesischer Händler auf, die er ins leere Land lockte und so besteuerte, daß er Birmanen und Kamenn vertreiben, die auseinander gefallenen Provinzen wieder vereinigen und sogar das nördliche *Lann Nah* rings um *Tschiang Mai* in das neu erstehende Königreich Sajamm eingliedern konnte.

Das alles wurde meist gewaltsam, oft kriegerisch durchgesetzt. Um hierfür ermächtigt zu sein, ernannte dieser *Takk Sinn* sich selbst zum Könige und gab seinem mittelpunktlosen Reich mit dem Fischerdorf Tonburih am westlichen Ufer des *Tschao Prajah* eine neue Metropole. Heute ist sie Stadtteil von *Grung teep*.

Wir Menschen alle sollten auch diesem Könige von Thailand Respekt und Bewunderung dafür zollen, daß er nach einer Stunde Null, wie wir sie alle kennen, in nur fünfzehn Jahren ein neues Sajamm erstehen zu lassen vermochte. Ohne seine beispiellose Energie gäbe es das heutige Thailand vielleicht nicht. Er ist ein abermaliger Gründer und Vater dieses Staates.

Oh unterm Staub des Staubes Eurer Füße !

Leider war *Takk Sinn* von den Konzepten einer Gottähnlichkeit der Könige von Ajutajah noch allzu stark geprägt. Selbst auf dem Thron, hielt er sich bald auch für einen neuen Buddha, verlangte Anbetung und strafte ihre Verweigerung mit brutalsten Massakern. Größenwahn paarte sich mit Paranoia und führte nach wohlbekannt abermals zwölf geisteskranken Jahren zu einem Aufstand gegen ihn. Er wurde abgesetzt und vermutlich hingerichtet, wenn auch standesgemäß: um königliches Blut nicht im Erdreich versickern zu lassen, wurde er in einen Samtsack eingenäht und mit Keulen aus aromatisiertem Sandelholz totgeprügelt. Auch hierzu sind Thais, wenn es anders gar nicht mehr geht, imstande. *Wir andern alle* respektieren das ohne Selbstgerechtigkeiten.

Sein General Dschagrih, ein charismatischer und populärer Kriegsheld, der die Kamenn besiegt und das sajammesische Nationalheiligtum des *Smaragdenen Buddha* nach zweihundertjährigem Exil aus Laos heimgeholt hatte, wurde neuer König, regierte 27 friedliche Jahre lang und begründete die nun seit mehr als zweihundert Jahren amtierende Dynastie seines Namens.

Oh unterm Staub des Staubes Eurer Füße !

Wir Menschen alle bewundern diesen König voller Ehrerbietung, weil er jenen seither andauernden Prozeß in die Wege geleitet hat, der die segensreichen Traditionen und Errungenschaften von Sukotai und Ajutajah auf fruchtbare Weise miteinander verschmilzt.

Schon im ersten Jahre seiner Herrschaft verlegte er seine Metropole von jenem Tonburih auf die andere Seite des Stromes, wo ein Fischerdorf jene *kok*-Oliven und – als Zollstation – besseren Schutz vor den Birmanen, vielleicht auch vor dem Dämon seines totgeprügelten Vorgängers bieten sollte. Binnen eines einzigen Jahres ließ er von zehntausend kriegsgefangenen Kamenn, deren Haß und Flüche sich dabei vielleicht heute noch in Smog und giftigen Abgasen inkarnieren, eine neue Residenz errichten, der er mit Anleihen beim Sanskrit und mit manch offenem O jenen einmalig unvergleichlichen Namen einer *Stadt der Engel* und höchsten Stätte der neun unschätzbaren Edelsteine gab:

Grung teep mahaanakonn amonn rattanakohsinn ma hintarah jut tajah mahaadilock poppnopparatt raatschatahni buriromm udomm raatschaniweht mahaasatahn amonn pimahn awa tahn satitt sakk katatt tija wisanukamm prasit.

In so selbstgemachter Engelsstadt begriff sich dieser König als Restaurator zumal der zerstörten Kultur seines Landes, ließ Königspalast, ließ Königstempel *Pra Gäo* und andere sakrale, andere profane Architektur nach Plänen und mit Materialien aus Ajutajah errichten, setzte die Sajamm-Tradition der königlichen Kunstmäzene fort, gab das Sammeln fragmentarisch überlieferter Manuskripte und die neue Niederschrift alter Gesetze, religiöser wie literarischer Texte in Auftrag, aber sorgte mit seinem *"Gesetz der drei Siegel"* auch für eine Rationalisierung von Verwaltung und Volkswirtschaft.

Freilich ließ er sich Ràm oder Rama I. nennen und stellte mit solcher Bezeichnung den Bezug nicht nur auf den Gott der Hindus wieder her. Auch die eigene Göttlichkeit klingt in solchem Namen, den seither alle bisherigen Nachfolger übernahmen, dauerhaft fort.

Aber *wir Menschen alle* haben gleichwohl Anlaß, auch seine beiden Nachfolger, Sohn und Enkel, ehrfürchtig zu bewundern.

Ràm II. herrschte fünfzehn Jahre lang als ein Schöngeist auf dem Thron, setzte die Renaissance nationaler Kultur und Traditionen konsequent fort und widmete sich der Pflege von Architektur und Literatur, Theater, Musik und Tanz. So machte er seine Hauptstadt zum Magneten für alle Musensöhne, seinen Palast zum Kulturzentrum. Inmitten war er aber selbst ein Literat von Rang, verfaßte Texte, die heute als klassisch gelten, und adaptierte das indische Heldenepos *"Ramajana"* unter dem Titel *"Ramakjenn"* zu einem hochgeschätzten Drama in der Thai-Sprache seines Volks.

Das alles aber war nur an der Spitze einer stabilen sozialen Hierarchie möglich, deren Organisation und Verwaltung er seinem ältesten Sohne, *Nohng Klao*, überließ. Der beerbte ihn später als König Ràm III., widmete sich vorrangig Landwirtschaft, Flottenbau und Steuerpolitik, aber auch dem Außenhandel primär mit China, ferner England und den USA, deren Missionare er als Zuträger westlicher Medizin exklusiv in die Klausur seines Landes hineinließ. Während 26 segensreicher Regierungsjahre veränderte er auch die Landesgrenzen zu Laos, Vietnam und Malaysia zugunsten Sajamms.

Nachfolger als Ràm IV. war für siebzehn Jahre sein Bruder Monggut, der zuvor 27 Jahre lang als Mönch durch alle Provinzen gepilgert war, zwölf Fremdsprachen, aber neben Sanskrit, Palih und asiatischen Idiomen auch schon Englisch und sogar Latein gelernt, Astronomie und Geschichte studiert und sich über westliche Kultur wie Politik, Wirtschaft wie Technik informiert hatte. Noch als König verblüffte er Astronomen und alle Welt durch seine richtig berechnete Vorhersage einer Sonnenfinsternis.

Dieser vierte Rama der Dschagrih suchte einen Anschluß an den menschenfreundlichen Stil von Sukotai und machte aus dem entrückten Gottkönig von Ajutajah wieder eine Vaterfigur. Er verkleinerte die Kluft zwischen Volk und Herrscher, führte jene Anhörungen des Kamhäng, also Petitionsrecht und Sozialfürsorge ein und war der erste Monarch, dessen Antlitz wieder gesehen werden durfte. Dennoch betrachtete er die demokratische Entwicklung unseres 19. Jahrhunderts mit Skepsis:

Oh unterm Staub des Staubes Eurer Füße !

Gleichwohl fühlte sich Rama IV. dem Wohle seines Volkes verpflichtet, öffnete sein Land nach hundertfünfzigjähriger Klausur wieder westlichen Ideen zumal im Schulsystem, traf Handelsabkommen und vereinbarte diplomatische Beziehungen zu allen wichtigen Staaten Europas und Amerikas, die in der Folge moderne Landwirtschaft und Industrie importierten.

Wir Menschen alle können nicht umhin, diesen hochbegabten und segensreich aufgeschlossenen König von Thailand sonderlich ehrfürchtig zu bewundern. Aber dieser mutige Reformator, der sein Land bewußt in die Neuzeit führte, sah zugleich die akute Gefährdung durch den aggressiven Kolonialismus der Europäer. In realistischer Einschätzung von Machtverhältnissen und Militärpotentialen ringsum sowie mit klugen territorialen Konzessionen zumal in Kambodscha bewahrte er Sajamm vor dem Schicksal seiner langjährig unterdrückten und ausgebeuteten Nachbarstaaten. Als einziges Land im ganzen südöstlichen Asien entging es dadurch weitgehend all den europäischen Versuchen einer Kolonisation oder sonstigen Fremdherrschaft.

Das mag dieser König nicht zuletzt durch eine weise Verschmelzung von Buddhismus und wissenschaftlichen Einsichten der Moderne erreicht haben. Auf diese Weise stabilisierte er seine Religion und immunisierte sie gerade durch solche behutsame Demythologisierung gegen westliche Ideologien.

Über alledem aber war der überzeugte Mönch und frühere Asket zum schwelgend vitalen Erotiker mutiert, der etwa vierhundert Frauen oder offizielle Geliebte gehabt haben soll.

Ein Mückenstich, der ebenso tödlich mit Malaria infiziert war wie der seines großen makedonischen Kollegen Alexander, machte den Thron dieses bedeutenden Königs für seinen erst fünfzehnjährigen Sohn *Tschulah Tschomm Klao* frei, der als fünfter Rama 42 Jahre lang und schon in unser 20. Jahrhundert hinein regierte.

Von europäischen Lehrern erzogen, setzte er im Sinne seines Vaters die pragmatisch weitsichtige Modernisierung Sajamms mit einer reformfreudigen Innenpolitik fort, die Verwaltung und Rechtsprechung revolutionierte. Er schaffte die Leibeigenschaft ab, berief eine Regierung aus Ministern, ersetzte die Willkür eines hierarchisch geordneten Abgabensystems durch Steuergesetze und sorgte für westlich orientierte Verbesserungen in einer Infrastruktur mit Eisenbahnen und einem neuzeitlichen Schulsystem. Auch das höfische Zeremoniell wurde erneuert, von Fußfällen und anderen antiquierten Unterwürfigkeitsritualen befreit.

Oh unterm Staub des Staubes Eurer Füße !

Durch solche Vielzahl interner Stabiliserungen kräftigte er das Land gegen zunehmenden Druck von außen, zumal von militärisch bedrohlichen Kolonisatoren. Mit zusätzlichen territorialen Abtretungen an den Grenzen nach Laos und Myanmar erwirkte er 1896 von England und Frankreich eine vertragliche Garantie, die Neutralität Sajamms als einer Pufferzone zwischen den Kolonialmächten ringsum zu respektieren.

So wurde Ràm V. zu einem Symbol nationaler Unabhängigkeit und eines traditionsbewußten Aufbruchs in die Neuzeit. Obwohl er seinem Volke eine totale Demokratisierung noch verweigerte, wurde er *Pra Pihjah Maharaj* genannt: *"Geliebter Großer König"*. Schon er wurde wohl wirklich geliebt.

Dazu mag das demonstrative Bekenntnis beigetragen haben, das auch er mit 91 Frauen und 77 Kindern zu einem völlig bejahten und promisk emanzipierten Eros ablegte. Von ihm und seinem Vater aufgewertet, mag solches Verständnis der Sexualität noch heute die Thais beeinflussen und stimulieren.

Wir Menschen alle können auch den drei Nachfolgern dieses grossen Erotikers, unter denen die Institution der Monarchie geschwächt wurde und über vier Jahrzehnte in eine Krise geriet, gebührenden Respekt bezeugen.

Monggut Klao, eins der 77 Geschwister und in Oxford erzogen, regierte als Ràm VI. fünfzehn Jahre lang im Geiste seines Vaters, glich den buddhistischen Kalender dem westlichen an, führte Familiennamen und allgemeine Schulpflicht ein, gründete 1917 die erste Universität und förderte durch seine umfangreiche literarische Tätigkeit ein nationalistisches, ein antichinesisches Ideengut.

Sein extravaganter und verschwenderischer Regierungsstil provozierte eine Opposition, die aber erst in der Regierungszeit seines Bruders *Pokk Klao* aktiv wurde, der zehn Jahre lang als Ràm VII. auf dem sajammesischen Thron saß. Er ließ es zu, daß ambitioniertere Verwandtschaft eine konservative und absolutistischere Politik praktizierte. Krasse Kürzungen der öffentlichen Ausgaben verursachten soziale Spannungen, die von der Weltwirtschaftskrise nach 1929 so verstärkt wurden, daß es 1932 unter Führung eines 32jährigen Professors zu einem Studentenaufruhr kam, der von Militär und Beamtenschaft unterstützt wurde. Er kostete kein Menschenleben, nahm aber Mitglieder der Königsfamilie als Geiseln und zwang den König zur Beendigung seines absolutistischen Ämtermonopols sowie zur Einführung einer konstitutionellen Monarchie nach englischem Muster.

Ein Jahr später scheiterte ein Gegenputsch und isolierte den König zwischen den beiden polarisierten Lagern. Demokratischen Ideen persönlich ohnehin zugänglich, entschloß er sich zur Abdankung und ging ins englische Exil, ohne einen Nachfolger zu benennen: ausdrücklich überließ der Kinderlose alle Macht dem Volke.

Oh unterm Staub des Staubes Eurer Füße !

Solche Revolution wurde aber von einflußreichen Kreisen um den General Pibun verhindert, indem sie Ananda Matschidonn, einen zehnjährigen Neffen des Zurückgetretenen, als Ràm VIII. zum König ernannten und in ein Internat der fernen Schweiz schickten.

Ein Regentschaftsrat, dem jener ehrgeizige Pibun schließlich als Premierminister vorstand, betrieb eine nationalistische Innenpolitik und verhinderte während des *Zweiten Weltkrieges* die drohende Okkupation durch Japan nur durch eine Bündnistaktik, die das Land den Invasoren aus Nippon freiwillig öffnete, mit deren militärischer Hilfe frühere Gebietsabtretungen an Laos und Kambodscha rückgängig machte und schließlich gar in notgedrungener Solidarität mit Tokio den USA einen Krieg erklärte. Doch in Washington wurde diese Kampfansage vom dortigen Botschafter jenes Königreichs ohne König auf mysteriöse Weise zurückgehalten: einfach nicht überreicht, und der Krieg fand gar nicht statt.

Aber eben in dieser einzigen neuzeitlichen Phase einer militanten Fremdbestimmung wurde die traditionelle Bezeichnung *sajamm* (in englischer Umschrift *Siam*), mit der die feindlichen Kamenn vor siebenhundert Jahren dieses Volk als *"die Dunklen"* verunglimpft hatten, in emanzipatorischer Selbstbehauptung gegen *Thailand* ausgetauscht: *thai* bedeutet *frei*, der Thai ist der Freie.

Als nach Kriegsende der inzwischen zwanzigjährige achte Rama aus der neutralen Schweizer Demokratie mit dem Ruf eines intellektuellen Reformers in sein so freiheitlich umgetauftes Reich zurückkehrte, wurde er kurz danach im Schlafzimmer des Königlichen Palastes zu Bangkok erschossen aufgefunden. Täter und Motivation blieben unbekannt oder unveröffentlicht.

Ihm folgte Puhmiponn, sein in Massachusetts geborener Bruder: er war achtzehn Jahre alt und wurde zur prägenden Figur des thailändischen Monarchismus im 20. Jahrhundert: als Ràm IX.

III

Gomaat

Rah

Rah ist ein unverkennbar städtisch geprägter *doughnut*-Verkäufer, auffallend modisch gekleidet und von dynamischer Agilität.
So fackelt er auch nicht lange, als ihm kurz vor dem *boarding* seines Inlandfluges in der Wartehalle ein blonder *farang* in die Augen sticht, der seinem speziellen *gusto* genau entspricht. Aber just als er mit ofterprobt unwiderstehlichem Lächeln und großen leuchtenden Augen zu signalisieren und anzufragen beginnt, wird ihrer beider Maschine zum *embarkment* aufgerufen, seine Attacke also einem gefährlichen Interruptus ausgesetzt. Denn ihre Platznummern trennen sie unweigerlich schon beim Einsteigen.

Doch von hinterer zu vorderer Gangway winkt dieser Rah seinem Ausgespähten bereits so zutraulich lachend und verbindlich zu, daß es nach ihrem kurzen Inlandflug (mit überhetzter Mahlzeit und witterungsbedingt unterbrechungsloser Anschnallpflicht) an ihrem Zielort sofort zu einem ersten Dialogversuch kommt, dem Rah dann schon gleich den Ton einer intimen Herzlichkeit und Selbstverständlichkeit zu geben weiß.

Ohne zeitaufwendige Anfragen oder Beratungen greift er resolut in die vororganisierten Reisestrukturen seines neuen Auserkorenen ein, separiert ihn eigenmächtig aus den Fängen touristischer Lokalfunktionäre und placiert ihn in einem Zubringerbus seiner eigenen Wahl: nun natürlich auch neben sich. *Er sei allerdings schon 27.* Im luxuriösen Hotel seiner Wahl ordert er dann ebenso fraglos und flugs ein Doppelzimmer.

Dort genießen sie einander unverzüglich.

Nach der ersten Strophe läßt Rah seinen blonden Galan jedoch allein, um seiner Schwester aufzuwarten, *die im selben feinen Hotel beschäftigt und derentwegen er selbst hier überhaupt nur ange-*

reist sei. In der Wartezeit kann sich der blauäugige Blondkopf seinen europäisch nagenden Überlegungen hingeben, ob diese Schwester vielleicht keine Schwester, sondern eine Geliebte, vielleicht auch keine Geliebte, sondern ein anderer Geliebter sein könnte. *Fänn,* das Thaiwort für Geliebte, kennt ja ohnehin keine Unterscheidung nach Geschlechtern und bezeichnet da Männer wie Frauen gleichermaßen.

Aber nach strophenlanger Abwesenheit kehrt Rah unternehmungslustig zurück und widmet sich alsbald dem zweiten Vers ihrer harmonischen Romanze.

Hiernach ist wieder Szenen- und Strophenwechsel, um die Schwester nicht zu brüskieren. Anschließend intonieren sie Strophe drei und nach schwesterlichem Intermezzo auch noch Strophe vier ihres Duetts.

Nunmehr sind Uhrzeit und Erschöpfungen hinlänglich fortgeschritten, um sich wohlverdienter Nachtruhe hinzugeben. Zuvor jedoch referiert dieser Rah noch in seinem radebrechenden Englisch, *wie er dem neuen Freunde sogleich verfallen sei, als dieser im* coffee shop *des Flughafens sichtbar wurde.*

Erzählt's, löscht die Nachttischlampe und ist schon eingeschlafen, indes der ungleich aufgewühltere Nordeuropäer in Gedanken rekapituliert, wie er einem ebenso unerklärlichen wie auch unwiderstehlichen Zwange in jenen *coffee shop* folgte, wiewohl er zu jeglichem Verzehr gerade besonders unlustig war; ohne sich zu irgend kulinarischem Konsum verführen zu lassen, verließ er daher den *coffee shop* sofort, nachdem ihn Rah dort wahrzunehmen so die Gelegenheit erhalten haben mochte: handelt es sich hierbei also um Vorbestimmung, eine Art höherer Planung, gar Schicksal, wie man derlei im mystischen Asien müheloser wahrnehmen mag als sonstwo?

Solche und anderweitige Gedanken und Nachklänge, bald auch ein phonstark trommelnder Landregen und das Dröhnen der ungewohnten Klima-Anlage verzögern das Einschlafen dieses vielfältig strapazierten Asienreisenden: er wälzt sich ruhelos auf seinem Luxuslager und bewacht den tief und gleichmäßig atmenden Schlaf seines überraschenden und rätselhaften Freudenspenders.

Doch plötzlich brechen dessen Atemzüge ab, er wird wach. Deutlich hörbar horcht er nun seinerseits auf die wache Atemlosigkeit an seiner Seite. Es ist stockdunkel im Zimmer, so daß jeder den andern nicht sieht und umso angespannter belauscht. Der Europäer hört, wie der Asiat sich aufsetzt und angestrengt nach dem fremden Atem forscht. Jählings ist Hochspannung im Raum.

Um seine gewärtige Wachsamkeit unmißverständlich zu demonstrieren, hält Europa nun auch noch seinen flachen Normalatem an und ist auf alles gefaßt: Diebstahl, Überfall, Angriff, Flucht. Jetzt muß es sich offenbaren: was will dieser Mensch, was plant er? Warum hat er das alles eingefädelt? Vorsicht. Ist er ein rätselhafter, längst gesuchter und bislang unerwischter Touristenmörder? Es wird gefährlich. Warum schmeißt man ihn nicht einfach raus: nur aus unangebrachter Höflichkeit, gepaart mit Neugier und Schwäche – aus Kultur?

Aber Asien mag es, seitenverkehrt, genauso ergehen.

Europa hört ein undefinierbar tastendes Suchen auf dem Nachttisch. Dann geht die fernbediente Deckenlampe im Vorraum ihres Zimmers an und offenbart, wie Asien sich im Schutze solcher diffusen Helligkeit wieder niederlegt und bald, durch die Sicherheit des vagen Lichtes offenbar beruhigt, wieder einschläft.

Europa gelingt das erst sehr viel später, weil nun auch noch der Lampenschein stört.

An seinem Urlaubsort an den Gestaden des *Golfes von "Siam"* tauch Rah mitnichten auf, wiewohl er das bei ihrem frühmorgendlich atmosphärelosen Abschied nach schlafgestörter Regennacht in Aussicht stellt.

Dennoch ruft der so verschmähte Blonde ihn einige Ferienwochen später unter einer Telefonnummer an, die ihm das Schicksalhafte dieser Begegnung bestätigen oder widerlegen soll. Kichernde Frauen, des Englischen ohnmächtig, reichen sich den Hörer so lange panisch weiter, bis eine letzte schließlich zu radebrechen vermag, daß dieses Haus allzu groß, eben *"big house"*, sei, um hier irgendeinen Rah ausfindig machen zu können.

Ende des Telefonats und dieser Liebschaft.

Dailih

Donn

Donn ist mit seinen zwanzig Jahren das Faktotum eines gut frequentierten Touristenhotels mit überwiegend europäischer Klientel und dort *everybody's darling*, weil er so überaus hilfsbereit,
aufmerksam, unermüdlich einsatzwillig und dabei immer freundlich, immer gut gelaunt ist. Jeder wendet sich mit seinen Wünschen an ihn, und ohne ihn ginge gar nichts, er ist unentbehrlich.

Unübersehbar schwärmt dieser Donn für jene hochgewachsenen,
auch gern etwas stärkerleibigen blonden Männer, wie sie in solchem Hotel nicht eben selten logieren und denen er da nicht nur
jeglichen Wunsch von den möglichst blauen Augen abliest und
bereitwilligst erfüllt, sondern vor denen er auch selbst wie Wachs
dahinzuschmelzen scheint.

Das bleibt wohl aber ausnahmslos immer ohne Erfolg, weil Mutter Natur sich bei seiner Herstellung ein bißchen geirrt oder aber
seiner leiblichen Mutter ein ungutes Medikament verübelt und ihn
für dieses Menschenleben nicht mit angemessenen Männerhänden, sondern stattdessen mit zwei großen, zweiteilig eingekerbten
Krabbenscheren ausgestattet hat. Vielleicht sind die aber auch einfach von seiner vorausgegangenen Inkarnation hartnäckig übrig
geblieben, oder sie kündigen vorlaut schon die nächste an.

Mit diesen Scheren nun bewältigt Donn zwar mühelos und einwandfrei sämtliche irgend anfallenden Aufgaben und Problem-
stellungen, die andere Menschen mit ihren beiden fünffingrigen
Händen lösen müssen. Aber niemand will von diesen Krabbenscheren geliebkost werden, und seien sie noch so zärtlich, wie ihr
Besitzer das durch seine übrige Feinfühligkeit und Liebenswürdigkeit vielversprechend ahnen läßt.

So muß er darauf verzichten, von blonden Europäern gestreichelt und starkleibig geliebt zu werden.

Als er sich über diesen Gram seines Lebens gelegentlich mit kleinen Rauschgiftdosen hinwegzutrösten beginnt, wird bei einer Polizeirazzia ausgerechnet er mit seinem winzigen Proviant erwischt und mangels Kautions- oder Bestechungspotentials von einem gnadenlosen Gericht dem besonders übel beleumundeten thailändischen Strafvollzug überantwortet.

Da werden für Donn wohl schwerlich die mildernden Umstände der Krabbengesetze greifen.

Nach seiner Rückkehr jedenfalls sieht man ihm das an. Er ist erschreckend schnell gealtert und hat den Bodensatz seiner Liebenswürdigkeit, also seines Charakters verloren. Die verbliebene Freundlichkeit läßt sich mühelos als Fassade durchschauen und die traumatische Vereisung seiner Gefühle hindurchschimmern.

Er hat nicht nur all sein bestrickendes Charisma und den rattenfängerhaften Charme seiner aufrichtig interessierten Teilnahme an anderen Menschen, sondern auch den lange angestammten Arbeitsplatz verloren. Zwar findet er einen andern, gar besseren, ist dort aber ohne die frühere Lust und Freude, also ohne Vertrauen wirksam und wird da vermutlich nicht lange bleiben.

Dafür scheint er jetzt auch zu rastlos. Denn aus dem Gelegenheitskiffer, der sich so feierabends über einsame Momente hinweghalf, ist im Knast ein tief und heillos Süchtiger, von der Droge zuallerinnerst Abhängiger geworden, dem der Sinn nach nichts anderem mehr steht und der nun gar verheißungsvolle Einladungen sei es von robusten Blondköpfen rüde ausschlägt. Denn in seiner Freizeit hält er sich nur noch an Orten und unter Menschen auf, die ihm eine wenigstens kurzfristige Befriedigung seiner eigentlich unstillbar und chronisch gewordenen Gelüste gewährleisten. Er sucht und findet nur noch einschlägig zuverlässige Plätze, wo er sich Joints oder sonstige Griffigkeiten in seine tristen Scheren stecken kann.

Att

Ehn

Als Ehn sich während der Semesterferien durch allnächtliche Arbeit in der Bar eines vielfrequentierten Seebades sein Studium der Landwirtschaft finanziert, läßt er sich von ausländischen Stammgästen, deren Sympathie er durch aufmerksame, aber stille Liebenswürdigkeit und Drôlerie gewonnen haben mag, bei ihrem Abschied gern die heimische Adresse geben.

Tatsächlich schreibt er ihnen bald in ungelenkem, aber hartnäckig zusammengeklaubtem Englisch treuherzig anhängliche Briefe und pflegt so einen Kontakt, der sich bestenfalls zu einer Art Freundschaftlichkeit entwickeln läßt.

Kehrt solch ein etwas unfreiwillig angefreundeter *"pyan"* dann andern Jahres in thailändische Gefilde zurück, steht dieser Ehn eines unangemeldeten Abends wortlos, aber mit einem rehhaft unschuldigen Lächeln vor ihm, das ins Herz zu treffen vermag. Er bleibt nur kurz, ist scheu und zurückhaltend, besteht auf hierzulande unüblich separater Übernachtung, aber präsentiert eine Einladung in sein elterliches Zuhause.

Das liegt auf dem Lande, wo man noch nie Europäer gesehen hat, und ist ein kleinbäuerliches Anwesen mit Getier und eigenem Tropenobst. Auch Plumpsklo und manches sonst ist hier noch wie vor tausend Jahren und mutet den Europäer wohlig wie längst vergessene Urheimat an.

Die einzige Wasserquelle der ganzen Nachbarschaft ist ein abrahamitisch archaischer Ziehbrunnen, den man nach kurzer Dschungelwanderung erreicht. Hier lehrt Ehn seinen Hausgast, sich in aller Herrgottsfrühe, aber auch in nächtlicher Lichtlosigkeit mit Hilfe hochgezogener Eimer zwischen Bambus, Papaja, wilder Banane und Mangobäumen, von unsichtbar bleibenden Waranen und

Lemuren observiert und unter tropisch makellosem Sternenhimmel zu duschen, ohne sich dabei ja der doppelten Shorts zu entledigen, auf denen er schulmeisterlich besteht.

Ehn erweist sich als tantenhaft prüde.

Seine überraschend musische, aufmerksam wache Mutter mit ihrem überwältigend sonnenhaften Lachen geht gleich am ersten Abend zu ihrer Trommelgruppe, in der sie die Zimbel schlägt, und nimmt ihren fügsamen, eher stumpfen Ehemann vorsorglich mit: Sohn und Besuch werden sich selbst überlassen und sitzen nach ihrem Abendbrot nebeneinander auf dem Steinfußboden der kargen Hütte. Mit ansehnlich nacktem Oberkörper, Gitarrenspiel und Soprangesang sorgt Ehn für sinnliche und entspannte Atmosphäre zwischen unzählbar vielen Geckonen rings um die Neonröhre unter dem Dach. Dicht neben ihm verharrt eine stattliche Kröte, die allabendlich wiederkehrt, so reglos, als höre sie seiner Musik oder jener Bemerkung zu, *hier könne nun über alles und jedes gesprochen werden.*

Also fragt der Gast nach Ehns Freundin.

Er habe keine und wolle auch keine.

Nanu?

Nein, in all seiner halbnackt hellbraunen Schönheit behauptet dieser neunzehnjährig asiatische Adonis mit glaubhaft leuchtender Unschuld in seinen tief melancholisch geschnittenen Kulleraugen, *er könne erst heiraten, wenn sein Studium beendet sei.*

Gut, und vorher?

Vorher dürfe man übler Nachrede keine Anlässe bieten.

Auch gut; aber der Körper wolle doch trotzdem sein Recht und Vergnügen?

Sex for fun – sowas kenne er nicht, probiere er gar nicht erst. Ihm rotiere nämlich ein Helikopter im Schädel: ob er statt Landwirtschaft nicht lieber und aussichtsreicher Informatik studieren solle; wäre das gutzuheißen? – Tja, warum nicht? – *Dann aber auch gleich in Europa, unter Obhut und Obdach seines neuen Freundes, "You can take care of me", und nach dem letzten Examen könne der ihm dann wunderbar auch die passende Ehefrau ausspähen.*

Aha. Ach so.

Alle Gründe, die nun solche Planungen flugs widerraten, werden von Ehn problemlos und einsichtig akzeptiert: *gut, dann eben nicht, wie schade.*

Aber als er dann bei gemeinsamem Schlafengehen die Hose auszieht – :

da entnimmt er ihr den modischen Gürtel, mit dem er sich unverzüglich und sorgsam seine ebenso modischen Drillich-Bermudas wie einen paramilitärischen Keuschheitsgürtel um den makellos schönen, aber gnadenlos kasteiten Leib schnallt. *Doch-doch: die trage er auch in all seinen einsamen Nächten.*

Sicherheitshalber kniet er auch noch mit einem *wai* seiner erhoben zusammengelegten Handflächen vor seinem Kopfkissen nieder und betet um nächtlichen Schutz gar vor jeglicher eigenen Anfechtung.

Aber tief in der Nacht wird der europäische Freund von zwei feuchten Innenhänden auf seinem bloßen Rücken geweckt. Reglos wartet er ab, ob sie sich weiterbewegen und wohin. Als derlei ausbleibt, legt er provozierend eine eigene Hand auf Ehns Unterarm. Im Tiefschlaf befangen, überläßt der seinem Unterbewußten das Zurückziehen seiner vorwitzig tastenden Hände, die dann aber selbsttätig neuen Hautkontakt suchen und finden.

Der Freund läßt es geschehen, aber dabei bewenden.

Andern Morgens ist Ehn bemüht, jedwede Abfuhr seiner Karrierepläne zu verschmerzen oder zu verdrängen: *müsse er doch auch als Student noch ohnehin zuverlässig in Reichweite seiner kränkelnden Eltern bleiben, denen er bis zu ihrem Tode zweimal täglich die benötigten Wasserrationen aus dem fernen Abrahamsbrunnen in schaukelnden Eimern herbeizuschultern übernommen habe, also!*

Betont unenttäuscht und fürsorglich also unterbreitet er seinem Gast nun eine ganze Palette gemeinsamer Unternehmungen und Ausflüge. Einer führt per Motorrad durch das gaffende Spalier vieler prähistorisch anmutender Dörfer zu einem ungerodet wilden Grundstück, das Ehn von seinem Großvater geerbt hat. *Hier wolle sein Vater ein kleines Holzhaus bauen, in dem der europäische Freund nach seiner Pensionierung dereinst den Lebensabend verbringen und sich von Ehn versorgen, verwöhnen, schließlich zu Tode pflegen lassen könne.*

Der Freund bedankt sich, verweigert aber vorsorglich jede Form von Erwiderung oder Gegenleistung, wie sie nach solcher Offerte erwartet werden mag.

Der anschließend besuchten Verwandtschaft stellt Ehn den Gast aus Europa als seinen Englischlehrer vor und trägt dabei ein dekorativ blütenweißes, akurat gebügeltes T-shirt mit der unübersehbar beidseitigen Information in lateinischen Versalien, daß er *NO SEX, PLEASE* wünsche.

Auch sonstige Gelüste scheinen diesem Asketen zu fehlen. Nicht einmal das Essen genießt er. Sogar dieses Lachen, das all seine Schönheit atemberaubend steigert, friert jeweils ein, bevor es ganz erblüht ist: er hält es fest, unterdrückt es wie alles. Leib und Seele dieses Ehn sind noch ungeöffnet, unentfaltet, gefesselte Knospe.

Sollte der Gast dem Abhilfe schaffen wollen und seinen Tugend-
bold nachts in eine Bar entführen, wo er andre junge Thais schon
kennt oder lachend und schäkernd in kleine Flirts verwickelt, un-
komplizierte Lebenslust sucht und findet, so erstarrt sein Lehrling
da zunächst in wortlosem Ernst. Er spielt nicht mit, verweigert
sich auch hier.

Vollends zwei *ladyboys*, wie sie hier als *gatöj* allenthalben ganz
ungeniert ihre schillernd gesprenkelte Zwischen- oder Drittge-
schlechtlichkeit offenbaren, lösen mit all ihrem lustvoll genosse-
nen Übermut nur seinen ganzen prüden Unmut aus. Auf dem
Heimweg verleumdet er Spaß- und Lachpartner skrupel- und maß-
los sämtlich als heuchelnde Spekulanten, als Lügner und Schnor-
rer. Er ist tief aufgewühlt.

Noch andern Morgens ist Ehn belastet und schweigsam. Er bleibt
es fortan. Er ist mißgelaunt, unheiter, lahm; rechtschaffen unfreundlich, kalt und verschlossen; leicht gereizt und hysterisch,
bisweilen gar aggressiv: wenn er europäisches Kaffeetrinken noch
vor der morgendlichen Brunnendusche als kulturlos kritisiert,
wenn er ein radebrechendes Wortgeplänkel mit seiner Mutter als
Beleidigung untersagt.

Falls der Gast an solchen Blitzableitern eine tiefe Verstimmung
abliest, die er noch nicht begreift, aber auch nicht klären, erst
recht nicht beheben kann, weil der zur Rede Gestellte beharrlich
ausweicht oder schweigt: dann wird er einen weiteren Aufenthalt
für sinnlos, auch unerfreulich erachten und für den nächsten Tag
eine vorgezogene Abreise ankündigen. Seinem Gastgeber scheint
sie willkommen: *"up to you"*.

Aber unmerklich streut er unter der Hand Signale aus, die noch
am selben letzten Abend eine Abschiedsparty aus dem Boden
stampfen. Auf ihren Motorrädern kommen von Nah und Fern seine Freunde angeknattert. Alle sind um die zwanzig und überfluten

den Fremden mit so viel Herzlichkeit, Freundschaft und Einbezug, daß er sich flugs überwältigt, betört und nichts als froh, als heimisch fühlt.

Ehn selbst bestätigt sich als stiller, aber aufmerksam waltender *spiritus rector* und generöser Gastgeber. Er kocht und grillt, sorgt für Getränke und Themen, ist nirgends und überall.

Eine ausgedehnte Nacht lang herrschen so Wohlklang, Heiterkeit, Harmonie, allseitige Sympathie, auch ein Kommen und Gehen immer wieder neuer Freunde und Vettern. Aber meist zu etwa zehnt sitzen sie alle eng beieinander vor Ehns Elternhaus auf jener stuhlhoch aufgebockten, lehnenlos quadratischen Bretterfläche, die auf dem Lande hier allerorts als Zentrum jeder Geselligkeit dient. Zu mehreren Gitarren, die reihum gehen, wird hier vor allem unermüdlich, meist in kastratenhaft hohem Falsett, oft mit allerzärtlichstem *pianissimo*, immer aus ungehemmt voller Jungmännerseele gesungen.

Denn Ehns liebenswert lustige Großmutter bleibt die einzige Frau, die, auch erst lange nach Mitternacht, gutgelaunt, aber kurzfristig ihrem Lieblingsenkel bei seiner Männerfête zuschaut.

Einige von Ehns Freunden kommen, gehen und leben gar als Paare, andere halten glühenden, forschenden Auges Ausschau, zumal beim exotischen Hausgast, der ihre liebevoll angetragenen Herzen vollends gewinnt, indem er mehrfach, übermütig befragt, ihrer aller befremdliche Namen der rechten Reihe nach herzusagen vermag: immer wieder, über Stunden verteilt.

Über Stunden auch immer wieder das Austauschen intensiver, lächelnder, anfragender Blicke, beiläufig vielsagender Berührungen von dunkler zu heller Haut.

Ehn ist stolz auf solchen Erfolg und Anklang seines Gastes, den aber herzugeben durchaus nicht bereit. Denn als Vetter und Nachbar Bih, schon zwanzig und ein ungewöhnlich langwüchsiger, sonderlich liebenswürdiger und mädchenhaft weicher Student der Anglistik, sich in später Stunde zum Sprecher aller Anwesenden macht und den morgen Abreisenden zu baldiger Wiederkehr in diesen Kreis seiner neuen Freunde auffordert, behält Ehn die in solchem Moment fast schon entwendeten emotionalen Zügel fest in den eigenen Händen, indem er seinen Besucher vor ihrer aller Ohren befragt, wen er eigentlich mehr möge: dieses gernbesuchte Thailand oder aber ihn, den Ehn?

Später lädt Bih den neuen Freund vor ebenfalls aller Ohren ein, ihn nunmehr nach Hause zu begleiten, es sei ganz nah, nur ein halbes Stündchen durch den Dschungel.

"Und wie finde ich dann zurück?"
"Gar nicht. Du bleibst. Du kannst mit mir schlafen."

Keiner reagiert sonderlich. Nur Ehn fragt scheinheilig nach dem längst bekannten Familienstande seines ledigen Hausgasts und folgert hieraus, wiederum vor aller Ohren:

"Dann kannst du ja mich heiraten. Gleich morgen. Ich würde dich morgen sofort heiraten."

Keiner lacht. Auch in Ehns eigenen malerisch melancholisch geschnittenen Kulleraugen glimmt nicht der heimlichste Humor.

"Später machen wir dann zusammen ein Restaurant auf."

Andern Morgens erbietet sich Ehn, dem Abreisenden noch die Zehennägel zu schneiden.

Verschmäht, bittet er ihn um einen kleinen Geldbetrag, nur geliehen natürlich: *die Anmeldegebühren für einen Grundkurs in Computertechnik, wie er für sein gutgeheißenes Studium der Informatik vorausgesetzt werde.*

Als sie bald danach im nächsten Hafen auf das Fährschiff warten, das den Gast auf eine vorgelagerte Insel bringen soll, fängt Ehn ganz leise zu singen an: auf Mönchsweise, monoton, vor sich hin und in künstlich allertiefstem Baßregister, mit endloser Wiederholung des Dauerrefrains *koppkunnkapp-koppkunnkapp-koppkunnkapp* – eine Endlosschleife, übersetzbar mit ebenso endlos wiederholtem *Ichdankedir-ichdankedir-ichdankedir*.

Dann erhebt er sich abrupt und trollt sich, läßt den Begleiteten auf unasiatisch unhöfliche Weise allein: *"Sonst fange ich an zu heulen."*

Und flüchtet, fast abschiedslos.

Hält aber den Kontakt mit vielen Briefen am Leben, die er in ungelenkem und hartnäckig zusammengeklaubtem Englisch noch über Jahre nach Europa schreibt.

Mehrfach bittet er um finanzielle Leihgaben, auch um größere Beträge, alle für sein Studium der Informatik, *wie der Freund es ja gutgeheißen und das er andernfalls abbrechen müsse.*

Als der vermeintliche Krösus sich schließlich verweigert und so nötigendes Ansinnen hinfort zu unterlassen bittet, tritt eine monatelange Briefpause ein, die den Schlüssel für alles zu liefern scheint.

Aber ihr folgt dann plötzlich die Übersendung eines dortzulande kostspieligen Baumwollhemdes mit der Versicherung einer unirritierbaren Zusammengehörigkeit.

Dieses Hemd verkündet erneut die fast wilde und unabdingbare Entschlossenheit dieses Ehn, sich unlösbar an den Eroberten, den Eroberten unlösbar an sich zu binden – wie und warum auch immer.

Soon

Lekk

Wer auf erwähntem Fährschiff, vielleicht gar nach flüchtigem Gesprächskontakt mit dem 23jährigen Kapitän, zum Beispiel ein halbes oder ganzes Jahr später abermals zu jener vorgelagerten Insel übersetzt, wird nicht nur mit dem legendär unverbrauchten Gesichtergedächtnis der Thais konfrontiert, sondern auch mit der bestrickenden Tatsache, daß man als Bekannter eines der Ihrigen flugs auch von allen andern Mitgliedern des jeweiligen Personenkreises als zugehörig anerkannt, wertgeschätzt, einbezogen und also auch beansprucht wird. Nur eine Bresche gilt es jeweils in die Phalanx ihrer anfänglichen Unnahbarkeit oder Schüchternheit zu schlagen, um sich hinfort auf eine zuverlässige Sippenfreundschaft verlassen zu können.

Auf dem Fährschiff wird sich daher während der anderthalbstündigen Überfahrt, die besagten Kapitän nach überschwänglicher Wiedersehensbegrüßung leider unabkömmlich am Steuer der Kommandobrücke festhält, unweigerlich einer seiner Bootsleute zum altneuen Freunde in die Kabine setzen, ihn unterhalten, befragen und zu allerlei Auskünften provozieren, über die man gemeinsam lachen kann.

Auch fotografiert zu werden, ist diesem so kontaktlustigen Lekk eine vergnüglich willkommene Abwechslung im zugegeben öden Einerlei seines höhepunktslosen Alltags beim Hin und Her so gleichförmigen Fährverkehrs: mit blitzblank wachen und vor Freude über so ungewohnte Dokumentation lustig glitzernden Schlitzaugen, die sehr viel Schalk und fixe Wahrnehmung, ungewußt aber vielleicht auch die Schlitzohrigkeit des Abgelichteten verraten.

Ebenso gnadenlos indiskret registriert aber der japanische Fotoapparat aus Europa auch jene offenbar chronischen Gesichtspickel, die vermutlich Indikatoren nicht nur der hartnäckig ausharrenden Pubertät dieses Neunzehnjährigen sind, sondern im Verbund mit ungutem Mundgeruch auch einer unbekömmlichen oder unzulänglichen Ernährung, sei es aus Geldmangel in seiner allerniedrigst dotierten Position. Die arg zerschundenen Männerhände des Jungen offenbaren den ungleich höheren Gegenwert seiner strapaziösen Dienstleistung.

Gleichwohl wird seine unübersehbar extreme Mittellosigkeit von sicherlich anerzogener, aber gewiß auch angeboren warmherziger, genetisch großzügiger Gastlichkeit überwogen und ausgestochen. Denn dieser strikt abstinent lebende Moslem lädt seinen frischgefundenen Gesprächspartner aus fernem Erdteil so generös wie hochstaplerisch zu einer kostspieligen Flasche hiesigen Singha-Bieres ein, die sie, in Völker und Religionen verbindender Gemeinsamkeit, miteinander leeren und die diesem zutraulichen Boots- und Halbmann in all ihrer Niedrigprozentigkeit

hinter Zähnen, wie sie bei jedem einzelnen seiner zahllosen Lachanfälle in Form eines übertrieben spitzwinkeligen Dreiecks aus dem dickbackigen und wohl wenig heimelig empfundenen Gesicht davonspringen zu wollen scheinen,

die ansonsten vermutlich asketisch disziplinierte, pädagogisch und konfessionell geknebelte, also allzu gefesselte Zunge nachhaltig zu lösen, zu befreien hilft.

Ihr erster Austausch von Informationen zur jeweiligen Biografie endet zunächst in Lekks Eingeständnis, ohne Freundin zu leben. Nach Gründen befragt, weicht er in eine Vielzahl offensichtlich präsenter erotischer Floskeln und Redewendungen aus, die sich zum Eröffnen oder Steigern von Dialogen mit sexuellem Fernziel sehr wohl eignen.

Deren englischen, auch deutschen Wortlaut läßt er sich vom überraschend schriftkundigen Fahrgast in den einzig zugänglichen Buchstaben des thailändischen Alphabets auf der Rückseite des Fahrscheins transkribieren. So vermag er diese exotischen Formulierungen bei nächster Gelegenheit in seiner eigenen Phonetik abzulesen, zu speichern, gegebenenfalls zu verwenden und imponierend ins Spiel zu bringen.

Über alles das aber bricht er unverzüglich in so begeisterten Jubel aus, daß er immer waghalsigere, immer eindeutigere und schlüpfrigere Verbalisierungen seiner unerfüllten erotischen Sehnsüchte zu dergestalt stimulierender Übersetzung und Umschrift freigibt. Er hat parat, was man Frauen fragen oder ihnen sagen sollte, und begründet schließlich, als das enthemmende Singha-Bier schon zur Neige geht, solchen Konversationskatalog mit der krönenden Erkundigung,

ob denn der neue Freund in all seiner international so bewanderten Kenntnis europäischer Liebesformeln nicht vielleicht auch den Kontakt zu einer großen blonden Frau seines Erdteils herstellen oder vermitteln könne: danach verlange ihn nämlich in der totalen Freudlosigkeit seines eintönig hin- und herpendelnden Fährenalltags mit ganz unbändig versessener, sehnsüchtigst drängender Inbrunst.

Sollte der so Beanspruchte diesem einleuchtend Liebeshungrigen nunmehr dahingehend Mut machen, daß so manche abenteuerlustige Touristin oder Asienreisende sich als Höhepunkt ihres hiesigen Aufenthaltes just solche Paarung mit einem erotisch so legendenumwobenen Thai erträume und nur auf entsprechende Signale warte, die also auszusenden Lekk nun sofort und eben auf seiner begünstigenden Fähre beginnen sollte, so wird er nur allzubald mit diskreter und leicht verschämter Indirektheit belehrt,

daß dieser grazile, aber außergewöhnlich klein gewachsene und trotz blitzblank wacher, stets schlitzohrig lustig glitzernder Schlitzaugen gleichwohl pausbackige, von Akne gezeichnete, unterernährte, mittellose und von seinem Allah nicht eben übermässig dekorativ ausgestattete Jünger des Propheten Mohammed sich solche interkontinentale Verlustigung nicht anders vorstellen und wünschen könne als einzig und allein in einer Ehe.

Die hieran angeschlossenen vorsichtigen Zweifel und entsprechenden Empfehlungen von behutsamer Anbahnung und vorausgehender Erprobung einer so risikoreichen Dauerverbindung werden von Lekk mit allerleuchtendsten Augen und einer vorbehaltlosen Bereitschaft zum Wunderglauben in den tropisch lauwarmen Seewind geschlagen,

indem er sein utopisches, aber umso unwiderleglicher empfundenes Gegenargument verkündet:

"Aber unsere Kinder würden doch bezaubernd schön sein."

In solchem Augenblick bleibt nur, den moslemisch-christlichen Himmel aus tiefstem Herzen um Gunst und Glück zu bitten.

Lekk lächelt indifferent und bleibt auch ungetrübt auf seinem ungebührlich außerdienstlichen Privatplatz neben dem Fahrgast sitzen, als sein Kapitän sich ihnen vorübergehend beigesellt.

Zwei Jahre später gesteht er dann auf demselben Fährschiff bei gleicher Route und mit unveränderter Backen-Akne jenem allerfreudigst wiedererkannten Fahrgast von damals,

daß er noch immer keine Ehefrau habe, also umso dringender und heißblütiger eine ersehne und suche. Nur habe er in all den verwarteten Jugendjahren erfahren und begreifen müssen, daß die Hoffnung auf eine große blonde Europäerin pure Illusion und auch mit einem Arsenal erotischer Redewendungen in englischer und deutscher Sprache unerfüllbar sei. Nein, nun halte er nach keiner weißhäutigen Blondine mehr Ausschau.

Sondern?

Nach einer Japanerin.

Na, bravo: sicher sehr viel realistischer. Ob es denn da nun inzwischen schon Erprobungen, konkrete Aussichten oder zumindest eine bestimmte Auserkorene gebe?

Bisher noch nicht.

Aber die Chancen sind da doch sicher ungleich größer als bei Europäerinnen? Oder?

Bisher noch nicht.

Die Fähre erreicht den Zielhafen, Lekk muß beim Anlanden helfen.

"Alles Gute, und viel Glück bis zum nächsten Mal!"

"Ja, bis zum nächsten Mal!"

Batt

Waang

2

Besagte Rundreise durch das ganze Thailand wird lange erträumt, dann überstürzt beschlossen. Auch für Waang ist es eine Fahrt in Neuland.

Bei ihrer einzigen Lagebesprechung über riesig entfalteter Landkarte auf dem Fußboden einer Hotelbar sollen Vehikel und Route erörtert werden. Aber Waang verweigert sich dem Luftweg wie der Schiene. Einzig Bus und Auto erscheinen ihm nicht allzu gotteslästerlich hybrid.

Die apriorische Festlegung einer Strecke langweilt ihn schnell durch die abertausend Möglichkeiten: *nicht allzuviel überlegen, sondern handeln; einfach irgendwie losfahren, alles andere ergebe sich dann schon. Difficult is easy.*

Er hat recht.

Am Abend vor der Abreise gleich über zweitausend Kilometer ins nördliche *Tschiang Mai* herrscht zunächst fiebrige Vorfreude.

"Aber vielleicht", bremst Waang, *"gibt es heute nacht ein Erdbeben."*

"Wo: hier? Oder in Tschiang Mai?"

"Überall. Der ganze Planet wird erledigt."

Homerisches Gelächter.

Aber so ist er wohl immer auf alles gefaßt, verliert die Basis des Ganzen nie aus dem Auge und ist schwerlich je zu erschrecken.

*

Durch Thailand reisen heißt durch tropisch üppige, üppig wu-

chernde, wuchernd blühende Landschaft, aber auch durch ein
Netzwerk sakraler Architekturen fahren, die noch von unzugängli-
chen Bergeshöhen und aus dem Dickicht der Regenwälder mit
den leuchtend goldenen Dächern von Tempeln, Klöstern oder Altären locken und verzaubern.

Auch diesen variantenreichen *dacapi* der buddhistischen Botschaft huldigt ihre Tour. Vielen schickt Waang nur aus vorüberhu-
schendem Fahrzeug einen respektvollen *wai* hinüber. Aber nicht
minder vielen wird ausführlich inspizierende Aufwartung erwiesen: mit dem Entzünden von Räucherstäbchen vor Haupt- und Ne-
benaltären, mit Niederknien und Beten, wieder und wieder, unermüdlich.

Doch vor so manchem Buddha, mancherlei Tempel macht er nicht
einmal einen *wai*, ignoriert sie einfach: warum? *Nur so, kein Impuls. Jegliche Andacht sollte spontan empfunden sein: keinerlei
Regeln oder Vorschriften. Bete, wann und wo dir danach zumute
ist. Sonst laß es.*

Dem Lernwilligen stellt er, beiläufig instruierend, frei, das Ritual
an seiner Seite improvisierend mitzuvollziehen. Anschließend
fragt er gern, was erbeten wurde. Die Auskunft, daß es zu danken
hienieden eigentlich mehr als zu bitten gebe, gefällt ihm.

Aber den Inhalt der eigenen Gebete verschleiert er zunächst.

Gleichwohl ermutigt er zum Fotografieren all der Heiligtümer und
vermittelt auch so jene wohl spezifisch buddhistische Vermischung von Sakralem und Profanem, wie sie hier den ganzen Alltag, das ganze Leben prägt und die jeweils konträre Dimension als
zugehörig und gleichwertig einbezieht. Niemand verbannt hier
seine religiösen Impulse ins unöffentliche Geheimnis. Aber bei einer Mönchsweihe gähnt der zelebrierende Abt unverhohlen wie
ein Flußpferd, die andern Mönche trinken Fanta und bohren aus-

drücklich in Ohr oder Nase; im Tempelgelände *Pra Tat Bang Pu-an* aus dem 9. Jahrhundert, südwestlich von *Nohng Kaai* und noch mit laotischem Reliquienturm, auch Rudimenten, die älter als zweitausend Jahre sind, ist in bewußter Nachbarschaft zum wandlos offenen Hauptaltar mit seinem unüblich dunkelhäutigen Buddha

die öffentliche Bedürfnisanstalt etabliert. Alles gehört zusammen, ist eins.

So werden, deutet Waang, die allzu verderblichen Exzesse des Banalen, wie unsere Zeit sie zelebriert, durch Einbettung in sein Gegenteil abgeschwächt.

Die Bevölkerung liebt das so ganz unübersehbar.

*

"Es wird bald regnen."

"Wieso? Alles blau."

"Aber siehst du die Ameisen da? Sie transportieren ihre Eier. Das tun sie nur, wenn sie Regen bedroht."

Kurz danach schüttet es gnadenlos.

*

Zweimal führt eine kurze Durchreise sie auch über jenen Engelsmoloch *Grung teep mahaanakonn amonn rattanakohsinn ma hintarah jut tajah mahaadilock poppnopparatt raatschatahni buriromm udomm raatschaniweht mahaasatahn amonn pimahn awa tahn satitt sakk katatt tija wisanukamm prasit.*

Das erste Mal treffen sie dort nach zwölfstündiger Busfahrt frühmorgens gegen halb fünf ein, als das Monstrum sich in noch nächtlicher Finsternis eben zum Schichtwechsel anschickt und die Übermüdeten gegen frisch Ausgeschlafene austauscht, ohne deswegen seine Dynamik irgend zu reduzieren.

Diesem also just doppelt schlaftrunkenen Hexenkessel und Höllenschlunde begegnet Waang, dieser hinterwäldlerisch provinzielle Dschungelbub, Naturphilosoph und poetisch verträumte Tarzan, indem er sich erstmals auf ihrer Reise sofort seinen *walkman* auf die Ohren setzt: *anders sei der Verkehrslärm nicht auszuhalten.*

Derart geschützt, nimmt er die tobende Metropole mit der Sicherheit eines Schlafwandlers in die Hand, als gehöre sie ihm von je her. Nicht eine Sekunde lang irritiert sie seine stabile Naivität.

Zuletzt ist er hier nur wenige Besuchstage lang vor anderthalb Jahrzehnten, also als Kind gewesen. Aber der Zuwachs an Fahrzeugen und Gebäuden, definiert er, *sei nur graduell, also* no problem*; und schlechte Menschen gebe es hier und überall ebenso wie gute: "so don't worry".*

Und hofft, seinem Reisegefährten so zu helfen, der doch aber ein eingefleischter Großstädter ist und auch fast alle andern Metropolen dieses Globus besucht hat.

Das ist für Waang schwerlich vorstellbar, und wie auf ihrer ganzen Reise allerorten faßt er umso mehr hier den landesfremden Freund bei jedem Überqueren einer Straße fürsorglich bei der Hand, am Arm oder um die Schulter und lotst ihn mütterlich beschützend durch all die Autoschlangen, von denen er nur weiß, daß sie im Heimatlande des Gefährten aus andern Richtungen kommen würden.

So übernimmt er ahnungslos von Pong, jenem zarten Verkehrspolizisten des ersten hiesigen Tages, die Staffette beglückender Zuwendung und behütet den Freund im Chaos.

*

Unterhalb der gigantischen "Freundschaftsbrücke", deren Ästhetik an Albert Speer erinnert, deren grandiose Statik aber nicht nur Thailand mit dem bislang distanzierten Laos, sondern auch das ferne Singapur letztlich mit dem noch ferneren Peking verbindet, schauen sie den Wassermassen des Maekong, dieser *"Mutter aller Flüsse"*, hinterher, wie sie jenem benachbarten Vietnam entgegenströmt, dessen verheerender Krieg diesen Strom damals weltberühmt gemacht hat.

"Was glaubst du", fragt Waang hier, *"wer in diesem Kriege der Verlierer war?"*

"Na, Amerika."

"Richtig."

Und Pause mit der Spannung eines Auftakts. Dann:

"Und Vietnam."

"Richtig."

"Und wie hätte man diesen Krieg gewinnen können?"

"Na?"

"Na, indem man ihn gar nicht führte."

*

Überwältigend starke Affekte läßt dieser Waang weder explodieren, noch unterdrückt er sie ungut. Stattdessen versucht er, sie zu neutralisieren, indem er in solchen Momenten sein Blasenwasser abschlägt oder das Motorrad besteigt und eine ziellose Rundfahrt absolviert. Oder er greift zum Rasenmäher und traktiert den Dschungelboden mit Sinnlosigkeit.

Als sie in *Myang Na*, einem weltvergessenen Gebirgsdorf an der birmanischen Grenze, unverhofft in einen schwelenden inoffiziellen Bürgerkrieg hinter militärischen Straßenbarrikaden geraten, sofort verdächtigt, abgelehnt, nirgendwo aufgenommen, sondern massiv bedroht und handgreiflich, auch mit nächtlichen Schüssen eingeschüchtert werden, ist die Lage nicht unbedenklich.

Hier kanalisiert er alle unweigerlich aufkeimenden Ängste, indem er im gefährlichsten, ratlosesten Augenblick erst einmal wortlos, aber penibel seinen Schal zum Piratenkopftuch umfunktioniert und zeitgewinnend ausführlich um die klopfenden Schläfen knotet.

Erst hiernach ist er der Situation gewachsen und wieder zu praktischen Lösungen imstande.

*

Auch in den vielen besichtigten Tempeln und Klöstern landauf, landab, deren besänftigende Friedlichkeit, weltentrückt klarste Atmosphäre und innere Ruhe sie selbst im Touristentrubel noch unverkennbar als wahrhaft magische Orte und Glücksoasen inmitten von Lotosteichen und Blütenexzessen ausweisen, wo nicht nur Hunde und Katzen, sondern gar Menschen aggressionslos zusammenleben, ist dieser Waang durchaus nicht einzig mit Gebeten und Riten befaßt.

Überall offenbart er sich hier auch als autodidaktischer Historiker, der dann vollends in den Ruinen hochkarätiger Kamenn-Architektur

zum Beispiel von Pimaai, jener sichtlich verwandten Schwesterstadt des kambodschanischen Angkor aus dem 11. Jahrhundert,

wie aber auch von *Bahn Myang Kao*, dem antiken Sukotai, das im 13. Christenjahrhundert als namentliches *"Morgenrot der Glückseligkeit"* jenes frühlichtig erstrahlende Zeitalter einer ersten, bis heute lebendigen Hochkultur und als größtes buddhistisches Zentrum der Welt auch die seither millionenfach adorierte Ikone des körperlich androgynen, jenes *Schreitenden Buddha* entwickelte –

und manchen andern historisch-magischen Ortes mehr,

der also überall hier und anderwärts sonst als sensibler Experte gar für stilistische Differenzierungen und ornamentale Details erblüht. Instinktsicher unterscheidet er auf Anhieb kulturhistorische Preziosen von architektonischer Routine, obwohl auch er das alles zum ersten Male sieht.

Freilich interessiert es ihn übermäßig.

Aber hinter den Altären und Buddhaskulpturen, hinter Kunst und Religion faszinieren ihn auch die Technik der Restauratoren, die Werkzeuge der Archäologen und Materialien der Handwerker, alle profanen Bedingnisse dieser Denkmalspflege und Forschung, auch die meist angeschlossenen Museumsbestände.

Auch keine Beschriftung, kein Schild läßt er auf dieser ganzen Reise ungelesen. Alles Geschriebene saugt dieser Erbe einer noch immer zuallertiefst illiteraten Gesellschaft fast zwanghaft in sich auf: aus jeder irgend verfügbaren Zeitung vom ersten bis letzten Wort, unansprechbar aber auch von banalen Prospekten, Verbotstafeln, Werbebroschüren und Etiketten jedweder Art.

Für alles hat er die nötige Muße; Zeit spielt da keine Rolle, weil er sie aufhebt: es gibt sie gar nicht.

Es gibt nur den Augenblick, in den er versinkt, sich fallen läßt. Er lebt nicht nur ohne Kalender, auch ohne Uhr, ohne Nachher oder Später oder Morgen, auch ohne Ungeduld gegenüber andern. Das hält er für einzig richtig, aber könnte wohl auch gar nicht anders.

Vielleicht ebendeshalb, nach solcher Versenkung in Muße, mag Waangs Befriedigung seiner vielen Interessen auch so auffallend nachhaltig sein. Denn nachts im Hotelzimmer überrascht er den Freund, der ihm zu Füßen oder auf der Bettkante sitzt, mit seinem Fundus all des Aufgelesenen: sei es über Nostradamus, Picasso und die Relativitätstheorie, Thomas Edison's Biografie, Pädagogik in Eton, Gentechnik, Währungswirtschaft, Weltgeschichte und sehr viel mehr. Wochenlang habe er auch als Barmann nach Dienstschluß bis in den Sonnenaufgang hinein in einer englischsprachigen Enzyklopädie geforscht.

Nur wann sein Thailand zum letzten Male in einen Krieg verwikkelt war, weiß er ebensowenig wie all die andern Befragten. So lange ist das her.

Oder so vernebelt, so verdrängt ist es jedenfalls.

Es liege aber nicht zuletzt auch daran, daß Thailand insgesamt weniger Geschichte, dafür sehr viel mehr Geschichten als Europa besitze.

Wie die sich denn aber überliefert haben bei all der bedauerten hiesigen Unlust an Schreiben und Lesen mitten im Dschungel? *Na, durch mündliches Weitererzählen vom Vater auf den Sohn natürlich.*

Also prähomerische und präbiblische Zustände *live.*

Aber heutzutage, da Vater wie Sohn nun auch hier schon Tag und Nacht in den Fernseher starren?

Da vollziehe sich vielleicht gerade ein kultureller Umbruch, das Ende einer Jahrhunderte alten Tradition. Ähnlich bedeuten wohl auch all das Plastik, dem Fernsehn vergleichbar, und sonstige perverse Industriematerialien eine arge Versündigung an der Schöpfung und insofern ein noch unbegriffenes Finale bislang naturgegebener Müllentsorgung durch die Regenwaschungen des Monsuns: ein Epochenwechsel.

Denn die ökologischen Probleme des Planeten sind ihm ebenso bewußt wie alle tagespolitischen Aktualitäten rings um den Globus, die er freilich mit Vorliebe im Sinne einer permanenten Korallisierung zum Weiterbau an Geschichte, gar Kultur- oder Religionsgeschichte addiert oder aufstockt. Also ist er auch für Innovationen jeder, auch technischer Art futurologisch und eher optimistisch aufgeschlossen, träumt von Computern, die uns die lästigen Sprachunterschiede, also auch Krieg und Rassismus überwinden helfen.

Aber andern Morgens kann es leicht geschehen, daß all sein grenzenloser Wissensdurst, seine hochentwickelte Wahrnehmungsfähigkeit in abgrundtiefe Gleichgültigkeit und Teilnahmslosigkeit umschlagen.

Alles interessiert ihn, aber nichts sei wirklich wichtig.

*

Das gemeinsame Übernachten meist in Doppelbetten und nah beieinander ist so neu wie selbstverständlich und so brüderlich wie keusch. Es findet in Hotels von sprunghaft wechselndem Komfort, dann wieder unter Hausaltären auf Notmatratzen bei Waangs Verwandtschaft oder Freunden entfernter Freunde statt

und tauscht bisweilen innerhalb eines Tages den vielfach gestirnten Luxus zum Beispiel des anomal zehnstöckigen *Grand Tanih Hotel* in *Nohng Kaai* gegen bäuerliche Bretterbude und hausgewebte Wolldecken in einem präzivilisatorischen Dorf, das keine Landkarte kennt und wo noch jedes innerhäusige Spinnengewebe für einen Besen *tabu* ist.

Bei solcher Gelegenheit läßt sich jählings erkennen, wie unverkrüppelt fingerartig Waangs Zehen geblieben sind: Urfüße, andere Greifer, präzivilisatorisch auch sie, noch diesseits einer Degeneration durch Schuhwerk und gepflasterte Bürgersteige.

Aber hier überall kommt es im offenbarenden Beieinander solcher Körpernähe und nächtlichen Intimität unweigerlich auch zu Gesprächen über Frauen und Sexualität. Waang gesteht, *in alledem ein Spätling und erst von der Häme sachkundiger Kollegen zu sei-*

nem ersten Besuch bei einer Prostituierten angestachelt worden zu sein. Das wiederhole er nun von Zeit zu Zeit, aber nach jeweils wochenlanger Observation der Auserkorenen. Frauen seien nur sehr punktuell für ihn reizvoll.

Aber auf Männer sei er trotzdem noch nie verfallen.

Doch als in Lampaang der demonstrativ androgyne *gatöj* aus der Rezeption ihm von seinem Motorrad im Hof recht unmißverständliche Kußhände zum offenen Fenster des Hotelzimmers hinaufwirft, deutet der so hofierte Waang pantomimisch durchaus nicht Ablehnung, sondern Unentschlossenheit an.

Sein freudianisch geschulterer Freund aus Europa vermutet, aber verschweigt da Zusammenhänge mit dem allzu frühen Verlust seiner Mutter, die auf und davon ging, als Waang erst dreizehn war. *Derlei sei sicher überall hart,* konzidiert er, *in Thailand und seiner Familienstruktur jedoch eine ganz unbeschreibliche Katastrophe,* die ihm noch jetzt die Sprache verschlägt und seine tiefe Unlust auf Körperkontakte, gar mit einer Freundin verursachen mag. Denn seit damals hat ihn wohl niemand mehr angefaßt, gratis und liebevoll schon gar nicht.

Eine Heirat erscheine ihm derzeit auch deshalb so undenkbar, weil Frauen unausgesetzt zu sprechen lieben, ohne dabei was zu sagen.

Aber im übrigen gebe es hierzulande natürlich alle und jegliche Spielart von Körperliebe, kreuz und quer, in sämtlichen Kombinationen, wie anderwärts auch. Different is same.

Und wechselt gern schnell das Thema, blockt also eher ab, wünscht lieber landesüblich gute Träume und zieht sich Laken und Decke über den fliehenden Kopf.

Den Unterleib schützt er zudem durch anbehaltene lange Hosen oder umgeschlungenes Badetuch über sittsamen Boxer-Shorts.

Dann schläft er vollkommen lautlos und reglos tief davon.

*

Im selben Lampaang aus unserm 7. Jahrhundert,

wo man sich heute noch einzig in Pferdekutschen durch eine malerische und atmosphärisch intakte Altstadt bewegt,

beten die beiden besonders intensiv vor einem Altar, der etwas außerhalb in den Reisfeldern am Flusse Wang zu jenem blendend weißen und zwanzigtürmigen Tempel in birmanischem Stil gehört. Im vorgelagerten *boht*, dem Versammlungsplatz für Andächtige, ist hier ein raumfüllend sperriges, gleichzeitig luftiges Labyrinth aus weißem Getäu, eine bizarre Mischform aus Takelage und Marionettenführung mit Klingelzug und seilerisch geknotetem Baugerüst lot- und waagerecht installiert: *sie solle bei Überfüllung*, erläutert Waang, *den körperlichen Kontakt der Gläubigen mit dem verstellten Sanktuarium, aber auch miteinander nicht nur symbolisieren, sondern auch leibhaftig vollziehen*; so ist hier jeder mit jedem verbunden und empfindet sinnlich konkret das hiesige Lebensgefühl der Gemeinschaft im selben Felde: *gann.*

Vielleicht deshalb fragt Waang seinen Freund nach vollendeter Andacht hier sonderlich hartnäckig nach dem Gegenstand seines Gebets: es bezog sich auf weiteres Reiseglück, weiterhin gute Freundschaft.

"Und du?"

"Ach, ich bete immer dasselbe, immer und überall dasselbe."

"Nämlich was?"

Indiskret ist das zwischen ihnen schon lange nicht mehr. *"Na, sag schon: was?"*

"Für alle Leute, daß es ihnen gut geht."

"Welchen Leuten?"

"Allen, global. Daß sie Glück und ein gutes Leben haben. Das ist alles."

Pause.

"Wie kleinlich daneben meine europäischen Gebete sind: unpolitisch, privat, egozentrisch."

"Aber realisierbar. Deine sind erfüllbar. Meine nicht."

3

Sawaang

Pöht

Pöht ist 29 und Koch in einem gut frequentierten Restaurant der Mittelklasse.

Wenn er tief in der Nacht endlich das letzte Curry, die letzte *Tomm Jamm*, das letzte *Tempurah* zubereitet und ausgeliefert hat, mischt er sich zur Entspannung gern noch in nahen kleinen Bars unter seine Landsleute. Dabei bevorzugt er Zirkel, die sich in spezifischer Tonart über ihn lustig machen.

An besonders strapaziös verlaufenen Arbeitstagen läßt er das wortlos über sich ergehen und hält sich dem liebevollen Hänseln seiner Altersgenossen so müde und masochistisch hin, wie ihm just zumute ist und Mutter Natur ihn sich ausgedacht hat: als eunuchenhaft fetten *gatöj*,

was dem belustigt zuhörenden Ausländer am dichtbesetzten Tresen mit *ladyman* übersetzt und von diesem mit Zwitter oder Transvestit in seiner eigenen Sprache nur unzulänglich eingeordnet wird. Denn anders als solche westlichen Kompensationen ist die Weiblichkeit eines *gatöj*, wie er hierzulande eine naturgegebene Verbreitung und Tradition hat, kein komisches Imitat, sondern Naturell, das zu keinerlei unlieber Vermännlichung gezwungen wird und sich überall, auch in jedem Provinzkaff und allen bürgerlichen Berufen unverstellt ausleben, seinen fließenden Stimmungen hingeben mag.

In so lustlosen, gar leicht migränigen Nächten ist dieser Pöht nur ein grauer, einsamer, hängebackiger Klops, der jedes verächtliche Witzchen,

wie die anders Gebauten ringsum es sich über ihn und seinesgleichen mühelos einfallen und ja nicht entgehen lassen, gleichmütig hinnimmt, herunterschluckt, zu überhören vortäuscht, erduldet. So verdirbt er ihnen den Spaß, der bald reibungslos verpufft, am sichersten, auch am süßesten.

Aber nach weniger anstrengenden oder an irgend stimulierenden Tagen donnert er sich zwischenzeitlich, sei es in allfälligen Wartepausen schon in seiner Küche fantasievoll auf

und tritt dann bald nach Dienstschluß geschminkt, mit perfektem *make up* und wechselnden weiblichen Frisuren seines langgewachsenen Kräuselhaares, in grellfarbig wehenden Gewändern aus eigener Fantasie und Werkstatt, auch mit ausgefallenem Modeschmuck an Fingern und Ohren, um Hals und Handgelenke, gern zudem mit immer anders drapierten Schals und Piraten- oder Kopftüchern, unerläßlich aber in einer Wolke niemals wechselnden und sehr, sehr süßlichen Parfums in Erscheinung

und macht dann noch die engräumigste, die unscheinbarste Kneipe zur strahlenden Bühne für seinen allseits beachteten und begeistert akklamierten Auftritt.

In solchen Nächten fällt ihm mühelos die Rolle eines Stars zu. Er inszeniert sie im Vorhinein durch einen wohldressierten Kometenschweif von Statisten, die ihm jeden Wunsch unter seinen monströsen Klebewimpern abzulesen versuchen und ihn bereitwilligst überallhin eskortieren. Sie sind auch seine Lakaien, seine *body guards*, seine *claque*, seine Leibeigenen und sein Hofstaat.

In ihrer Mitte provoziert er nunmehr die Sottisen der andern mit aggressivem Mutwillen und quittiert ihre wohlfeilen Attacken mit schwuchteliger *grandezza*, aber auch mit schillerndem Wortwitz, schweinisch-intelligenten Anzüglichkeiten, atemverschlagender Schlagfertigkeit und nicht zuletzt einer alles durchschauenden, alles belächelnden Selbstironie oder Eigenparodie, die ihm vollends jede Sympathie garantieren und jedweden Widerwillen in weitem

175

Umkreise brechen. Seine unübertrefflich informierte und genüßlich zelebrierte Klatschsucht sichert ihm zusätzlich phonstarke Sequenzen von Gelächter und Schadenfreude, in die sich auch leise
Ängste mischen mögen, jeden Augenblick selbst zur Zielscheibe
so verleumderischer Offenbarungen zu werden.

Fügt es der Zufall oder aber Pöhts waches und effektbewußtes Ge-
schick, daß er an der Theke der jeweiligen Bar scheinbar unverhofft neben einem Ausländer sein Bier trinkt, den er gar von ähn-
licher Gelegenheit eines Vorjahrs in Erinnerung hat, so verblüfft
er den wie sein ganzes Auditorium

mit einer in makellos füssigem Englisch vorgetragenen Bitte um
Entschuldigung dafür, ihn nicht schneller wiedererkannt und begrüßt zu haben. Auch in der folgenden Konversation weiß er mit
vollends erstaunlichem Benehmen und einer formbewußt höflichen Wohlerzogenheit zu brillieren, die irrtümlich auf beste europäische Kinderstube oder "guten Stall" hindeuten.

Doch in Wahrheit ist er ein Slumkind der Vorstadt, was er im un-
erwartetsten Augenblick ihres bemüht anspruchsvollen Austau-
sches beiläufig, aber umso wirkungsvoller fallen zu lassen versteht. Seine Komparsen himmeln ihn dann noch vorbehaltloser an.

Sollte solch ein andershäutiger Gesprächspartner tatsächlich seine
Billigung, sein Wohlwollen oder gar sonstiges Interesse finden, so
kann es geschehen, daß dieser Pöht, der sich gern mit dem bedeu-
tungslosen, aber hierzulande komisch klingenden Spitznamen
Däo-Däo anreden läßt, die Rolle eines ernsthaft problembewußten
Mannes zu spielen beginnt und sich mit ebenso eloquenter wie
militanter Suada darüber beschwert, *daß mit oder über seinesgleichen seit Generationen überall und unaufhörlich von jedermann
dieselben abgedroschenen, millionenfach einfallslos wiederholten
Billigwitzchen aufgewärmt und nachgeplappert werden: wie lang-
weilig, how boring!*

Wenn dann aber der angesprochene Exot auf der Basis unübersehbar längerer Lebenserfahrung, auch als international bewanderter Weltenbummler in aufgegriffener, sei es scheinbarer Ernsthaftigkeit die Rückfrage stellt,

ob Pöht und seinesgleichen denn alle diese global inflationierten, alle diese vorgestanzt faschistoiden und vorurteilsschwangeren Stammtischscherze nicht eigentlich sehnsüchtig erwarten und daher inbrünstig selbst provozieren, vom Zaune brechen, herbeilancieren, ködern und zur Auffüllung angsterregender Leere in ihren fröstelnden Seelen dringend benötigen und lieben:

dann antwortet dieser Däo-Däo blitzschnell und todtraurig: *"Das stimmt."*

"Wenn dieser ganze ausgelutschte Marken- und Kaufhaushumor einfach wegbliebe, Schluß damit: wärst du dann nicht tief enttäuscht?"

"Natürlich: und wie."

"Er würde dir also fehlen?"

"Ganz unbeschreiblich: sehr, sehr, sehr."

Und in den klugen Augen dieses unförmig unattraktiven Mannes schimmert eine undefinierbar fluoreszierende, eine magisch schwimmende Schwärze, die erstmals ganz ohne zynische Kälte ist und dem aufmerksamen Beobachter eine schmerzhaft empfundene Vereinsamung preisgibt.

Aber so unpolemisch konforme Ernsthaftigkeit in unzugänglicher Sprache mag nun den einen oder andern lachgewohnten Leibwächter des beflissenen Hofstaats so irreführen oder verdrießen, daß er dem scheinbar überlegenen Redeführer von Fernher einen groben Abschied zu geben für hilfreich und seinem eigenen, ungewohnt verstummten Guru dienlich hält: *"Go sleep, Papa"*.

177

Der so Verstoßene weiß zwar, daß sich ein thailändisches *"Papa"* von jedem europäischen durch seinen uneingeschränkten Respekt, durch würdigende Anerkennung einer überlegenen Lebenserfahrung unterscheidet und daher weniger despektierlich gemeint sein mag, als es seinen anders programmierten Ohren klingen möchte. Dennoch hält er es sofort für die nunmehr wirksamste Reaktion, seinen ohnedies längsthin überfälligen Abgang und Heimweg anzutreten.

Prompt fühlt sich ein anderer Jünger, sei es auf heimlichen Wink der sensiblen Fingerspitzen seines Meisters, bemüßigt, dem vielleicht doch ein wenig kompromittiert Aufbrechenden ein ausführliches Geleit und somit das wiedergutmachende Gefühl einer sonderlich ehrerbietigen Wertschätzung zu geben. Er begleitet ihn heiter komplimentierend und lachend bis vor die Bungalowtür seiner recht entlegenen Unterkunft und wiederholt ihrer aller, zumal aber Däo-Däos unübersehbar inständige Hoffnung auf ein baldiges Wiedertreffen: *"Nohn lap fan dih papah."*

"Wie bitte?"

"Good night and happy dreams, Papa."

Mih

Boh

Immer wenn die Ebbe das Meer am Nachmittag einatmet, ist die Abenddämmerung über dem Watt besonders stimmungsvoll und lädt die einen Thais zum *hah hoi* ihres Muschelbuddelns, die andern zum Überholen ihrer Boote und die *farang* zu umso ausgedehnteren Studienwanderungen im Schlick ein. Denn eine Ebbe zum Beispiel in der Mittagshitze offenbart in Sand, Schlamm und Prielen unvergleichlich weniger Getier zum Beobachten.

Aber gegen Abend lassen sich Seegurken, Sandwürmer, Winkerkrabben und zahllose andere Krebsarten ebenso wie Seesterne, Muscheln und Schnecken, in zurückgelassenen Tümpeln auch hysterisch werdende kleine Fische, auch tropisch vergrößerte Seeigel bei Mahlzeiten, heimlichem Standortwechsel, Fortpflanzung oder territorialen Auseinandersetzungen mühelos observieren.

Auch die einheimische Bevölkerung läßt sich an ihren Feierabenden im Watt sehr viel leichter treffen und kennenlernen als tagsüber, wenn sie arbeitet oder der Hitze ausweicht. Manche sitzen vor Sonnenuntergang einfach in einem der vielen Kähne beisammen, die jetzt weit verstreut wie eine Meute von Havaristen im ganzen Watt buchtauf, buchtab auf Grund liegen, schnattern und kichern da, bis es dunkel ist und die nächste Schicht ihrer Tätigkeit folgen mag. Manche spielen auch Fußball, sei es zu dritt oder siebenunddreißig, manche Gitarre, manche singen, manche nehmen, gar freitags, in engstem Familienkreise einen rituellen Imbiß in ihrem Boot ein, manche trainieren ihren Körper mit gymnastischen Übungen, manche träumen einfach in den feuerroten Sonnenball hinein.

In solcher Atmosphäre ringsum kann man bisweilen auch jenem Boh begegnen, der in einem besonders geräumigen und luxuriösen Schnellboot sitzt und es abwechselnd zu besitzen, nur zu warten oder tagsüber zu chauffieren behauptet. Er schaut einem schon auf weite Entfernung mit neugierig fragenden, unwiderstehlich lockenden und schon im Vorhinein belustigten Kulleraugen entgegen, die über unergründlich schwarzen Abgründen schwimmen und schimmernd nach Erleben lechzen.

Schon vor einem allerersten Wort des Grußes aber bricht dieser Boh in Lachen aus, macht aus Kulleraugen schräg geschnittene Schlitze und bittet den Ankömmling, ihn zu fotografieren, *denn er sei der Tom Cruise von Thailand.*

Was seine Schönheit betrifft, ist das tiefgestapelt. Sonstige Ähnlichkeiten gibt es nicht. Aber es läßt sich mühelos über alle Fremdheit hinweg mit ihm plauschen, sofern man nur genügend Zeit und Lust zum vielfach unterbrechenden Gelächter hat.

Wenn alle irgend fälligen Informationen solch eines ersten Kennenlernens ausgetauscht sind, wird, in Flirt und Komik verpackt, ein Termin vereinbart, wann Boh sich seine Fotos abholen kann.

Der Termin verstreicht natürlich, ohne daß Boh erscheint.

Aber eine gute Woche später steht er plötzlich mit schwimmend belustigten Kuller- und Schimmeraugen vor der Behausung seines Hoffotografen und fragt mit unergründlich schwarzer Lebensneugier nach seinen Konterfeis. Gleich folgt er ungebeten und ebenso zutraulich wie aufdringlich in den Bungalow hinein, jubelt da überrascht zu jedem einzelnen Abbild seiner auch dort noch lockend fragenden Schönheit und wirft sich in jauchzender Begeisterung auf das Bett des Hauses, wo er jedes einzelne Porträt noch einmal in konzentrierter Ruhe durchstudiert.

Dann fragt er seinen Fotografen, *ob der auch selbst die Bilder, ob auch er ihr Objekt mit seinen europäisch anderen Augen als schön empfinde: "Findest du mich schön?"* Sofort Lachkaskaden, pantomimische Persiflage von Schönheitspflege und kreischende Erwähnungen von Tom Cruise. Nur: *leider wolle ihn seine Auserwählte nicht. Wie es dem Fotografen da ergehe? Ob er Thai-Frauen möge, schön finde, kenne, vielleicht haben wolle? Nein? Ach so!* Geglotter, Gekicher, Geräkel, Gewälze. Schon öffnet er sich *fisherman's* Bundhose und straft alle Märchen von asiatischen Liliputformaten hochragend Lügen.

Aber er behält sein dekoratives *muscle shirt* an und läßt es sich vom Spielkameraden hochschieben, nicht aber über den Kopf ziehen: *seiner lieblosen Freundin zuliebe, der er trotz allem und diesem treu sei und bleiben wolle.* Seinen ragenden Goliath gibt er auch nur zum gemeinsamen Wienern frei. Wie bitte? Na, oder allenfalls auch zum Schnabulieren, sei's drum.

Dieser Boh ist neunzehn und ein schneller Junge. Nach dem Duschen schlägt er ein abendliches Wiedertreffen gleich heute noch in gewisser Diskothek vor. Die geschenkten Fotos seiner Schönheit nehme er das nächste Mal mit, vielen Dank, jetzt müsse er noch zum Boot, auf heute abend also.

Abends in der Diskothek erscheint er mitnichten.

Aber andern Tags vermißt sein Galan ein goldenes Kettchen mit buddhistischen Amuletten, das zuletzt im Badezimmer lag. Für den Diebstahl kommt das Zimmermädchen in Frage, aber auch Boh.

Der Bestohlene listet sich alle Indizien auf, die das Zimmermädchen belasten: es sind viele.

Er listet auch alle Indizien auf, die Boh entlasten: es sind noch mehr.

Das Zimmermädchen leugnet, heult, wird von seiner Direktion verteidigt und geht zu einem Hellseher, der sogar sagen kann, an welcher Stelle im Meer ein Ertrunkener aufzufinden sei: der of-

fenbart, *daß diese Kette mit Talisman in einem Innenraum ver-*
schwunden sei.

Also listet der Bestohlene alle Indizien auf, die das Zimmermädchen entlasten: es sind viele.

Er listet auch alle Indizien auf, die diesen unergründlichen Tom
Cruise belasten: es sind noch mehr.

Er geht ihn suchen, weil er die Diebesbeute aus Gründen senti-
mentaler Erinnerung gegen eine andere und höherkarätige Kette
eintauschen möchte. Er weiß, wo Boh wohnt und wo er arbeitet.
Nirgends ist er zu finden, auch bei Ebbe im Watt nicht. Auch seine Freunde und Kollegen haben ihn lange nicht mehr gesehen.

Endlich resigniert der Bestohlene und vergißt sein Collier. Prompt
trifft er Boh in der Diskothek. Der trägt keinerlei Kette, sondern
freut sich mit lustig wissenden Augen über das Wiedersehen, bittet
um Entschuldigung für sein Verschlafen jener vorigen Verabredung vor Ort, berichtet vom Besuch bei seiner einzig und vergleichlos geliebten Mutter weit weg und lacht so arglos und unbefangen, setzt sich auch so zutraulich ärschelnd mit auf den Barhocker seines Leibfotografen, daß diesem alle seine ausgetüftelten
kriminologischen Strategien wohlig im ebenfalls lachenden Halse
stecken bleiben.

Natürlich hat er die immer parate Ersatzkette ausgerechnet heute
abend nicht bei sich. Trotzdem kündigt er an, mit Boh ein interes-
santes Geschäft machen zu wollen. Boh scheint das für eine sexuelle Offerte zu halten, lacht ein schamloses Lachen und bleibt indifferent. Nur in den schimmernd schwarzen Abgründen seiner
fragend wissenden Kullerschlitze glimmt von nun an auch bei jeder späteren Begegnung irgendwo am Strande, im Supermarkt,
auf der Straße eine zusätzlich erinnerungsschwangere und leicht
komplizenhaft belustigte Gemeinsamkeit, die aber ebensogut ihre

Fleischeslust wie seinen hiermit zugegebenen Diebstahl meinen könnte.

Seine Fotos holt er jedenfalls nie ab.

Wahrscheinlich hat ihn inzwischen auch mancher andre mit oder ohne Kette, mit oder ohne Hose abgelichtet.

Ein Jahr später sieht jener wiedergekehrte Erstfotograf diesen Boh mit einem hübschen Mädchen flanieren. Es bleibt unklar, ob das die sperrige Angebetete von ehedem oder eine neue, eine wievielte andere Bekanntschaft ist. Jedenfalls scheint Boh mit lockend belustigten Schlitzaugen so in seinen Flirt versunken, daß er seinen vorjährigen Spaß- und Kettenlieferanten übersieht.

Der ist sich sicher, daß der Gewitzte ihn gar nicht übersieht, sondern übersehen will.

Sein eigenes Kettenamulett vom Vorjahr trägt Boh jedenfalls auch jetzt nicht am Halse.

Vielleicht hat er damit die Ungunst seiner Angebeteten längst zu seinen Gunsten zu bekehren vermocht: viel Glück!

Mih

Doi

Doi mit den makellosen Schultern, der brettförmig glatten Brust und dem muskulös konkaven Oberbauch seines ungewöhnlich hellhäutigen und gleichbleibend unbekleideten Oberkörpers über tief auf dem Engpaß eines schmalen Beckens sitzender Bundhose scheint

in ebenjenem Strandkiosk, der fast allabendlich einen bilderbuchartig unverstellten Anblick des Sonnenuntergangs und seiner diversen, stets bombastischen Szenarien gewährt,

der Barmann zu sein.

Aber in Wahrheit ist er mit seinen 28 Jahren, die sich hinter dieser attraktiv halbnackten Fassade vermeintlicher Zwanzigjährigkeit verbergen, sein Besitzer und alleiniger Geschäftsführer, freilich auch einziger Angestellter in allumfassender Personalunion.

Solch ein Pensum läßt sich nur bewältigen, solange das Geschäft nicht blüht. Dafür sorgt hier zumindest die Lage dieses Kiosks weit abseits aller Ballungen des hiesigen Wassersport- und Badebetriebes. Nur resolute Wanderer verschlägt es hierher,

wo mehrheitlich Einsiedlerkrebse mit aufgebuckelten Schneckenhäusern in einer sei es artspezifischen Bevölkerungsexplosion zumal bei Ebbe den generösen Landstrich zwischen Meer und Düne dominieren und so ruhelos absuchen, daß sich der ganze Strand hier zu bewegen scheint und erst bei bedrohlicher Annäherung *attacca* erstarrt, weil die Tiere sofort und synchron in ihren instandbesetzten Häusern verschwinden und den Eindruck eines muschelübersäten Totenackers speziell mit leeren Schneckenhäusern vortäuschen: bis die Gefahr sich entfernt.

Wer sich nun hiernach bei Doi im Strandkiosk für den weiten

Rückweg stärkt und hinter weiterkrabbelndem Strande inmitten des pünktlich entfalteten Sonnenspektakels

für jene glimmende Räucherspirale, die mittels ihrer Düfte gerade jetzt die besonders gefährdeten Fußknöchel vor Mückenstichen schützen soll,

mit einem einwandfreien *wai*, jenem himmelwärts weisenden Zusammenlegen der Handflächen, auch noch musterhaft in der hierfür angemessenen Höhe bedankt, wird von Doi mit aufleuchtender Hoffnung in den Augen gefragt, *ob er gar Buddhist sei*.

Damit offenbart dieses aufreizende Faktotum mit seinem apart fohlenhaften Turmschädel unter kurzgeschorenem Schwarzhaar zugleich sein derzeit allerbelastendstes Geschäfts- und Lebensproblem.

Denn dieser Doi stammt aus Tschaijah, jener frühhistorischen Hafenstadt nördlich des östlichen *Suraht Tanih*, das als *"Stadt der guten Menschen"* schon mit seinem Namen Sympathien gewinnt. Tschaijah hingegen, eine der überhaupt ältesten Siedlungen Thailands am Rande der indischen Handelsstraße, wurde bereits im 8. Jahrhundert gemeinsam mit andern weitverstreuten Stadtstaaten, runde zweihundert Jahre lang gar als Provinzmetropole in jenes legendäre, gar mythische Reich eingemeindet, das *Srih Witschaijah* hieß und seine Hauptstadt auf dem fernen Sumatra hatte.

Aber jene Meisterwerke buddhistischer Bildhauerkunst und Architektur, die heute im Nationalmuseum der Engelstadt Bangkok mit all ihrer Schönheit über die Fundorte in den Klosterruinen von Tschaijah Zeugnis ablegen, verraten auch javanische, auch vietnamesische Einflüsse.

Ihr urzeitlicher Buddhismus setzt sich jedoch sogar noch im heutigen Tschaijah und in dessen modernem Waldkloster *Watt Suan Mokk* fort, das vom allseits verehrten Mönch Buddhadasah mit dem Namen *"Garten der Befreiung"* als Meditationszentrum eines basisbezogen ökumenischen Buddhismus gegründet wurde und mit seiner unüblich musischen Orientierung inzwischen grosses Ansehen genießt.

"Zu bestimmten Zeiten", weiß Doi zu empfehlen, *"können da auch Männer aus Europa buddhistisch meditieren lernen".*

In solcher Heimatstadt also,

zu der er sich demonstrativ und an metallener Halskette auch mit mehreren dortgeweihten und symmetrisch über seine ganze ebenmäßige Oberbrust verteilten Amuletten bekennt,

hat Doi gleichwohl keinerlei Gelegenheit finden können, sein anspruchsloses Dasein auch nur zu fristen. Aber Kontakte seiner weitreichenden Sippschaft haben ihm wenigstens viele hundert Kilometer entfernt die Niederlassung in diesem selbstgebauten Kiosk ermöglicht.

Nur liegt der mitten in mehrheitlich islamischer Besiedlung.

Mit dem stolzen Bewußtsein, ein Erbe thailändischer Frühgeschichte und buddhistischer Hochkultur zu sein, sieht er sich hier nun täglich mit den zunehmenden Aktivitäten eines so konträren Fundamentalismus konfrontiert. *Denn das gehe hier bereits über den sechsmal täglich unüberhörbaren Singsang des Muezzin und das Auftauchen saudiarabischer Missionare weit hinaus.*

Und Doi berichtet seinem vertrauenswürdig erachteten Zuhörer von weither über Terrorakte auch schon hiesiger Mohammedaner gegen Eisenbahnstrecken und staatliche Schulgebäude.

"Und was tut ihr dagegen?"

"Wer?"

"Na, die Polizei, die Regierung, was weiß ich: euer König, eure

buddhistische Mehrheit, der Staat."

"Na, gar nichts, natürlich. Sonst wären wir ja genauso."

Aber ein Alltag in so kontrovers geprägtem Umfeld erschwert nicht nur die kommerzielle Blüte eines Strandkiosks, sondern verhindert nicht zuletzt auch eine undoktrinierte Entfaltung von Sinnlichkeiten und Eros. Denn an die Töchter oder Söhne orthodox asketischer Moslemfamilien ist für diesen unübersehbar stark libidinös konzipierten und bestens ausgestatteten Twen keinerlei Herankommen denkbar. Vielleicht ist es auch gar nicht erwünscht.

Jedenfalls ist sexuelle Abstinenz sein hiesiges Los auf unabsehbare Zeit und hat wohl bereits die klassischen Symptome einer chronischen Verdrängung zur Folge. Allzugern jedenfalls würzt er grinsend seine Gesprächsbeiträge durch verbale oder pantomimische Obszönitäten, denen er bisweilen auch durch fotografische und gedruckte Pornografie Nachdruck verleiht, die er unter der Theke seiner Bar behende zur Hand hat.

"Das englische 'yes'", verrät er kichernd, *"hört sich genauso an wie unser Thai-Wort für angelsächsisches fucking."*

Ähnlich frivol mag seine Seele gekichert haben, als er seinen Strandkiosk mit dem Namen *"Watering Hole"* bezeichnete: primär als Wasserloch also im Sinne von Wasserstelle, Tränke. Aber anzüglich feixend fragt er an, *ob sich denn auch der quasi subkutan verborgene Doppelsinn dieses Namens mitteile.*

Feixt der Zustimmende nun ebenso anzüglich, dann schiebt Doi sofort überraschend begierige Fragen nach dessen Familienstand nach. Von einem Ledigen wird er nur allzubald mit dem *really watering hole* eines schon wässerig werdenden Mundes wissen wollen, *ob dieser so verdächtig Alleinreisende etwa gar mit einer latenten Vorliebe für thailändische Frauen durch dieses Land ziehe.*

Solch ein Verdacht mag ihn an das finanzielle Zubrot eines entsprechenden Kupplerdienstes denken lassen, aber stimuliert ihn unübersehbar auch erotisch. Seine brunnentief schwarzen und extrem schräg geschnittenen Augen glühen, die aufgeworfenen Lippen seines fast immer halb offen hingegebenen Mundes zucken unter einer Nase, die von all dem aufgestauten Sperma leicht angeschwollen scheint.

Doi mag genüßlich eine Sexualität halluzinieren, wie sie ihm selbst rigoros vorenthalten bleibt.

Umso größer ist sein Erschrecken, falls so ein ausgehorchter Gast ihm frank und frei gesteht, weniger die Frauen als die hübschen Männer dieses Landes zu favorisieren: zumal die jungen.

Doi schluckt. Oder die hiesig islamische Prüderie hat ihn schon infiziert. Jedenfalls wehrt er so jähe Gelegenheit mit leichter Panik in den sonderlich schräg geschnittenen Augen ab, indem er in jene prompt erfundene hiesige Besonderheit einweiht, *daß Thais nur jung auszusehen pflegen, ohne es auch zu sein:*

"Thai boys look very young. But are not."

Sogar dieser Fluchtweg und Notausgang hat bei Doi so viel Komik, daß der Abgeblitzte ihm lachend das Kompliment macht, in diesem konfessionell erstarrten Ghetto strandauf, strandab der einzige Mensch zu sein, der über Charme und liebenswürdige Lebensart verfügt.

"Ich bin der einzige Buddhist", relativiert aber Doi mit selbstbewußter Bescheidenheit und philosophiert erleichtert über die charakterlichen Konsequenzen eines andersgläubig vermeintlichen Wahrheitsmonopols, *das natürlich immer rein erhalten, krampfhaft beschützt und humorlos gegen die verteidigt werden müsse, die es nicht besitzen.*

"Schau mal die Sonne!" erdet Dois verschmähter Verehrer.

"Schau mal den Mond!" komplettiert der versierte Buddhist.

Denn auch leibhaftig steht da einem knallrot opulenten Sonnenuntergang im Westen direkt frontal im Osten, überdies auf eben genau derselben Höhe über dem Horizont ein bläßlich farblos aufgehender Vollmond gegenüber. Zwischen diesen beiden Bällen in ihrer ungewöhnlich ausbalancierten Konfrontation glimmt ein zwielichtig stahlblaues, makellos wolkenfreies Firmament.

Aber auf der Düne einer schmalen und spitz zulaufenden Landzunge zwischen zwei Meeresbuchten stehen jetzt jählings wie die zweidimensionalen Lederfiguren eines orientalischen Schattentheaters zwei reglose Männergestalten in maghrebinisch anmutender Gewandung mit *dschellabah* und Fes im solar-lunar verdoppelten Gegenlicht dieses magischen Abends.

Stehen reglos da und scheinen tausendundeiner arabischen Märchennacht entstiegen.

Aber dann zeigt die Silhouette des einen auf den Mond, die des andern auf die Sonne. Jeder dreht sich zum andern, und im sonnigen Mondlicht der eine, im mondigen Sonnenlicht der andre lächeln sie beide ein Lächeln, mit dem auch Mohammedaner nur hier in Thailand lächeln.

Hierüber lächelt nun auch der geplagte Doi.

Er sieht dabei wieder so jung aus, wie er gar nicht ist.

Tschaai

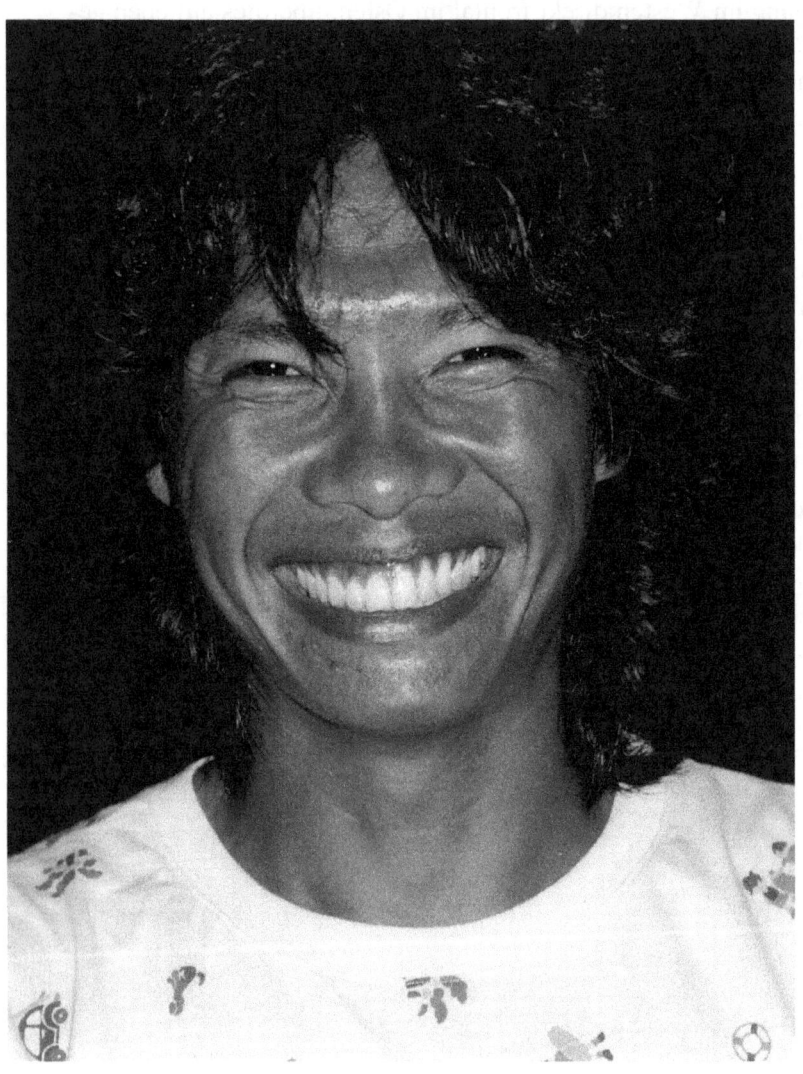

Monggut

Monggut ist das thailändische Wort für *Krone*,

aber auch der Vorname jenes greisen Bürgermeisters in einem besonders kleinen, dennoch weitläufigen Haufendorf, dessen üppig wuchernde Grundstücke zaun- und so problemlos ineinander übergehen, daß Nachbarschaften von Großfamilien kaum noch zu unterscheiden sind.

Insofern sieht oder erfährt es dieser kommunal gekrönte Häuptling sofort, als Sid, der junge Schwiegersohn im Nebengehöft, eines Tages von seiner Arbeitsstelle in der Kreisstadt einen neuen Freund mitbringt, der ungetrübt weißhäutig und unverkennbar ein durchreisender Europäer ist.

Es ist der erste Europäer, der Mongguts Dorf besucht.

Aber an seinem Ankunftsabend schickt der Bürgermeister nur einen Späher aus: Tschaai, seinen zehnjährigen Sohn, auf den er in seinem fortgeschrittenen Alter besonders stolz ist und dessen rattenfängerhaftes Lächeln der Vater einzukalkulieren und für amtliche Strategien gern zu nutzen pflegt. Selbst also noch unsichtbar bleibend, beobachtet er hinter riesenhaften Bananenstauden, wie sein lächelnder Benjamin von diesem Fremden aufgeschlossen begrüßt und auch bereits fotografiert wird.

Andern Vormittages aber hält es den weißhaarigen Würdenträger nicht länger, und mit vorgetäuschtem Anlaß gesellt er sich in der riesigen Diele seines Nachbarn zu jenem zeitlos stundenlangen Männerpalaver, das außer Sid und seinem europäischen Gaste bereits einen stämmigen Lastwagenfahrer mittleren Alters, einen senilen Wilddieb und Tigerjäger, einen besonders hübschen, aber chronisch arbeitslosen Schwager und, abermals, den verführerisch lächelnden Tschaai vereint, der mit zehnjährigem Erröten zugeben muß, daß sein Name das hiesige Wort für *männlich*, der *Mann* sei. Alle lachen.

In diesem Augenblicke tritt Monggut scheinbar beiläufig, mit der auffällig unauffälligen Bescheidenheit des echten Stars hinzu und läßt sich von Sid als ihren *"Prime Minister"* vorstellen, was der Fremde disziplinlos belacht, obwohl es ohne Ironie oder sonstige Anführungszeichen gesagt wird und wohl ernst gemeint ist. Nur ein kleines Viertelstündchen lang schaut sich dieser Premier den Weißhäuter an, aber mit demonstrativer Langeweile und ohne sich selbst ins Gespräch zu mischen. Dann trollt er sich wortlos und mit der gebührenden Distanz des reservierten Machthabers.

Als es aber noch am selben Abend zu Ehren des exotischen Hausgastes ein Festmahl gibt, an dessen Vorbereitung fast alle Familienmitglieder beteiligt sind, stellt sich kurz vor Beginn dieses Essens auch der Ministerpräsident ein, um ohne jeden Umstand das nachbarliche Diner zu präsidieren.

Das tut er, indem er ein Wasserglas mit Whisky füllt und es dem Ausländer zureicht. Der wird von Sid in ringsum nicht verstandenem Englisch halblaut und hastig informiert, daß er nur einen einzigen Ehrenschluck abtrinken dürfe, dann das Glas rituell an den Spender zurückzureichen habe.

Hierauf legt der Premierminister einen ersten symbolgeschwängerten Ehrenbissen auf den leeren Teller des Gastes, und die Mahlzeit beginnt.

Während des Essens, das die Männer der Großfamilie, nur dem Exoten zu Ehren, an einem improvisierten Tisch vor dem Hause, alle Frauen aber, sehr viel authentischer, auf Mutter Erde oder gelegentlich auch neugierig an den vier Ecken des Männertisches stehend zu sich nehmen, leert der gekrönte Monggut an der symbolischen Tête dieser uneinheitlichen Tafel mehr als nur jenes rituelle und allererste Whiskyglas.

Nach der Mahlzeit, die unregelmäßig ausfranst, weil gleichzeiti-
ges Beenden auch gemeinsames Sterben zur Folge haben könnte,
ist der *Prime Minister* dann schon so enthemmt, daß er Sids Eh-
rengast mit ausführlichem Redefluß zu jener Hühnerkiste vor dem
Hause führt, die allabendlichem Divan dient und auf der nun auch
heute ein weiterer Männerplausch das Festmahl und diesen ganzen Besuchstag krönt.

Jetzt sind alle Schleusen des greisen Potentaten geöffnet. Unverständliche Frage reiht sich an unverständliche Frage. Er will alles
wissen, auch ohne lange auf Antwort in unzugänglicher Sprache
zu warten. Längst hat er wohl auch vergessen, daß dieser fremd-
häutige Kosmopolit ihres hiesig thailändischen Idioms gar nicht
mächtig und auf gnädige Übersetzungen angewiesen ist.

Aber Sid und die andern Jünglinge mit Kenntnissen der englischen Sprache wie auch ihres alkoholisierten Oberhauptes schätzen die Aussichten mühsamen Dolmetschens situationsgemäß
richtig ein und ersparen sich selbst und dem Befragten solche An-
strengung nach Art des Sísyphos.

Unverdrossen erkundigt sich der greise Regent inzwischen weiter,
verzichtet aber infolge eigener Mitteilsamkeit auf weitere Aus-
künfte und präsentiert mit unverhohlenem Stolze immer wieder
seinen Tschaai, diese verführerisch lächelnde Augenweide seines
Alters, mit der vor allen, dann aber auch mit dem unerschöpflichen Reservoir seiner Enkel er sich nur allzugern von diesem ko-
metenhaft aufgetauchten Exoten fotografieren läßt.

Dem fällt beiläufig auf, wie die Stimme dieser endlos abgelichteten *Krone* mit zunehmender Trunkenheit immer tiefer, aber auch
immer behutsamer, immer sanfter, letztendlich immer zärtlicher
wird. Schließlich sondert sie schon kaum noch Inhalte, dafür um-

so mehr Wärme ab, als ihr hoher Inhaber seinen Thron auf der Hühnerkiste in Zeitlupe verläßt und mit weiteren unverständlichen, aber sammetstimmigen Anfragen in die nächtliche Dunkelheit ringsum hineinschwankt. Aber nur eine einzige greifbare Armlänge von seinem fremdfarbigen Whiskybruder entfernt bleibt er stehen, um das Übermaß an diesem Getränk wieder aus sich herauszupullern. Wie so viele männliche Thais scheint auch er mit Vorliebe in Gesellschaft zu pissen. Ebenso essen sie auch gern, reisen und beschäftigen sich, schlafen und kaufen sie auch gern ein: in Gemeinschaft – *gann*.

Nach beendetem, aber in ganzer Länge einsam gebliebenem Pinkeln scheint daher dieser Gemeinschaftssinn des *Prime Minister* noch unbefriedigt. Er wendet sich zum exotischen Hausgast, bleibt dicht bei dem stehen, schaut ihm tief in die Augen und faßt ihn nun endlich auch an. Zuerst hält er ihm die Hände, dann die ganzen Arme, schließlich die Oberschenkel fest und drückt sie, immer wieder, begrapscht und streichelt sie, ohne ein Ende finden zu können. Dabei ist er sehr bewegt. Seine Augen schimmern. Er ringt nach Worten. Schließlich bietet er sammetstimmig und warmherzig diesem Fremdling an, mit allen seinen Problemen, was auch immer die sein mögen, stets ungeniert zu ihm zu kommen. *Er werde stets für ihn da sein.* Seine Augen schimmern, die Hände streicheln, die Stimme schnurrt. *In seinem Dorf,* läßt er übersetzen, *werde solch ein Besucher stets und immer willkommen sein.* Kein Zweifel: sein altes Herz ist in der Vereinsamung all seiner Machtfülle auch voll von Sehnsucht nach ebenbürtiger Kompetenz und Gleichheit. Er liebkost diese unüblich helle Haut.

Die andern tauschen Blicke.

Sid raunt dem anhaltend Karessierten in angelsächsischer Geheimsprache zu, *daß der* Prime Minister *einzig ihm zu Ehren ein bißchen getrunken habe, im übrigen sehr viel Holz besitze, also äußerst wohlhabend, also sehr, sehr einflußreich sei.*

All das hält diesen Krösus aber nicht davon ab, den nunmehr dringend ersehnten Nachschub an Whisky zwar von seinem männlich verführerisch lächelnden Tschaai besorgen, aber vom international Weltreisenden bezahlen zu lassen: eine Frage nicht zuletzt vorgegebener Rangordnung und seiner Selbsteinschätzung als Krone am Platze.

Sein hübscher männlicher Tschaai muß sich anschließend vor dem so generös ausgewiesenen Globetrotter aufbauen, seine Handflächen in unterwürfiger Höhe zum traditionellen *wai* zusammenlegen und sich im Namen des Bürgermeisters für den spendierten, ihm selbst freilich vorenthaltenen Whisky bedanken. Der Premierminister selbst nimmt das hochprozentige Geschenk als angemessene Hommage entgegen, ohne sie eigens zu erwähnen. Tschaai tut das für ihn mit einem Lächeln, das womöglich noch verführerischer und mitten in der Nacht nun plötzlich auch noch sehr wissend ist. Kein Zweifel: dieser kleine Mann weiß Bescheid. Er durchschaut, was da abläuft. Und es behagt ihm sehr in all seiner unterschwellig wohligen Verbundenheit und Sympathie: lächelt also und stützt dann männlich den hilfsbedürftigen *Prime Minister* durch die gnädige Finsternis seiner dringend benötigten väterlichen Bettstatt entgegen.

Aber ehe dieses männliche Duo sich hinter den riesenhaften Bananenstauden in der Dunkelheit auflöst, schaut Tschaai noch einmal stellvertretend für sie beide und mit all seinem zehnjährigen Männerwissen zu diesem weißgeschweiften Kometen zurück, der schon morgen für immer entschwunden sein wird ... und lächelt sinnlos verheißungsvoll.

Denn

Kong

Kong arbeitet als Verkäufer in einem Textilgeschäft, das nicht eben übermäßig floriert. Also ist es dem Besitzer nur allzu recht, wenn dieser attraktive Mitarbeiter sich fast ausschließlich außerhalb des Ladens auf der Straße aufhält und seine Unlust am Kommerz durch Lust am Flirten und Flachsen mit jeglichem Passanten auf anreißerhafteste Weise kompensiert.

Wenn er nicht gerade zwischen den Auslagen auf der Erde liegt und einen Liebeskummer, seine Langeweile, schlechte Laune, diverse Räusche oder sonstige Frustrationen seiner jungen Unerfülltheit unstörbar und schamlos vor jedermann ausschläft, ist er der übermütigste, ausgelassenste, fantasievollste und verspielteste Straßenunterhalter, den zumindest die flanierenden Touristen je erlebt haben. Er pfeift ihnen nach oder schon entgegen, er persifliert sie mimisch und pantomimisch, kommentiert ihr exotisch empfundenes *outfit* mit pointierten Sottisen, all ihren befremdlichen Habitus mit komödiantischem Schabernack, der aber niemals verletzt, sondern sie alle zu jenem Lachen verführt, ohne das er selbst nicht leben mag.

"Ich bin schon 22", gesteht er einem solchen Passanten an der Angel seines Charmes, *"aber ich sehe aus wie 19, und warum? Weil ich so viel lache. Lachen ist der einzige Sinn des Lebens, sonst hat es keinen."*

Sagt das und lacht und ist süßer Fratz und altersloser Faun und frecher Engel in einem.

Wenn es aber dennoch je ernst wird und so ein angeflirteter Tourist zum Kunden werden will, fühlt Kong sich, nach dem anfänglichen Vergnügen, sei es um wenige Pfennige zu feilschen, im Falle dauerhaft fortgesetzten Handelns allzubald nur noch gestört und trachtet, die lästige Verkaufsprozedur möglichst abzukürzen. Das erreicht er am schnellsten durch verblüffende Zugeständnisse beim rituellen Poker um den Rabatt.

"Was kostet das?"
"280 Baht."
"Überall sonst 250."
"Okay: 250."
"Und das hier?"
"150."
"Und für mich?"
"100."

Wer sich nach so überstürztem Nachlaß bis gleich zu einem Drittel des ganzen Preises noch zu weiterem Unterbieten und Tauziehen angestachelt fühlt, steht nur zu bald allein vor den Regalen. Denn in solchem Falle fängt Kong einfach an, vor sich hin zu tanzen und nach Partnern für diesen sehr viel lustigeren, weil sinnlicheren Zeitvertreib Ausschau zu halten. Der Kunde mag dann kaufen oder gehen oder mittanzen oder sonstwas: sein Verkäufer hat was besseres vor und ist weg.

Einigen wenigen imponiert und gefällt das, weil in solcher Unlust am Konkurrenzkampf der *Freien Marktwirtschaft* noch die einzige Chance für dieses so ungierig angelegte Volk liegt, den tödlichen Umstrickungen des angreifenden Globalismus zu entgehen.

Aber auch dieser Anti-Kaufmann Kong ist schon heillos infiziert und jammert notorisch über Geldnot. Sein ungebrochenes Selbstgefühl mag er trotz aller beruflichen Erfolglosigkeit einerseits aus seiner Schönheit beziehen, die er zu präsentieren weiß und die Männer wie Frauen gleichermaßen anlockt, wohl aber nicht zuletzt auch aus der stolzen Tatsache, daß er just in Ajutajah geboren und aufgewachsen ist: jenem nationalen Inbegriff kultureller Blüte und historischer Katastrophe.

So tragische Herkunft schmückt und stärkt eine zum Hökern gezwungene Seele wie eine Krone oberhalb allen Krämergeistes und mag zur unwiderstehlichen Anziehungskraft ihres Besitzers beitragen. Allzuoft jedenfalls ist dieser schöne Kong auch unansprechbar, weil er seitenlange Liebesbriefe in allen erdenklichen europäischen Sprachen zu entziffern oder sich von neuen Verehrern übersetzen zu lassen versucht, und *"broken heart"* ist eine seiner meistbelachten Standardpantomimen, wenn ein weniger erwünschter Fan ihn nach seinem Ergehen befragt.

Dabei ist er pausenlos auf erotischer Suche und bereit, sich das Herz erneut brechen zu lassen. Aber von wem bloß? Also, bestimmt nicht von Thai-Frauen, deren geschlechtlich passive Fantasielosigkeit, auch Gleichgültigkeit er, auf offener Straße liegend, pantomimisch demonstriert, parodiert, mit Lacherfolg kritisiert.

Über eine Empfehlung, solche Frauen in ihrer Unwissenheit aufzuklären und, ein so erfahrener Lehrer, zu unterrichten, feixt er nur lustlos und läßt indessen keine blonde Frau ohne freche Attacken sein Geschäft passieren.

Aber als sich ein vertrauter Dauerpassant, der jeden Flirt seit langem schlagfertig zu erwidern sehr lustig ist, zu spätabendlichem Plausch in Tuchfühlung auf seiner Bambusmatte zwischen all den Jesuslatschen der staubig verschwitzten Touristenfüße niederläßt, verrät ihm Kong, leicht verlegen, eigentlich doch nur Männer zu bevorzugen: *wann er denn, sein Besuch, mal Zeit für ihn habe.*

Sie verabreden sich für denselben Abend in ihrer Standarddiskothek.

Als aber der Auserkorene sich dort mit europäischer Pünktlichkeit einstellt, ist Kong zunächst gar nicht anwesend, zu sehr viel späterer Stunde dann unansprechbar und blicklos in eine üppige blonde Tanzpartnerin versunken.

Anderntags bittet er zwar förmlich um Entschuldigung: *aber diese Frau sei eine unwiderstehliche Ausnahme gewesen. Auf bald, also.*

Weitere Verabredungen scheitern zunächst an Kongs Unzuverlässigkeit oder Angst, dann aber auch an der Abreise des Hingehaltenen.

Als er im nächsten Jahre wiederkehrt, ist Kongs Textilgeschäft nicht mehr vorhanden. Am selben Platze ist er inzwischen Juniorchef und die magnetische Attraktion in der elegant florierenden Boutique einer doppelt so alten Dänin, mit der er auch verheiratet ist.

Er ist jetzt proper und modisch gekleidet, hat ein entgiftetes, waches Gesicht, aber keine Zeit mehr für Flirts und Faxen, geschweige Rendezvous und ist nur noch auf Umsatz fixiert, um seine Europareise nach Kopenhagen, Odense und Århus baldmöglichst wiederholen zu können.

Seine Nächte verbringt er natürlich nicht mehr in Bars oder Diskotheken, sondern schlafend in ihrer beider Laden.

Aber seine Frau nächtigt gegenüber in einer *bel étage*.

Doch gegen Ende der Saison, als die touristische Kundschaft auszubleiben beginnt und inmitten all seiner unverkauften Preziosen der gelangweilte Kong seinen alten Spieltrieb wiederentdecken mag, steht er eines späten, ehelich unkontrolliert erachteten Abends wie in alten Zeiten überfallartig dicht und gut gelaunt vor dem wiedergekehrten Kandidaten seiner früheren Gunst, reicht ihm nunmehr auf europäische, dennoch altvertraut spielerische und kokette Weise die Hand und ist mit seinem provozierend übermütigen Gesichte nur hübscher denn je.

Ein entsprechendes Kompliment scheint dem jungen Ehemann sehr willkommen. In ihrem festhaltenden Blickkontakt glimmen schüchtern und wissend all ihre ungelebte Zärtlichkeit und Gier.

Zaghaft lächelnd stellt Kong nach solcher Pause eine leicht verlegene, aber nicht ganz unprovokative Frage nach den Gründen für die Rückkehr des damals Abgeblitzten: er stellt sie überraschend und reizvoll fehlerhaft in dessen deutscher Muttersprache.

"Nanu", kann sich der Angepeilte nicht verkneifen, *"hast du jetzt auch noch eine deutsche Ehefrau?"*

"Das nicht", ertönt in seinem Rücken die Stimme der geheirateten Dänin, *"aber einen deutschen Geliebten."*

Sawaang

Tai fah la-ohng tulih prabaht

III

Das zwanzigste christlich bezifferte Jahrhundert, das im Zeichen globaler Demokratisierung steht und dessen politische wie wirtschaftliche Erschütterungen ihre Ausläufer bis ins Königreich Thailand erstrecken, war genau zur Hälfte verstrichen, als jener Puhmiponn, zum Könige designiert, sein Studium der Naturwissenschaften in Lausanne sofort um Politologie und Jura ergänzte, dann beendete und in *Grung teep et cetera* den verwaisten Thron seines erschossenen Bruders und zurückgetretenen Onkels bestieg.

Die siebenhundertjährige Monarchie schien auch hier in ihre entscheidende Krise geraten, zumal der erste Rama seiner Dynastie geweissagt hatte, mit ihrem neunten Repräsentanten ein Ende zu finden.

Aber der neunte Rama nun, zu dessen Amtszeit dieser Brief hier an einen König von Thailand entstand, sollte so lange regieren wie keiner seiner bislang 54 Vorgänger oder Kollegen in aller Welt. Er sollte auch alle segensreichen Besonderheiten der Ära Sukotai mit denen von Ajutajah und *Grung teep* in seiner Person und seinem Stil verbinden:

Oh unterm Staub des Staubes Eurer Füße !

Noch einmal erblühte so die Institution eines Königs von Thailand zu ihrer denkbar schönsten Form, stabilisierte diesen Staat zwischen den Weltmächten und gewann die Herzen des Volkes in vergleichlos ungebrochener, tief verbindender, vereinigender Weise. Jeder freie Thai jener zweiten Jahrhunderthälfte fühlte sich von diesem König repräsentiert und liebte ihn grenzenlos als gütigen Vater und unerreichbar fernen Gott zugleich.

Ihn zu kritisieren oder sein Abbild sei es nur auf einem Geldschein zu beschädigen, galt leicht als Majestätsbeleidigung, die
auch für *farang* mit Freiheitsstrafen bis zu fünfzehn Jahren geahndet wurde. Aber der König selbst pflegte solche seltenen Missetä-
ter meist bald zu begnadigen.

Rund zwanzig Putschversuche galten weder seiner Person noch
dem System, das er verkörperte. Er überdauerte sie ebenso unge-
fährdet wie auch die zahlreichen Regierungswechsel und Verfas-
sungsänderungen mit bisher mehr als zwanzig Ministerpräsiden-
ten und fünfzehn Konstitutionen während seiner Ära.

Aber sein Verhalten zu den diversen Umsturzversuchen zumal im
Gefolge von Vietnam-Krieg und internationalen Studentenrevol-
ten nach 1968 *anno Domini* war bisweilen für Außenstehende rätselhaft diskrepant. Einige, blutig oder nicht, schien er durch Passivität zu dulden, um jedoch mit Hilfe des jeweils obsiegenden Mi-
litärs eine unfähige oder korrumpierte Regierung durch nachfol-
gende Demokratisierungsmaßnahmen zu ersetzen.

In andern Fällen bekannte er sich offen zu den Rebellen: so 1973,
als Zehntausende von Studenten gegen eine Militärdiktatur prote-
stierten, in brutalen Straßenschlachten aussichtslos niedergeknüp-
pelt zu werden drohten, aber von diesem Könige demonstrativ als
Sieger in seinen Palast gebeten wurden, von wo er über Fernsehen
und Rundfunk den Rücktritt der Militärregierung verkündete und
für ein demokratisches Regiment unter dem Rektor der Universität von *Grung teep* Sorge trug; so auch 1992, als er die Anführer
beider Seiten vor laufenden Fernsehkameras zu gemeinsamem
Kniefall und Konsens mit demokratischen Folgen veranlaßte.

Alle jene früheren Gewaltakte sind, direkt oder indirekt, an diesem neunten Ràm gescheitert, der durch Ansehen und Einfluß,
durch sogenannte *"reserve powers"* mehr als durch faktische
Macht nicht nur jeweils dem Blutvergießen ein Ende bereitete und

den Landfrieden wiederherstellte, sondern auch einer kontinuierlichen Demokratisierung Vorschub leistete, "birmanische" Zustände seinem Volke in Alleingängen ersparte.

Dabei überschritt er mitunter wissentlich seine konstitutionell begrenzten Befugnisse als Staatsoberhaupt und Oberbefehlshaber der Streitkräfte, obwohl oder weil die machtpolitischen Strömungen seinem Herzen weniger nah standen als Wohlergehen und Sicherheit des Volkes, als nationale Einheit und Stabilität. *"Thailand wurde auf Mitgefühl errichtet"*, berief er sich auf das Urkonzept aus Sukotai und verbot in so verstandenem Königreich ebenso, ihn zu zitieren wie ihn zu berühren: kein Personenkult, sondern Hilfe!

Dem dienten auch die rund zweitausend Projekte, die er landauf und -ab initiierte, förderte und überwachte, teilweise auch persönlich finanzierte:

landwirtschaftliche Steigerung zumal der Reiserträge, Bewässerungssysteme, Überschwemmungsschutz, neue Methoden der Fisch- und Viehzucht, mehr und mehr auch ökologische Maßnahmen wie Schutz der Flüsse, Wiederaufforstungen, Energiegewinnung und Ersatz von chemikalischen Pflanzenschutzmitteln durch eine bestimmte Fischart,

aber in Bangkok, das er unbeschönigt als *"Toilette ohne Wasserspülung"* brandmarkte, auch so handfeste Aktionen wie die Reinigung von fauligen Gewässern und Sümpfen durch Raddampfer mit wasserlüftenden Schaufelrädern oder Filterungen mittels großflächig wuchernder Wasserhyazinthen.

In den drogenbezogenen Mohnplantagen des Nordens begünstigte er die Umstellung auf sogenannte *"cash crops"* von Obst, Gemüse, Kaffee und Blumen, und auf dem Gelände seiner Residenz in *Grung teep* ließ er ergiebigere Reissorten, mittels einer experimentierenden Milchfarm sogar klimastabile Rinder züchten.

Zwei Drittel jedes Jahres war er auf Reisen: anfangs ins Ausland, in etwa dreißig Staaten, um Informationen über dortige Erfahrungen zu sammeln; später unermüdlich durch alle Provinzen des eigenen Landes, zumal in den ärmeren Norden und den hilfsbedürftigen Ihßáhn, in die Berge, auf die Reisfelder, in die Dörfer, in die Dürre-, in die Überschwemmungsgebiete, zu den Minderheiten und Unterprivilegierten seines Volkes.

Überall setzte er, auf Dorfplätzen, Feldern, an Straßenrändern, die Sukotai-Tradition der persönlichen Anhörung fort: zu Tausenden strömten von Nah und Fern die Thais herbei und trugen dem König ihre Probleme vor, auf die er einging, die er zu lösen versuchte. Ein mobiler Hofstaat und Familienmitglieder begleiteten ihn deshalb.

Meist ging es dabei um Armut und Arbeitslosigkeit, oft aber auch um verbreitete Krankheiten: Malaria, Tuberkulose, Infektionen durch Leber-Egel oder Folgen von Unterernährung, auch Epidemien. Vielfach halfen die Ärzte seiner Eskorte vor Ort, oder sie wiesen die Leidenden in Kliniken ein, deren Therapien dann aus der *Königlichen Schatulle* bezahlt wurden. Denn finanzieller Reichtum war kein Selbstzweck für diesen Monarchen, der sich an jene großväterliche Devise hielt, *daß ein Kaufmann reich, ein König lieber arm sein sollte.*

Eine andere Fürsorge für Unbemittelte waren jene Waldhütten, die dieser neunte Rama nach altem Brauchtum wieder einführte: unentgeltliche Rast- und Schlafplätze allerorten, an denen aber jeder Weiterziehende für Nahrung, Wasser und Feuerholz des Nächsten vorzusorgen und jenes nationalspezifische Gemeinschaftsprinzip zu praktizieren hatte, das die Thais mit *gann* bezeichnen.

Hier wird auch Gedankengut des Buddhismus sichtbar, als dessen obersten Hüter die hiesige Staatsverfassung den König ebenso einsetzt wie auch als Schirmherrn aller andern Religionen seines Landes. So hatte dieser neunte Ràm, selbst überzeugter Buddhist, für seine Moslems eine Übersetzung des Korans ins Thailändische veranlaßt und garantierte auch im übrigen jedermanns geistliche Freiheit.

Vielleicht aus solcher Position einer auch moralisch höchsten Autorität des Landes bezeichnete er seinen Thron als "heilig" und bestand auf der Wiederbeachtung jener Tradition, daß sogar Minister und Generäle sich ihm nur auf allen Vieren, also kriechend nahen durften.

Wir Menschen alle verstehen das inzwischen weniger als ein Symbol der Unterwerfung denn als Rücksicht auf das hierzulande tief empfundene Bedürfnis nach sakraler Integrität, die mitten in den Überschwemmungen und Überforderungen einer überwältigend profanierten Welt den dringend benötigten Kontrapunkt einer Erinnerung eben an Heiliges, an das Göttliche über, in und um *uns alle* setzte. Das sollte nicht nur an historischen und metaphysischen, sondern durchaus auch und vielleicht sogar vorrangig an politisch aktuellen Orten anzutreffen, zu verehren und anzubeten möglich sein:

Oh unterm Staub des Staubes Eurer Füße !

Rund sechzig Millionen freie Thais pflegten daher diesen König, der sich doch auf seinem "heiligen" Thron noch als moderner und sehr bewußter Zeitgenosse seines unheiligen Jahrhunderts auswies, auch noch ganze zweitausendfünfhundert Jahre nach Buddha liegend und kriechend anzubeten. Die Abergläubischen oder sonderlich Bedürftigen breiteten vor seinen Füßen Kleidungstücke oder Papier auf Straßen oder Plätzen aus, weil seine Sohlen und deren Staub ihnen Glück und Segen bescherten.

Wir Europäer alle sollten getrost ihrem Beispiel auch zweitausend Jahre nach unserm Christus folgen und uns vor dem klug und konsequent praktizierten Humanismus dieser Symbolfigur verneigen, ob nun auf Knien, Ellenbogen oder Fußsohlen: aber mit ehrerbietig huldigenden Herzen. Er kann uns Menschen allen als Repräsentant und leibhaftige Verkörperung einer hohen Idee gereichen, die im übrigen global abhanden kommt und mit abgestandenem Royalismus allenfalls einen Rest von Formalitäten gemein hat.

Denn auf Fotografien von all den ländlichen Audienzen dieses neunten Rama können *wir Europäer alle* beruhigt registrieren, wie die Bauern, Fischer und Waldarbeiter sich da stehend, auf gleicher Ebene und fast hautnah um einen modern und einfach gekleideten Mann drängen, den sie gern *"the working king"* nannten und insofern als ihresgleichen zur arbeitenden Bevölkerung zählen mochten.

Diesem Leumund taten seine weitgestreuten Freizeitbeschäftigungen und privaten Interessen keinen Abbruch, die ihn zumal in die Tradition der vielen musischen Könige dieses Landes einreihten. Er schrieb und fotografierte, malte und stellte das Gemalte öffentlich aus, er spielte Saxophon, Klarinette und Klavier, gern auch mit namhaften Jazzern auf Jam-Sessions im Königlichen Palaste; seine rund vierzig eigenen Kompositionen haben teils unkonventionelle Themen aus dem sozialen Alltag seines Landes, wie etwa *"Hungry Man's Blues"*.

Überdies betätigte er sich in Forschungslabors auf Palastgelände auch wissenschaftlich, auch als Schiffsbauer von Segelyachten, mit denen er auf internationalen Regatten persönlich antrat und bei den *South East Asian Peninsula Games* in der Dingi-Klasse gar die Goldmedaille gewann. Aber er liebte auch schnelle Autos und war Pilot seines Helikopters.

Solche Gegengewichte mochten seine Persönlichkeit ausbalancieren, so daß er von sich selbst behauptete, keineswegs an der Spitze jener Pyramide zu stehen, mit der Monarchien gern verglichen werden:

"Das Volk unten und der König oben. In diesem Lande ist es umgekehrt."

Wer sich selbst so im Sinne der griechischen Mythologie als Atlas empfindet, auf dessen Schultern seine Welt ruht, dürfte um ihr Gleichgewicht, ihre Bewahrung und Sicherheit sonderlich besorgt gewesen sein.

IV

Anonym

Nogg

Nogg mit der fast weißen Haut seiner chinesischen Urahnen stammt von einer nahen Doppelinsel, deren Einwohner als besonders friedfertig berühmt sind, weil sie mit ihren ungastlich felsigen Stränden von den touristischen Segnungen der *Freien Marktwirtschaft* noch weitgehend verschont, also intakt geblieben ist.

Aber Nogg hat eine Frau geheiratet, deren Vater ihr ein Grundstück zur Mitgift gemacht hat, das an einem der begehrtesten Strände des ganzen Landes, also auch der ganzen Welt liegt.

Weil er aber kein Bargeld besitzt, wußte Nogg lange mit dieser Mitgift nichts anzufangen. Er zeugte fünf Kinder und war ein besonders pflichtbewußter Familienvater, Moscheebesucher und Anbeter Allahs.

Erst als die Gemütskrankheit seiner Frau immer deutlicher wurde und auch die jüngsten Kinder nicht verschonte, beschloß er, mit dem geschenkten Pfunde zu wuchern, und errichtete mit geringer Barschaft ein simples kleines Strandcafé, um das er mit Händen, die Allah vielfach gesegnet haben muß, in eben diesem sandigen Boden einen tropischen Garten anlegte, der an *Findhorn* erinnerte.

Der blüht inzwischen ebenso verlockend wie das Café inmitten, obwohl er da auf Weisung seines Propheten keinerlei Alkohol, nicht einmal minderprozentiges *Singha*-Bier serviert und diese Askese auch plakatiert: trotzdem sind die drei angebauten kleinen Fremdenzimmer fast ganzjährig vermietet.

Keines einzigen europäischen Wortes mächtig, hält dieser Nogg sich aber vor seinen Pensionsgästen aus aller Welt in der menschenscheuen Schüchternheit seiner Heimatinsel verborgen und läßt sich problemlos für einen Hausknecht oder Gärtner halten. Aber wer ihn zum Beispiel das weithin ruhestörende Quietschen seiner Badezimmertür zu beheben bittet, löst bei diesem so ängstlich scheinenden Nogg damit ein begeistertes Gelächter und langes amüsiertes Spielen mit der Lärmquelle aus, die er im übrigen ungetrübt weiterquietschen läßt.

Das liegt dann zum einen zwar an der landesüblichen Toleranz auch hierin, die europäische Geräuschempfindlichkeit gar nicht nachvollziehen kann, überdies aber auch an Noggs persönlichem Sinn für Komik, der so verspielt ist wie bei vielen Thais: einen Anlaß für allgemeine Dauerbelustigung beseitigt man doch nicht!

Aber solche Kontakte sind dienlich, Noggs Schüchternheiten diesem oder jenem Dauergast gegenüber allmählich gegen aufgeschlossenere Zutraulichkeiten auszutauschen, die in seltenen Fällen sogar eine freundschaftliche Intimität entstehen lassen.

Doch solch ein bevorzugter Gast wird dann bald bewundern lernen, mit wie undurchschaubarer, aber gleichbleibend bestgelaunter Heiterkeit und Distanz dieser Nogg seine ehelichen und familiären, seine finanziellen, auch seine innerbetrieblich vehementen Probleme nicht nur erträgt, sondern offenbar auch meistert. Gar nach einer höchst sensiblen Krisensitzung, in der er die überfällige Auseinandersetzung mit seinem neurotisch mimosenhaften, manisch eifersüchtigen, aber alleinig englischsprachigen Geschäftsführer und unentbehrlichen Faktotum keine Silbe lang laut oder nervös werden läßt, ist er in unmittelbarem Anschluß so ausgelassen und albern wie sonst kaum je.

In solchen Momenten offenbart sich eine erstaunliche Souveränität, die ihre Wurzeln in seiner Frömmigkeit haben mag. Denn dieser Nogg macht hilfreich deutlich, wie sehr alles das, was verschreckte oder aufgehetzte Europäer am Islam verachten oder fürchten, weniger mohammedanisch als vielmehr arabisch oder orientalisch sein mag und sich mit thailändischer Mentalität zu sehr viel heitererer Toleranz und Lebensfreude verbindet.

Jedenfalls dieser gläubige und orthodox moslemische Nogg ist vor Menschen seiner behutsamen Wahl von einer unbändigen Lachlust besessen, die sich ihre Anlässe gern auch selbst verschafft: mit potenten Partnern flachst und frotzelt er möglichst rund um Uhr und Kalender.

Etwa wenn er, sein eigener Zimmerboy, wissen muß, ob ein Gast noch anwesend oder dessen Raum schon zum Säubern vakant ist: statt anzuklopfen, was ihm fremd bleibt, kräht er vor der betreffenden Zimmertür. Wird er dabei belacht, wiederholt er das prompt *con variazioni* nach jener Landesart, die so gern Sinn und Zweck mit Spaß verbindet. Dabei kann er sich selbst vor lauter Vergnügen völlig vergessen, auch gar kein Ende mehr finden und in seinen hahnenhaften Erfindungen unerschöpflich sein, weil seine Lust am sinnvollen Unsinn sich grenzenlos fortzeugt.

Ähnlich mündet alles bei ihm, wenn irgend möglich, in Spiel, Blödelei und Gelächter. Das wird begünstigt durch seine Unkenntnis jedes europäischen, auch englischen Wortes und das sehr begrenzte Thai-Vokabular des Verulkten, dem er bisweilen den lustigsten Sprachunterricht dieses Globus erteilt oder Briefe in seinen Hieroglyphen schreibt, die sie dann gemeinsam dechiffrieren und belachen.

Aber auch von jeglichem ernsten Gespräch zumal über seine eigenen Probleme lenkt er auf solche Weise ab und verschleiert sie. So ist auch weder greifbar noch ahnbar, was er jeweils denkt oder will oder findet.

Gar seine Sinnenlust wird hinter einer Verspieltheit geheim gehalten, die sich bisweilen von Flirt nicht mehr unterscheiden läßt. Der beginnt mit burschikosem Foppen und Frotzeln, weitet sich bald und gern zu flüchtigen Berührungen am Arm, an der Schulter, am Rücken aus, tätschelt bisweilen hier oder da, legt auf dem Zweisitzer der Veranda schon mal ein Bein auf das daneben sitzende und zwirbelt dem andern schließlich leitmotivisch die Brustwarzen: eine Lieblingsattacke. Längst flattern da seine Blicke schon zu den Badehosen oder Shorts des Spielkameraden und halten da recht unislamische Ausschau nach Konturen. Bei jedem Anlaß, dessen Zimmer zu betreten, tut er es, ohne zu klopfen oder zu krähen, und versucht so zu überraschen, zu überrumpeln, bei sonstwas zu ertappen.

Einmal gelingt ihm das sogar. Der Überfallene liegt gerade nackt auf seinem Bett und benutzt in der Eile als Feigenblatt ein Buch, das über einschlägige Okkasionen in Thailand informiert. Balgend entwendet Nogg dieses blitzschnell identifizierte, also vermutlich wiedererkannte Requisit und eilt damit in Klausur. Als er es wiederbringt, feixt er beziehungsreich und wissend, offenbar auch erinnerungsselig und spielt mit schlüpfrigen Pantomimen auf erotische Freunde des überführten Gastes an.

Seither mokiert er sich gern in dessen Gegenwart über schwule Pärchen, aber in unübersehbar gutmütig billigendem Witz. Das beschäftigt ihn alles sehr.

Schließlich behauptet er, *sich von seiner zweifellos ungeliebten Frau getrennt zu haben und hinfort ebenso frei zu sein* wie der, dem er es erzählt. Andere Thais bestreiten diesen Abbruch seiner Ehe und kommentieren damit seine täglichen Besuche angeblich nur bei den Kindern. Aber tatsächlich übernachtet er fast nur noch im engen und provisorischen Büro seines Strandcafés. Tief nachts, wenn er und alle schlafen, fegt die verstörte Ehefrau die Terrasse vor dem verriegelten Schlafgemach ihres Mannes und erwidert keinerlei Gruß.

Das alles mag für den bigotten Moslem ein arges Problem, für den Mann von 37 Jahren auch ein körperliches Dilemma sein. Denn seine unübersehbare Lebenslust und die panerotische Sehnsucht seiner Sinne lechzen offenbar nach Genüssen, die seine Religion ihm asketisch untersagt und diskriminiert. Er leidet darunter, geht umso häufiger in die Moschee und bittet den Gast, der von seiner Rundreise wiederkehrt und Fotos zeigt, um möglichst viele Kopien vom Bilde einer grazil porzellanenen Tänzerin aus *Tschiang Mai*.

Die Sympathie für jenen Gast versucht er zu sublimieren. Er flaniert mit ihm abends durchs Dorf, bekennt sich zu solcher Freundschaft und überwindet indem seinen vielbelachten Abscheu vor *farang*. Erstmalig überläßt er ihm auch den Schlüssel zu seinem *Safe*, ohne das Deponieren europäischer Dokumente zwischen seinen eigenen Preziosen oder Urkunden persönlich zu überwachen: ein demonstrativer Vertrauensbeweis.

Doch als dieser so Gewürdigte ihn bei einer ihrer alltäglichen Hänseleien scheinheilig fragt *"Wer sind Sie überhaupt?"*, antwortet Nogg wie einstudiert prompt: *"Ich bin du."* Von nun an verstrickt sich ihr unaufhörlicher Schabernack immer inbrünstiger in fantasievollen Variationen dieses Motivs und führt sie über endlos ausgespielte Verwechslungen ihrer beider Namen und vorgetäuschte Wirrnisse oder Vexiere mit viel Gelächter und innerer Bedeutung schließlich zu einem genüßlich inszenierten Austausch ihrer Identitäten. Das will gar kein Ende nehmen, rotiert so fort und lacht sich tot.

Doch wenn sein vielgefopptes *alter ego* aus Europa nach Jahresfrist wiederkehrt, ist manchmal keins der wenigen Zimmer verfügbar. Dann pflegt Nogg ihn für einige Übergangsnächte in einem benachbarten Hotel einzulogieren. Als sie jedoch nach seiner Rundfahrt durch das ganze Thailand abermals vor diesem Engpaß stehen, läßt Nogg ihm dezent über jenes englischsprachige Faktotum ein gemeinsames Übernachten auf der Bambusmatte in seinem eigenen Büro offerieren. Die Absage hat ganz pragmatisch zwingende Gründe und wird von beiden niemals direkt erörtert, ihr latenter Affront jedoch mit durchaus ungeschmälertem Flirten und Tätscheln überspielt.

Auch unterbreitet Nogg jetzt den Vorschlag, im nächsten Jahr gemeinsam nach Laos zu reisen.

Bis dahin versucht er, sich von den Wirrnissen an Leib und Seele abzulenken, indem er kommunalpolitische Initiativen entwickelt und sein Geschäft zu vergrößern trachtet.

Zu solchem Ausbau fehlt ihm freilich das Geld.

Ohne daß er das je erwähnt, registriert es sein Vorzugsgast und schlägt ihm eine Beteiligung vor. Nogg erweist sich anfangs uninteressiert, dann herablassend hilfsbereit, schließlich weniger auf Beteiligung als auf ein Darlehen ganz begierig und ungeduldig: *farang*, läßt er dolmetschen, *zeichnen sich leider dadurch aus, daß sie viel sprechen statt zu handeln.*

Also vereinbaren sie den Rückzahlungsmodus und eine unbare Verzinsung in Gestalt von freiem Logis *ad libitum* und auf Lebenszeit. Das ist eine hohe Rendite, weil es die Einnahmen dieses kleinen Betriebes recht spürbar vermindert.

Nogg selbst dirigiert, aber meidet diese Verhandlungen nachts am Strande. Er taucht nur kursorisch und wortlos, aber mit nervös geröteten Flecken in seinem chinesisch geschnittenen Gesichte bei den Kontrahenten auf und pinkelt auffallend oft in aufdringlicher Nähe.

Auch später beim tatsächlichen Transfer auf der Bank in der Kreisstadt spielt er, in westlicher Sonntagskleidung, den Statisten, der jedoch, als formale Währungsprobleme in eine Sackgasse führen, hautnah hinter seinen Wohltäter tritt und ihm mitten in die stirnrunzelnd strengen Bedenken des Bankbeamten hinein die europäischen Brustwarzen zwirbelt. Schon lösen sich alle Verkrampfungen.

Viele Landsleute haben zuvor den neuen Kreditor aus eigener schlechter Erfahrung vor solchem Geschäft mit den Thais gewarnt. *Derlei ende hier regelmäßig mit Übervorteilung, Überlistung und Betrug am Blauauge.*

Nogg mag solche Verallgemeinerungen kennen. Umso energischer bemüht er sich, solche Meinung zu widerlegen und zu beschämen. Schon bei der ersten Wiederkehr seines Gläubigers bietet er dem – zum freien Logis und über alle Vertragsvereinbarung weit hinaus – auch noch freie Verpflegung mit jeglicher Haupt- und Zwischenmahlzeit und jedem Getränk, also einen insgesamt kostenlosen Aufenthalt von unbegrenzter Dauer an und verweigert mit vorgetäuschten Sprachschwierigkeiten alle aufgenötigte Bezahlung.

Mehr noch ist er mit zahllosen Einladungen, Aufmerksamkeiten, kleinen Geschenken und Großzügigkeiten fantasievoll bemüht, noch in scheinbar entlegensten Bereichen seine Dankbarkeit zu beweisen.

So verzinst sich diese Investition in unkalkulierter Höhe, und für Materielles gibt es ein immaterielles Draufgeld von unbezahlbarer Kultur.

Bei der Rückzahlung selbigen Darlehens kommt dieser Nogg gern allen vereinbarten Terminen zuvor, zahlt möglichst früher als nötig und straft so seinerseits alle Nationalverleumder Lügen. Wiederum ohne zu klopfen oder zu krähen, betritt er jetzt in der komödiantisch ausgespielten Rolle eines komplizenhaften Verschwörers und mit auffällig verstecktem Geldpaket das Zimmer seines Kreditors.

Dieser spielt natürlich mit, und beide zelebrieren sie nun ihren diebischen Spaß am Aus- und Einpacken, Vor- und Nachzählen, Geben und Nehmen des zur Konterbande verfremdeten Geldes.

Sie beenden diese Prozedur mit nicht enden wollender Danksagung und Verbeugungen, die sich vor lauter Spielfreude schließlich verselbständigen und ihren eigentlichen Anlaß ganz zu vergessen scheinen.

Nogg zeigt so, wie man jeden Lebensvorgang als Kapital verstehen kann, aus dem sich Funken des Vergnügens schlagen lassen. Keine Gelegenheit hierzu läßt er ungenutzt.

Andern Orts bleibt es unkontrollierbar, mag aber gleichfalls ein nützliches Vehikel sein, als es ihm darum geht, seine Landsleute zu ökologischem Verantwortungsgefühl zu bekehren. Auf zahllosen Sitzungen der Kommunalvertreter fungiert dieser Nogg als Initiator und heimlicher *spiritus rector* für eine ganze Sequenz von Maßnahmen, die den Bestand gefährdeter Tiere und Pflanzen retten soll.

Die erste Aktion gilt jenen schon nahezu ausgerotteten Landkrabben, die hier für die Hygiene jedes Strandes unersetzlich sind. Ihre Aufstockung aus Beständen seiner noch ungeplünderten Heimatinsel wird eines Tages endlich mit Spielmannszug in blauen Uniformen, Politikerreden, Journalistenpulk samt Fernsehteams und vollständiger Beteiligung der Bevölkerung als großes Lokalereignis und hierzulande ungewohntes Medienspektakel begangen.

Als dessen wirklicher Urheber und Organisator bleibt Nogg auf eigenen Wunsch im Hintergrunde und unerwähnt. Sich aufspielen gilt ihm nichts. Auch daß Fernsehen und Zeitungen mit begeisterten Elogen darüber berichten, nimmt er nicht zur Kenntnis, sondern leitet stattdessen schon unauffällig die nächsten Aktionen in die Wege: sie kümmern sich um Fischbestände und eine gefährdete, aber stranderhaltende Baumart. Es geht um die Sache.

Auch das Lob des befreundeten Gläubigers überhört er scheinbar. Aber als der an seinem Tisch die Henkersmahlzeit vor seiner

Rückkehr nach Europa einnimmt, offenbart ihm Nogg in Form eines pantomimisch vorgespielten Witzes, wie sehr er ihn schon morgen vermissen und überall suchen werde. Aber das gehe hier allen so, neutralisiert er sein allzu verräterisches Geständnis.

Andern Morgens vermeidet er in einer Mischung wohl aus Schüchternheit, Würde und Ulk, den Abreisenden zum Hafen zu eskortieren. Dort steht er dann aber unverhofft bereits am Pier und hat also schelmisch sowohl begleitet als auch nicht. Er fordert den Gehenden auf, das nächste Mal ganze zwei Monate lang den Betrieb zu schädigen, und steckt ihm noch ein Briefchen mit seinen handschriftlichen Hieroglyphen in die Tasche. Das läßt sich der so Beschenkte erst in der Engelsstadt *Grung teep et cetera* fachmännisch übersetzen:

"Leider kann ich dich nicht zum Flughafen begleiten. Aber ich liebe meinen farang-Freund jetzt und immer."

Nenn

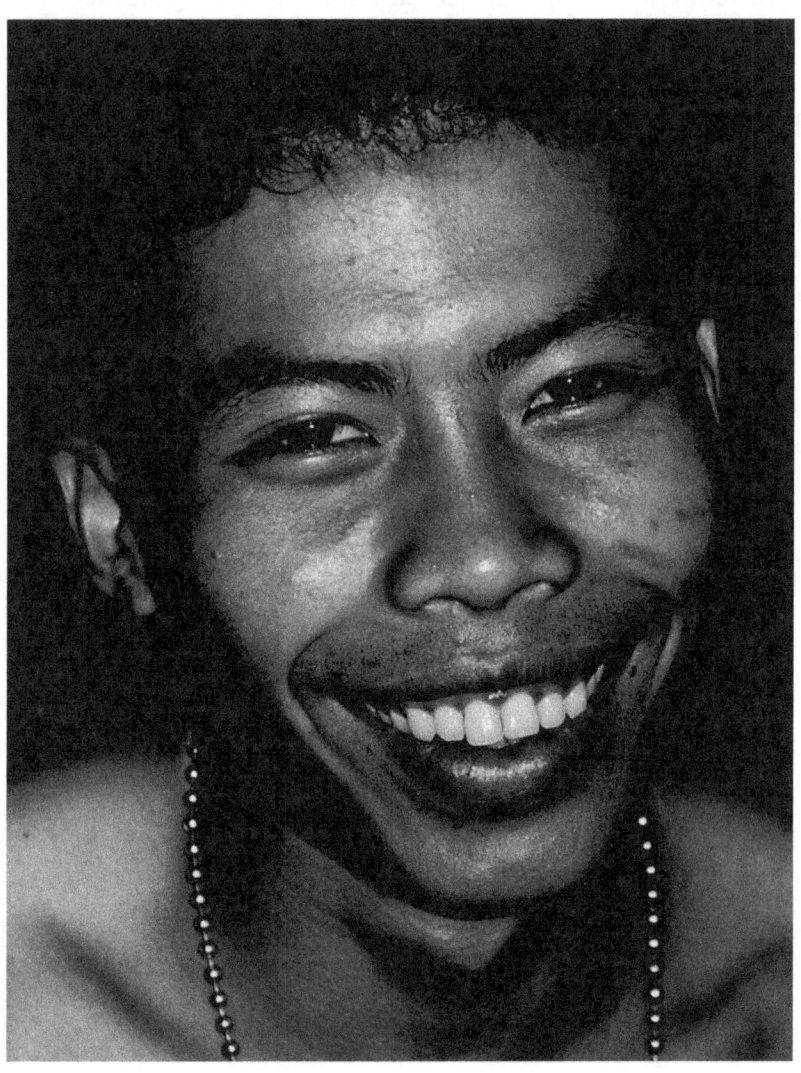

Rid

Rid führt auch in seinem Beruf als Kellner eines stets überfüllten Touristen-Restaurants das unverhohlen öffentliche Leben eines hier so landesüblichen *ladyboy*, indem er

mit pompös schaukelndem Ohrgehänge unter schulterlang glänzend gebürstetem Haar, mit langgewachsenen lila lackierten Nägeln an den üppig beringten Fingern, dennoch mit immer demonstrativ flacher Brust unter seiner schrillfarbigen Fantasiekleidung und einer nicht sehr erfolgreich hochgefistelten Stimme, die allzu leicht in pubertär gequetschte Rauhheit abkippt,

seiner ahnungslosen oder heimlich glotzenden Klientel ihren Curry, ihr *seafood* und *tomm jamm* serviert.

Verspottung und Anmache der Kollegen weiß er sich ebenso sphinxhaft distanziert vom Leibe zu halten wie die Neugier der bedienten Gäste aus Europa, Australien und dem prüden Amerika, die er insofern natürlich nur umso unwiderstehlicher anlockt und reizt.

Ein also unnahbar verrätselter und langbeinig hochgewachsener Star von zwanzig Jahren, balanciert er sein kompliziertes Leben mit vielen nicht eingehaltenen Verabredungen und einer meistens doch vorgezogenen Askese zwischen verheißungsvollen Avancen hindurch.

Befreundet ist er nur mit Frauen und Mädchen.

Wenn er sich aber je für einen Mann zu interessieren entschließt, muß es unabdingbar ein älterer Europäer sein: nur der ist für den vaterlos Aufgewachsenen von exotischem Reiz.

Aber zunächst ist Rid dann einzig schüchtern und versteckt sich hinter vorgetäuschter Arroganz, die sich nur langsam in Zutraulichkeit, dann aber plötzlich Hals über Kopf in fast hysterische Aufdringlichkeit verwandelt. Am Strande, in Bars, auf Bootstouren oder auch am Arbeitsplatz: überall spielt dieser Rid mit seinem nunmehr auserkorenen *farang* auf eine selbstironisch grinsende, passiv hingegossene und sehr, sehr moluskenhaft fließende Art, die den Umschwärmten freilich nicht selten auch zu versetzen liebt. Aber trotzdem gibt Rid dabei unmißverständlich zu erkennen, daß er die Willigkeit in Person ist.

Denn längst schon steht er, mutig und klug, vor aller Öffentlichkeit zu seiner Besonderheit im Gefolge jener unübersehbar riesigen Tradition von Berdaschen, Schamanen und sonstigen doppel- oder zwischengeschlechtlichen Zauberwesen bei allen Naturvölkern rund um diesen Globus. In Thailand ist sie noch lebendig.

Wenn er nun, kindlich verspielt, seinen aufreizend weißhäutigen Daddy am Strande im Sand verbuddelt oder mit ihm in der Andamanensee, sei es mit Schnorchelmaske, über einem Korallengarten umherschwimmt, führt er da auch Berührungen, Umarmungen und Küsse so übergangs- und schamlos herbei, daß ein eigentlicher Initiator solcher Intimitäten im Nachhinein gar nicht mehr auszumachen ist.

Gern läßt er es sich mit nachsichtigem Humor gefallen, daß bei solcher Gelegenheit regelmäßig auch immer seine anatomische Männlichkeit und deren Potenz kontrolliert werden. Denn fast unweigerlich werden die angezweifelt. Aber da hat er trotz all seiner träge erwartungsvollen Indifferenz weniger zu befürchten als umgekehrt von der Erregbarkeit manchen Partners unter dem Eindruck seiner eindeutig fraulichen Ausstrahlung. Erfahrungsgemäß hat er durchaus Anlaß, beim Buddeln oder Schnorcheln selbst entsprechende Kontrollen durchzuführen.

Falls er dabei zufällig aus einem vorbeifahrenden *longtail*-Boot von seinen weitgestreuten Familienangehörigen beobachtet wird, bleibt er gleichmütig amüsiert und läßt sich bei seinem Potenz-Check nicht stören.

Ebenso ungehemmt fordert er seinen weißen Schwarm in der Diskothek zum Tanzen auf, geht ungehemmt und vor aller Augen gleich auf allerengste Tuchfühlung mit ihm und fängt öffentlich an zu fummeln und zu knutschen, von Mann zu Mann. Mitten in einem heterosexuellen Touristen-Schwof verhalten sich die beiden wie in einer westeuropäischen Schwulenbar oder noch viel entfesselter. Am Tisch danach fortgesetzt endlose Küsse, schamlos, und erotisches, erotisierendes Massieren, ringsum, mit beginnendem Hosenwichsen, ganz unverheimlicht.

Dann nimmt Rid seinen kopflos begeisterten Galan nach Hause mit: in den Slum, wo mitten im kärglichen Zimmer ein Palmenstamm durch das Dach wächst und wie der Fuß eines Elefanten aussieht, von dem man allerdings nicht weiß, ob er beschützt oder droht. Denn dort findet der Abgeschleppte sich jählings auf so weibliche Weise verführt und entkleidet, daß er die nahende Grenze zur eigenen Lustlosigkeit zu ahnen beginnt.

Rid, der das kennt, registriert es sofort und bittet schleunigst um Geld: *er müsse Schulden bezahlen, ausgerechnet morgen, und habe nichts, auch für seine kranke, einsame Mutter im riesigen Bangkok nichts mehr.*

Pause.

Auf der Suche nach einem passabel gängigen Kompromiß schlägt der schnell abgekühlte Europäer eine reguläre Massage vor, die er als Dienstleistung angemessen bezahlen wolle. Rid ist alles recht. Versiert, aber wortlos beginnt er zu massieren: zuerst das rechte Bein. Dann das linke. Aber als er dort trotz allem eine Erektion entdeckt, wirft er sich, schluchzend fast, auf den Hingestreckten und haucht ein geradebrechtes *"I want to make love with you"*.

Er verzichtet auf alles Geld und löst sich in bedingungsloser Hingabe und Leidenschaft schier auf.

Dann aber zeigt er sich durch die europäische Anatomie doch arg überfordert, und das Ganze wird nichts, trotz tapfer durchgestandener Anstrengungen, die der *farang* diesem *ladyboy* freilich nicht mehr so ganz zu glauben vermag.

Er geht und hinterläßt trotz allem einen Geldschein.

Ihr Versuch wird nie wiederholt.

Doch sie bleiben Freunde.

Anonym

Waang

3

Auf ihrer Rundreise durch das ganze Thailand verbringen die beiden *song krahn*, das buddhistische Neujahrsfest, in dessen Hochburg *Tschiang Mai*, wo es nicht nur drei Tage, sondern eine Woche lang gefeiert wird.

Seinen ersten Tag, der der letzte des alten Jahres ist, kann man hier nur miterleben, indem man sich vorbehaltlos entfesselt der allgemeinen und karnevalsartigen Wasserorgie anvertraut. Denn es gibt nichts anderes mehr auf dieser Welt als ein allseitig gegenseitiges, einfallsreich listiges, trickreich überfallartiges Wässern und Nässen auf tausenderlei Manier. Alles ist binnen Sekunden pitschnaß in dieser Stadt. Es gibt keinen trockenen Faden, aber endloses Gelächter, jubelnde Lachexzesse und mit jedem neuen Guß auch neue Neujahrswünsche von jedermann und für jedes geschüttete oder fernher zugespritzte und zugerufene Glück einen auf gleiche Weise erwiderten Dank. Jedermann strahlt und ist so durchnäßt und aufgerüttelt wie selig. Rund hundertsechzigtausend Einwohner und abertausend Angereiste schwimmen im Wasser und Glück totaler Enthemmung.

Auch Waang. Auch er sorgt mit schnell erstandenen Spritzpistolen und Plastikeimern, die er unermüdlich aus dem alten Befestigungsgraben nachfüllt, für ihr angemessenes Mitspiel, auch gegenseitig foppendes Überschütten und kindliches Untertauchen in diesem besinnungslos ausgekosteten Spaß – *"sanuhk, sanuhk"* ist hier jedermanns und auch seine Parole.

Aber am zweiten Tage, der eine traditionell kalenderneutrale Pufferzone zwischen den beiden zusammenstoßenden Jahren darstellt, wird dieses überfüllte und feucht-fröhlich aufgestaute

Tschiang Mai zur Falle, aus der es keinerlei Entkommen oder Abreise gibt. Resignierend schlägt Waang daher vor, am wilden Weitertreiben nur als Zuschauer von der Hotelterrasse aus und dort zwar keineswegs trocken, aber nicht ganz so exponiert teilzunehmen.

Waang informiert da über religiöse Hintergründe dieses entuferten Brauchtums, das am Ende der jährlichen Trockenzeit eine möglichst niederschlagsreiche Regenperiode, also Fruchtbarkeit beschwören will und daher mit ritueller Waschung von Buddhastatuen beginnt, die nach und nach auch zum magischen Besprengen einflußreicher Mönche, dann ehrenwerter Respektspersonen überhaupt, später zur symbolischen Reinigung von Tempeln, schließlich auch Privathäusern ausgeweitet wird.

Gute Taten sollten all diese Baderituale begleiten. *Aber das traditionelle Freilassen gefangener Vögel sei inzwischen übel kommerzialisiert, zu betrügerischer Branche pervertiert.*

Jetzt zieht auch eine sonderlich inbrünstig, sonderlich liebevoll jauchzend überschüttete Prozession mit Buddha-Ikone durch all das Naß an ihrem Logenplatz vorüber und illustriert so authentisch ihr Gespräch über religiöse Zeremonien.

Waang ist gut informiert und offenbart beschämend, *daß er wie alle Thais schon in der Volksschule nicht nur über ihren Buddhismus, sondern auch über Christentum und Islam unterrichtet worden sei.* Er belegt das durch den Vergleich der islamischen, auch jüdisch alttestamentarischen Straf- und Rache-Ethik Auge um Auge mit ihrem christlichen Kontrapunkte eines Hinhaltens auch noch der zweiten Wange.

Beides bleibe dem Buddhisten eher fremd, weil allzu extrem.

Wie denn aber ein guter Buddhist stattdessen auf Übeltat reagiere?

Gar nicht. Das heißt, mit dem Mittelwege: "just stay" – im Sinne von Hinnehmen, Aushalten, Überstehen, sonst gar nichts.

In Europa wird derlei nicht nur den Volksschülern vorenthalten. *Easy is difficult.*

*

Gleichwohl ist dieser Waang auch als Buddhist nicht kritiklos.

Selbst zwar ein Fetischist, was abergläubische Amulette und sonstige Talismane betrifft,

und vermutlich geheimer Inspirator auch seiner Großmutter, die dem fremdhäutigen Freunde des Enkels ein tönern handgebranntes, also ehrwürdig altes Bildnis des ungemein populären Mönchs *Pra Luang Pohtuat* (mit langem offenem O) an die Halskette heftet,

wird Waang, der diesen historischen Weisen selbst tief verehrt, zu fast blasphemischem Widerspruch gereizt, als auf der Ladefläche eines Kleintransporters bei der Rückfahrt von der Mönchsweihe eines Vetters in *Bahn Nohng Dschik* (mit abermals langem offenem O) nach Saithai unter lauter gestandenen Männern eine nachgerade verzückte Begeisterung für diese Devotionalie am europäischen Halse ausbricht. Einer möchte sie schließlich abkaufen, steigert den Lockpreis bis zu zwölfhundert *Deutschen Mark* und offeriert gar, sei es provozierend oder unterstellte Gelüste testend, seinen kleinen Sohn als Gegenleistung.

Das alles wird ringsum und *unisono* von einem Chorus begleitet, der Wundertaten und Protektionen dieses Heiligen wie aller seiner Medaillons so lange in hysterischer Zuspitzung auflistet, bis Waang ihnen allen ein ernüchterndes Ende gebietet: *alles sei wahr, was sie sagten; aber mehr als jedes Amulett schütze und bewahre ein gutes Herz – wie es ihr Gast ihnen allen hinlänglich erwiesen habe.*

Prompt ist alle Schwärmerei erstickt.

*

Aber selbst die buddhistisch zentrale Lehre einer vielfachen Wiedergeburt ist diesem frommen Waang doch eher suspekt. Er hält sie für eine ausgeklügelte Strategie, die die Bestie Mensch zu einem möglichst sofortigen Humanismus überlisten soll.

Ohnehin sieht er im Buddhismus insgesamt ein Sammelbecken von Jahrtausenden und deren überlebensfähigsten, überlebensdienlichsten Erkenntnissen, nicht aber die Leistung eines einzelnen, sei es noch so erleuchteten Mannes und schon gar nicht Offenbarungen wie Koran und Bibel gleich Gottes höchstpersönlich.

Den habe er auch bislang noch nie zu sehen bekommen.

Zu wem er dann immer bete, vor all den Altären?

"Zu mir selbst natürlich."

Pause für den Schock.

Dann die Rückfrage: *"Auch immer für die ganze Menschheit dieses Erdballs?"*

"Grade. Erst recht."

Ein Demokrat.

*

Weil sie ihre Rundreise im Leihwagen fortsetzen wollen, erweitert der führerscheinlose Waang ihr Gespann um seinen jüngeren Bruder Gai, der als Autofahrer erprobt sei, zum Terzett.

Dieser Gai hat eine Liebenswürdigkeit, deren beiläufige Selbstverständlichkeit, deren drucklose Leichtigkeit umso schneller für ihn einnehmen, als sie nicht Programm sind, sondern naturgegeben. Darum unterstreicht er, betont er sie nie. Er weiß nicht um sie.

Gleichwohl mag er all seine 23 Lebensjahre lang im stark verdunkelnden Schatten des älteren, des so viel protagonistischeren Waang stets und allen als der eher geheimnislos profane, gutartig harmlose, unproblematisch flache Taxifahrer auf geliehenem Motorrad und Karaokesänger in sorgfältig europäisch städtischer Modekleidung erscheinen.

Dennoch warnen europäische Erinnerungen an solche Trios vor den Gefahren unvermeidlicher Fraktionsbildung, da sich immer, unweigerlich, ein Verhältnis 2 : 1 kristallisiere und Zerwürfnisse insofern vorprogrammiere. Hier gar wird nun auch noch jede der beiden verwendeten Sprachen von einem jeweils Dritten in diesem Bunde nicht verstanden. Da drohen Spannungen.

Sie werden schon dadurch umgangen, daß Waang und Gai sich als *pih* und *nohng*, als *Älteren* und *Jüngeren Bruder* verstehen, deren Hierarchie traditionell geordnet, also vorgegeben ist. Der *pih* ist dem *nohng* so prinzipiell übergeordnet, daß er den, nur als Beispiel, nie mit einem *wai* begrüßen würde. Nur der *nohng* bringt mit seinem *wai* den Respekt für den *pih* zum Ausdruck: ein Grundkonstrukt, das in europäischen Augen Eifersucht, Neid, Unterdrückung und sonstige Ungerechtigkeit geradezu unumgänglich zur Folge haben muß.

Ob denn gar bei Zwillingen knappe dreißig Minuten Vorsprung für lebenslänglichen Vortritt sorgten?

Im Gegenteil; bei allen Mehrlingen gelte der als *pih*, der als letzter geboren wird: *er habe die Geburt in die Wege geleitet und die andern weise vorausgeschickt. Da also sei dann der Jüngste der Älteste und der Älteste der Jüngste. Same is different, difficult is easy.*

Waang macht von solchen Vorrechten nur selten allzu direkten Gebrauch. Nur nach all dem *Geweihten Wasser*, das er aus den

besuchten Tempeln und Klöstern in einer Plastikflasche mit-
nimmt, um sich mit jeweils sieben vermischten Portionen rituell
und segenbringend reinigen zu können, schickt er als Herr meist
seinen Jockel Gai aus, der sich aber auch mit sonstigen Diensten
bereitwilligst unterordnet.

Vollends beim Autofahren von nun an bestätigt sich solche hierarchische Stufung. *Pih* Waang respektiert da den *nohng*, weil der
ihm hier klar überlegen ist. In der Tat chauffiert er die drei souverän durch all die Gefährnisse hiesiger Verkehrsmoral und allseitig
hochsensibler Improvisationskünste; an jenem Unfall im fernen
Sakonn Nakonn ist er wirklich vollkommen schuldlos.

Pih Waang überläßt seinem *nohng* da also total die Führung. Aber
er weiß und spürt telepathisch, wo Gais Schwächen liegen oder
wann er ermüdet und den Überblick zu verlieren droht. Erst und
nur dann greift der *pih* ein, übernimmt nun resolut Dirigat und
Ansage, jegliche Führung. Gai weiß dann sofort, daß Waang
ebendies ebenjetzt viel besser kann und fügt sich nur allzu willig.

Keine Sekunde lang also kommt es in diesem Straßenverkehr zu
jenen deutsch-europäisch üblichen Streitigkeiten und militant aus-
getragenen Machtansprüchen.

Mit gleicher Selbstverständlichkeit, die dann nicht einmal mehr
verbale Verständigung benötigt, absolvieren auf ihrer Weiterfahrt
die beiden Brüder das jeweils fällige Pensum an Wäschewaschen
und Bügeln oder Reparieren, sowie sie privat bei Verwandten
oder Freunden logieren. Nicht einmal werden da die Gastgeber
um Genehmigung oder Einweisung gebeten. Ein wortloses *team
work* weiß überall um Zureichung, Hilfestellung, Schichtwechsel
und reibungslose Bewältigung des Nötigen, auch was der *pih*, was
der *nohng* dabei zu tun hat. Nie schiebt da einer was auf den andern, erst recht keinen *Schwarzen Peter*.

Das bleibt unterwegs nicht auf ihr Duo beschränkt. Wenn der Dritte seinen europäischen Morgenkaffee trinken geht, schlafen die beiden andern oft noch. Wenn er zurückkehrt, haben sie seine Siebensachen bereits in seinem Sinne verpackt und im Auto verstaut. Nie vergessen sie, seine Lektüre, den Reiseführer, Papier und Schreibstift und sonstige Utensilien für die heutige Strecke griffbereit im Fond zu separieren.

Anfangs mag er sich nicht so bedienen lassen und hält irgend wo südlich des Maekong einen kleinen Vortrag über das europäische Bemühen der letzten beiden Jahrhunderte um Gleichberechtigung für alle, um jene vielzitierte und gänzlich anti-hierarchische *égalité* der *Französischen Revolution*.

Gai kann dem englischen Redefluß gar nicht folgen. Waang hört ihm höflich zu und erwidert, *er kenne, verstehe und heiße das gut. Nur: deswegen könne man doch Verdienste respektieren, das Alter ehren, die Gleichheit nuancieren und abstufen. Different sei zwar same, aber same auch different.*

Nur aus Höflichkeit verschweigt er, daß in seinem Lande solche *égalité* schon fünfhundert Jahre länger festgeschrieben, also so erprobt sei, daß man hier schon Zeit gehabt habe, dieselben Geburtsfehler mittlerweile zu korrigieren.

So legt dieser konsequente Demokrat seinen Finger auf den Schwachpunkt, jene tiefinnen offene Wunde solcher sozialen Quantentheorie, die durch diesen eben thailändisch höflich gebrandmarkten Denkfehler der französischen Revolutionsphilosophen sich inzwischen selbst sabotiert und derzeit ohne solche Korrekturbereitschaft weltweit zur selbstmörderischen Ochlokratie entartet.

Solche Differenzierung also, die auf der neidlos bewunderten Anerkennung individueller Qualitäten beruht, hilft ihnen zusätzlich, allen klassischen Problemen eines Trios aus dem Wege zu gehen.

Sie brauchen auch nie über etwas abzustimmen. Denn wann immer einer der drei einen Wunsch äußert, machen die beiden andern sich den sofort zu eigen und wollen von Stund' an dasselbe. So ersparen jeweils zwei von ihnen dem Dritten die Peinlichkeit, sich durchsetzen zu müssen; und so gehen rechtzeitig alle drei jedem Machtkampf aus dem Wege. Lieber erfüllen sie einem andern den sei es abstrusesten Wunsch als den zu polarisieren.

Das beeindruckt und läßt sich umso leichter erlernen, als es nur Wohlgefühle auslöst.

Denn die Basis dafür sind Hilfsbereitschaft, Liebenswürdigkeit und Güte.

Es ist auch klug und erblüht aus jenem sozialen Konzept des *gann*, das zutiefst eine Philosophie der Gemeinschaft ist und begriffen hat, daß alle nicht nur bei Gefahr im selben Boote sitzen, sondern auch sonst permanent in ein und demselben Felde leben.

Das wissen hier alle. In jedem Hotel wird dem ungleichen Trio für dessen *gann* nie etwas anderes angeboten als ein Dreibettzimmer. Da die auch hier eher selten sind, ist notfalls die Alternative aber nicht etwa Doppel- plus Einzelzimmer, sondern ausnahmslos immer das hineingestellte dritte Bett. Wer gemeinsam reist, wird über Nacht auch dann nicht getrennt, wenn das Logieren so prüde und keusch vonstatten geht, wie auch mit diesen beiden diskreten Gebrüdern.

Gar im berühmten Nachtbazar von *Tschiang Mai*, diesem allabendlich überbordenden Straßenmarkt mit seinen opulenten Offerten aller Art, schieben sie sich als undividierbare Dreiheit, die eine Einheit ist, durch das uferlose Gewühl einer Menschenmasse aus Thais und Touristen, Käufern und Gaffern. Hier verliert man sich allzu leicht, fast unumgänglich. Aber in ihrem Trio ist ohne

Absprache jeder der Wächter der beiden andern. Werden zwei von ihnen durch drängelnde Mengen getrennt, ist schon der Dritte zur Stelle und übernimmt Überwachung und Eskorte des Isolierteren. Jeder weiß jeden Augenblick, wo jeder der beiden andern sich befindet.

Auch solch ein Zusammenspiel, über das sie kein einziges überflüssiges Wort verlieren, beglückt. Leben ist hier Gemeinsamkeit, Hand in Hand.

*

Vollends allabendlich die Suche nach einem Restaurant in jeweils fremder Stadt gestaltet sich meist so herzerwärmend. Waang, auch Gai ist da jeder Platz recht, generell und immer: sie essen alles und überall, fühlen sich allerorts zufrieden.

Aber vor Jahren hat Waang registriert und gespeichert, daß ihr exotischer Gefährte gern in pittoresken Lokalen möglichst an Flußufern speist. Da nun das ganze nördliche Thailand von insgesamt fünf beachtlichen Flüssen zerteilt wird, die erst in *Nakonn Sawann*, auf halbem Wege nach Bangkok also, einer wie der andre in jenen majestätischen *Tschao Prajah* einmünden, den sie schon aus *Grung Teep et cetera* und von ihrer Schiffsreise nach *Baang Pa-In*, jener jedermann zugänglichen Sommerresidenz ihres Königs, kennen:

also ist für Waang in diesem Zwischenstromlande reichlich Gelegenheit, malerische Flußrestaurants zu erspähen. Richtig essen sie umso genüßlicher in Sukotai am Ufer des Jomm, in Lampaang am Wang, in Pimai am Muhn, später in Nongkai am autonomen Maekong, aber in *Kampäng Peht*, auch in *Tschiang Mai* am besonders idyllischen und magisch schimmernden Ping.

Hier sitzen sie selbdritt auf einsamer Terrasse im verzaubernden Mondlicht über diesem Flusse, der so behutsam ist, daß sein Gewässer still zu stehen scheint. Diese Zärtlichkeit überträgt sich auf seine drei Betrachter, und die wochenlang ungetrübte Harmonie ihres verständigungslos perfekten Zusammenspiels aus Aufmerksamkeit und Helfen, aus Rücksicht und Wunscherfüllung kulminiert hier zum beseligend selbstlosen Miteinander, zum unverstellt heiteren Sosein, Hiersein, Jetztsein, Zusammensein in Freiheit.

Die Brüder sind hier sonderlich übermütig und liebenswert. Ihr kultivierter Umgang läßt den europäischen Dritten an Erziehungsideale aus Salem oder Eton denken. Aber Gai weiß nicht einmal, was das ist, und Waang sagt lachend, *sie seien beide in Dschungel und Gummiplantagen aufgewachsen, wo niemand an Pädagogik denke.*

*

"Ein Sturm kommt."

"Wieso? Kein Blatt bewegt sich, das Wasser im Fluß ist spiegelglatt."

"Siehst du den Käfer da nicht: wie er im Zickzack läuft, jetzt in Schlangenlinien? Das tut er nur, wenn ein Sturm kommt."

Kurz danach sind sie mitten in einem Orkan.

*

Eines Nachts im Holzhaus ihrer Tante, als die liebevollen Brüder sich längst im Tiefschlaf von sonderlich strapaziöser Tagestour regenerieren, überdenkt ihr Reisekumpan auf seinem Mittelplatz der hierorts selbstgeflochtenen Bambusmatte all die Beglückungen nicht nur ihrer Rundfahrt durch dieses fruchtbare Land im allgemeinen, sondern auch ganz speziell einer Situation des heutigen Tages.

In ausgedehnter Unterhaltung abermals über buddhistische Riten und ihre Hintergründe, dann auch auf Freundschaft und Familienleben in Thailand ausgeweitet, war die Atmosphäre des ganzen abendlichen Gespräches ungemein harmonisch und von einem untrüglich anmutenden Gefühl allseitiger Sympathie und emotionaler Einheit, auch des Geistes geprägt. Diese Wohligkeit wirkt jetzt noch nach und stimuliert zum Überdenken all des Gehörten.

Sehr spät und langsam, fast widerwillig realisiert er schließlich, daß Waang das gesamte Gespräch hindurch recht eigentlich jede These, jedes Argument des Bruders und der zeitweilig mitbeteiligten Verwandtschaft um Erzählungen, Erlebnisse oder Kommentare ergänzte, die, bei mitternächtlicher Nachbeleuchtung betrachtet, die vermeintliche Harmonie durchaus nicht förderten, sondern faktisch radikal aufhoben. Praktisch jede der vorgetragenen Lehr- und Allerweltsmeinungen war da in Wahrheit auf seinen kritischen und energischen Widerspruch und Widerstand gestoßen. Umsomehr natürlich hatte er seine Kontrahenten in den Schutz von Konvention und Routine getrieben. Umso mehr natürlich trieb das ihn selbst in weitere Opposition.

Aber diese ganze Auseinandersetzung, die durchaus um theologische Prinzipien stritt, verharrte in Form, Atmosphäre und Stil eines friedlichen Konsenses, harmonischer wechselseitiger Respektierung und scheinbarer gegenseitiger Bestätigung. Laut und scharf wird hier sowieso niemand. Doch diesmal blieb der ganze krasse Dissens total okkult, dem Fremdling gar bislang verborgen und vergiftete nicht eine Sekunde lang das angenehm wohlige Zusammensein.

Auch solches Niveau einer Gesprächskultur mag Resultat dieses soeben kontrovers ausgefochtenen Buddhismus sein.

*

Selbst jener arge Verkehrsunfall, der im fernen *Sakonn Nakonn* zumindest Waang und seinen europäischen Freund um den winzigen Bruchteil einer einzigen Sekunde das Leben gekostet hätte, trägt mit allen seinen Belastungen durch Verschulder wie Polizei und auf dem Prüfstand gemeinsam erlittener Schikanen, Intrigen, korrupter Machenschaften und Fallstricke auf magische Weise zu einer neuen und noch radikaleren Dimension ihrer Verbundenheit bei. Jetzt haftet sie in der Tiefe durch mehr als nur heitere Sympathie.

Waang formuliert das als erster.

*

Im *Watt Pra Gäo Don Tao*, jener sonderlich großflächigen Tempelanlage am Stadtrand von Lampaang, stehen sie nach ausführlicher Besichtigung all der birmanisch inspirierten Architektur abschließend vor dem Eingang zum Museum mit Exponaten hiesig nördlicher Lannah-Kunst.

Ein neckisch kontaktbereiter Mönch in eben noch präpubertärer Knabenhaftigkeit lächelt ihnen als Türhüter verfänglich entgegen. Er sitzt hinter einem tresenartigen Tisch, auf dem sieben diverse Buddhastatuen nebeneinander stehen. Jede mag knapp einen halben Meter hoch sein, ist durch einen Belag von Blattgold veredelt und bittet mit einem porzellanenen Schälchen zu Füßen um eine glückverheißende Gabe jedes Besuchers je nach seiner Geburt an einem der sieben Wochentage.

Gai also spendet ein paar Münzen ins Montagsnäpfchen, das von einem *Stehenden Buddha* mit abweisend aufgerichteter rechter Hand an ausgestrecktem Unterarme bewacht wird und mit dieser klassischen Geste alles Übel fernhält, Ängste vertreibt und schützenden Frieden gewährt;

ihr *farang* spendiert seinem *Schreitenden Mittwochs-Buddha*, der mit einem Eßnapf in der rechten Hand recht zutreffend ein Umherziehen in aller Welt symbolisiert, das überall entgegennimmt und annimmt, aber auch hinnimmt;

aber Waang placiert seinen Obolus in das Donnerstags-Gefäß eines meditierenden Buddha im Lotossitz und mit übereinander im Schoße liegenden, himmelwärts geöffneten, also empfangenden Händen: was das denn bedeute?

"Gar nichts."

Nein, die Symbolik, im Unterschied zu den andern beiden oder andern sechs: was tue, was empfehle denn solche ein meditierender Donnerstags-Buddha?

Nur da zu sein: "just stay".

Und lacht: halb resignierend und doppelt geduldig.

*

Aber in *Sih Satschanalai*, der über mehr als siebenhundert Hektar ausgebreiteten Zwillingsstadt und Nebenresidenz des königlichen Sukotai, stehen sie eines frühen und ausnehmend stimmungsträchtigen Abends als einzige Besucher dieser überwältigenden Landschaftsarchitektur und Architekturenlandschaft mit ihren unzählbar aus den Bäumen ragenden Reliquientürmen aus dem 11. bis 15. Jahrhundert im Ehrfurcht gebietenden Tempelgelände des *Watt Tschedih Dschett Täo* zwischen all den steinernen Lotosknospen auf den siebenreihig verwitterten *tschedihs* oder *stupahs* im Stile des nachbarlichen Sukotai und zwischen den Grabmälern all der hier bestatteten Prinzen jener frühen Dynastie. Lange verschlägt der magische Platz ihnen allen die Rede. Plötzlich sagt Waang: *"Das kenne ich alles."*

"Wieso denn das? Wann warst du denn schon mal hier?"

"Vor dreitausend Jahren."

Aber beiläufig, ohne zu lachen und schon im Weitergehen ...

*

Im Klostergarten jenes zwanzigtürmig strahlendweißen *Watt Tschedih Sao* in den Reisfeldern außerhalb von Lampaang haben die Mönche an den Stämmen all der uralten Bäume Zettel mit Lebensweisheiten und Sinnsprüchen, teils gar zweisprachig angeheftet.

Auf einem wird, wenn auch ohne genauere Quellenabgabe, rund hundert Längengrade von *Stratford-on-Avon* entfernt gar der hierorts kaum noch bekannte Shakespeare zitiert: *"Sehen ist glauben."*

Sie lesen das kommentarlos.

Aber andern Morgens im kleinstädtisch neuzeitlichen Sukotai, als Gai noch schläft und die beiden andern auf der Terrasse des *"River Side Hotel"* beim Frühstücken auf den Jomm-Fluß schauen, fragt Waang unverhofft, ob das eigentlich stimme, daß Sehen nur Glauben sei.

Ihr lustvolles Philosophieren über solche Relativierung streift dann auch bald den Begriff des immer erforderlich *"rechten Maßes"* und mündet schließlich bei der Frage nach dem Sinn gar allen Reisens: wenn man auch da überall nur sieht, was man glaubt ...

Waang resümiert: *"Wenn ich hier die Augen überall offen halte, merke ich oft, daß ich sie ebenso gut – oder sogar noch besser – geschlossen lassen kann."*

Und spielt so indirekt auf den Reichtum seiner heimlichen Gesichte an.

4

Hmuh

Wiraponn

Auch Wiraponn ist Polizist: aber kein so knackig adretter wie jener Pong an der Straßenkreuzung in *Grung teep et cetera*. Dafür trägt er aber noch sehr viel mehr Ordensspangen auf seiner Heldenbrust.

Trotzdem sieht er schon fast so aus wie auch all die hiesigen Politiker und Wirtschaftskapitäne im Fernsehen: aufgeschwemmt und verbittert.

Er stammt aus mittelloser Familie im Ihßáhn, jenem Armenhause dieser Nation, wo mittellose Familien noch sehr viel mittelloser sind als anderwärts. Er wollte Musiker werden und wurde Polizist: nur wegen der vielen gesellschaftlichen Privilegien dieses Berufsstands, wegen medizinischer Versorgung von Polizeifamilien und weil er da manches mehr, was andere Sterbliche teuer bezahlen müssen, gratis oder stark ermäßigt bekommt.

Entsprechend niedrig ist sein offizielles Gehalt.

Entsprechend einfallsreich muß er, zumal solange seine Familie zum Beispiel gesund ist, für inoffizielle Aufbesserungen sorgen. Sonst kann er die Familie nicht ernähren. Sie besteht jetzt aus Frau und fünf Kindern, aus Vater und Schwiegermutter sowie seiner Schwester, die drei Kinder und einen meist arbeitslosen Mann hat, notfalls auch noch aus so manchem Vetter, so mancher Kusine.

Um alle die ernähren zu können, hat sich Wiraponn schon als ganz junger Aspirant nicht etwa Kollegen wie jene beiden Lebenskünstler zum Vorbild genommen,

die auf einer winzigen Insel im Süden abwechselnd, aber rund um die Uhr unter dem Schattendach einer provisorischen Bretterbude mit nacktem Oberkörper und kurzen Hosen, manchmal mit Pistole, meistens ohne auf ihren Bambusmatten liegen und wohlig den Schlendrian eines solchen Polizeireviers oder einer sehr, sehr ruhig geschobenen Kugel in einer verbrecherlosen Welt genießen;

aber auch jener andere Kollege ist nicht sein Vorbild,

der an der Paßkontrolle des Internationalen Flughafens in Bangkok all den vielen Ausländern, wenn sie ihr Aufenthaltsvisum für Thailand um einige Tage überzogen haben, höflich und humorvoll, aber eben vollkommen geschäftsuntüchtig die fälligen Strafgebühren formlos erläßt.

Solche Polizisten in seinem Thailand verachtet Wiraponn.

Seine Vorbilder hingegen haben fantasievoll in Chefetagen längst dafür gesorgt, daß ihre Familien nicht verhungern müssen, und dafür mehrere griffige Strategien kultiviert.

Nach solcher Vorgabe hat Wiraponn sich anfangs als junger, damals noch durchaus knackiger Verkehrspolizist zu einem scheinbaren Ritter der Landstraße zu entwickeln gelernt, der für kleinste und allerkleinste, oft unsichtbar winzige oder auch nur imaginierte, vorgestellte, erträumte, aber prinzipiell mögliche Verkehrsdelikte Gnade vor Recht ergehen ließ und dem jeweils Bezichtigten die legal vorgeschriebene Anzeige ersparte. Doch so ritterliche Bevorzugung mußte natürlich honoriert werden: bar.

Diese zaghaften Anfänge liegen inzwischen weit zurück. Wiraponn ist inzwischen längst zu einer Art Abteilungsleiter für Verkehrsunfälle avanciert, die er virtuos zur Finanzierung des Lebensunterhaltes seiner ganzen Sippe, aber auch für jene Vielzahl von Bordellbesuchen zu nutzen versteht, die nach und nach das einzige Vergnügen dieses vitalen Mannes sind.

Seine originellste eigene Idee war aber bei alledem, an jener gefährlichen Kreuzung zweier gleichberechtigter Hauptstraßen im

Zentrum der Stadt, wo es nachweislich täglich zu Zusammenstös-
sen kommt, die mehr als fällige und seit langem geplante Errich-
tung einer regulierenden Verkehrsampel durch entsprechende Ab-
sprachen und Beteiligungsgarantien zu verhindern.

Also knallt es dort Tag um Tag.

Wiraponns Untergebene erwarten das jeweils schon an Ort und
Stelle. Dann sind sie angewiesen, keinerlei Schulddiskussionen
zuzulassen, sondern durch ihren höflichen, aber strengen und in-
differenten Ernst die Beteiligten einzuschüchtern und dem *proce-
dere* ihrer dienstlichen Scheinmanöver gnadenlos unterzuordnen.

Letztere bestehen überwiegend aus längeren Telefonaten, die diese Verkehrspolizisten unnervös, aber mit bedenklichen Mienen
und unheilvollem Ton in ihre "Handys", schwerlich aber mit Wiraponn persönlich, sondern mit den zwischengeschalteten Kom-
plizen führen. Weder fotografieren sie den Unfall noch benötigen
sie Blutproben. Mit ihren properen Ärschchen und geschwungenen Seidenwimpern regeln sie vorübergehend den irritierten Ver-
kehr und entfalten dann ein Maßband, mit dem sie aber nicht etwa
die vorhandenen Bremsspuren ermitteln, sondern die stetig unver-
änderte Straßenbreite nachkontrollieren. Das beeindruckt.

Ihr ganzes Treiben ist eine Farce.

Tatsächlich geht es ihnen weder um eine Rekonstruktion des Unfalls noch um die Ermittlung von Schuld, sondern einzig um einen
ewig stereotypen Ablauf, der ihnen von Wiraponn persönlich so
vorgeschrieben wurde.

Eingangs lotsen oder schleppen sie die beiden Unfallfahrzeuge in
den Hof des Polizeipräsidiums, wo bereits Untersuchungshäftlin-
ge wirkungsvoll sichtbar werden, die mit Handschellen dergestalt
von rechter zu linker Hand aneinander gefesselt sind, daß jeweils
nur der eine vorwärts gehen kann, der andere aber nur rückwärts;

oder beide nach Krabbenart irgendwie seitlich. Unter diesem Eindruck müssen hier die beiden lädierten Autos vollkommen leergeräumt werden. Für den Verbleib ihres Gepäcks sollen die verstrickten Parteien gefälligst selbst jede Sorge übernehmen.

Hierauf läßt Wiraponn es sich nicht nehmen, möglichst unverzüglich und höchstpersönlich Führerscheine, Wagenpapiere und Autoschlüssel einzubehalten. *Alles werde sofort wieder ausgehändigt, sobald die beiden Parteien sich einvernehmlich verständigt haben.* Bis dahin verzichtet er auch auf jedes polizeiliche Befragen.

Inoffiziell aber läßt er dem Schuldigen oder Schuldigeren andern Tags eine Klärung auf dem Rechtswege vorschlagen: das bedeute monatelanges Abwarten, vorsorglich im Gefängnis.

Vermieden werden kann das nur durch Barzahlung.

Der gewünschte Betrag wird im Falle eines geschäftsgefährdenden Zögerns schon nach 24 Stunden verdoppelt und übermorgen erneut.

Ausnahmen von dieser Spielregel gibt es nur, falls einer der beiden Verwickelten Ausländer ist, der möglichst in einem Leihwagen verunglückte. Dann wird unbeschadet jeglicher Schuld unweigerlich einzig er bedroht und zur Kasse gebeten. Denn ein monatelanges Blockieren seines Fahrzeugs, für das er tägliche Leihgebühr zahlen muß, macht solch einen ohnehin meist Wohlhabenden noch schneller gefügig als jeden ärmeren Thai.

Leitmotivisch wird auch er durch Hinweise auf den möglichen Rechtsweg eingeschüchtert, der bis zum fernen gerichtlichen Urteilsspruch eine Untersuchungshaft an Ort und Stelle zur Folge hätte.

Hiernach wird ein erster Geldbetrag erwähnt, der in Gestalt einer wohldosierten Gebühr an Wiraponn direkt entrichtet werden muß.

Selbiger verbündet sich außerdem inoffiziell mit dem Kontrahenten. Auch wenn dieser unleugbar den Unfall verschuldet hat, wird er von Wiraponn ermutigt, vom betroffenen *farang* eine Entschädigungssumme einzufordern. Wiraponn macht sich für eine entsprechende Provision anheischig, diesen Betrag persönlich vom Ausländer einzutreiben.

Wenn dieser solch ein absurdes Ansinnen ablehnt, wird die geforderte Summe sofort erhöht, gar verdoppelt.

Wenn dieser Ausländer aber, der sich da jählings in einer Art Geiselhaft wiederfindet, zum Beispiel die *Deutsche Botschaft* in Bangkok anruft, um in seiner Zwangslage dort offiziellen Beistand zu erbitten, wird er das Telefon da sehr, sehr lange läuten lassen müssen, bevor sich eine anonym bleibende weibliche Stimme meldet, deren hektische Eloquenz nur vom anhaltenden Kauen eines Nahrungsmittels beeinträchtigt wird.

Quintessenz ihres mampfenden Redeschwalls ist die Information, daß die Polizei hier sehr mächtig, die *Deutsche Botschaft* hingegen völlig machtlos sei. Sie empfiehlt zunächst den Vergleich mit der hypothetisch umgekehrten Situation eines Thais, dem dessen Botschaft ebensowenig helfen könnte, wenn ihn wegen eines Autounfalls zum Beispiel die Hamburger Polizei beim Wickel hätte,

und daher also, zweitens, ein umgehendes Bezahlen, bevor der geforderte Betrag noch dramatisch weitererhöht werde.

Diesen Rat wiederholt sie vollen Mundes, aber mehrfach und so dringlich, als sei auch sie an solchem Inkasso interessiert.

Auch sie winkt mit unumgänglich werdender Untersuchungshaft.

Im Übrigen täte ihr Gesprächspartner, *der sich mit seinem Problem nur ja nicht für einen Einzelfall halten möge, besser daran, seine vorerwähnten thailändischen Freunde zu befragen als ausgerechnet die* Deutsche Botschaft: und legt auf.

Besagte thailändische Freunde aber hatten gerade dieses Telefonat mit der Botschaft angeregt, weil es für Persönlichkeiten wie diesen Wiraponn sehr beeindruckend sei, am Schreibtisch ihres frustrierenden Büroalltags unverhofft von einer Diplomatischen Vertretung Europas angerufen und um einen Gefallen gebeten zu werden, der dann schwerlich verweigert werden könne: der als Geisel Traktierte würde dadurch zu einer Art *Very Important Person*, die man nicht schröpfen, sondern nur noch unterstützen und freilassen könne.

Die *Deutsche Botschaft* aber verfolgt da mümmelnd übergeordnetere Interessen.

Schon infolge dieser Verzögerung erhöht Wiraponn den Gesamtpreis beträchtlich. Die Summe muß pauschal an ihn als den hilfreichen Vermittler ausgezahlt werden. Mit ganzseitigem Dienstschreiben quittiert er aber nur die offizielle Gebühr. Ob der viel größere Restbetrag dieses Lösegeldes tatsächlich in die Tasche jenes Lehrers gelangt, der den Unfall durch seine stark überhöhte Geschwindigkeit verschuldet hat, bleibt ein polizeiliches Dienstgeheimnis.

Der zahlende *farang* tröstet sich mit der vorgeblichen Ursache des Unfalls. Der schuldige Lehrer nämlich behauptet, nur deshalb so schnell gefahren zu sein, weil er seinem kleinen Sohn ein Buch kaufen wollte, das dieser für die Schule benötige. In einer vorwiegend illiteraten Gesellschaft sollte ihm das als mildernder Umstand zugebilligt werden, zumal ausgerechnet dieses lesewillige Kind beim Zusammenprall verletzt worden war.

Aber nach plangemäß erpresserisch vollzogenem *incasso* ändert sich im Polizeirvier die Großwetterlage abrupt. Freundlichkeit und Güte in Person, erkundigt sich Wiraponn, *ob er den Reisenden im Übrigen irgendwie behilflich sein könne: von Herzen gern!*

Die scheinbar hilfreich und nachdrücklich anempfohlene Auto-
werkstatt noch in *Sakonn Nakonn* berechnet dann nach alledem
für ihr lediglich provisorisches Gangbarmachen des ramponierten
Fahrzeugs einen Preis, den wenige Tage später die Leihwagenfir-
ma im fernen *Tschiang Mai* als stark überhöht bezeichnet,

um aber hierauf selbst eine astronomisch realitätsferne Ausfallent-
schädigung zu fordern, da ihre sämtlichen Vertragswerkstätten
frühestens nach einem Monat mit den fälligen Instandsetzungsar-
beiten beginnen könnten. Diese zusätzliche Erpressung setzt sie
nach halbtägig zeitaufwendigem Palaver mittels einbehaltener
Pässe letztlich mühelos durch. Es gibt kein Entrinnen.

Der Geschröpfte äußert hiernach den Verdacht, daß der einfallsreiche Wiraponn sowohl mit der ortsansässigen Werkstatt als auch
mit Leihwagenfirmen zusammenarbeitet, die sich vor Aushändi-
gen eines Fahrzeuges das Fahrziel nennen lassen müssen. Hieraus
ergibt sich leicht die Unterstellung, daß er angekündigte Fahrzeu-
ge planmäßig beobachten und in inszenierte Unfälle verwickeln
läßt.

Freund Waang bestätigt, daß solch ein polizeilich durchorganisier-
tes Raubrittertum, das an europäisch mittelalterliche Wegelagerer
und Strauchdiebe erinnert, nicht nur möglich, sondern bereits real
sei. Er deutet auch Querverbindungen zu Mafia, Drogenhandel, illegalen Lotterien, Immobilienspekulationen und Bordellwesen,
überhaupt eine Erpressungs- und Bestechungspraxis an, *die weit
über diesen kleinen Wiraponn hinaus schon zu einer Basis des gesellschaftlichen Lebens geworden sei und als Symptom dafür gelten könne, daß sein Land sich auf dem irreversiblen Wege von
seinem profitlosen Tauschhandel, wie es ihn auf einigen ländlichen Märkten des Nordens und Ostens auch heute noch gibt, auf
ein System zu bewege, das man global als* Freie Marktwirtschaft
beschönige.

Wiraponn selbst mag inzwischen neidvoll erfahren, daß eine Zeit-
schrift, die in London, Rom oder sonstwo erscheint und "DER
SPIEGEL" heißt, von thailändischen Polizeioffizieren berichtet,
die sich auf diese und ähnliche, also noch sehr viel effizientere
Weise ein jährliches Zubrot in Höhe von einer Million in deutscher Währung verdienen.

Sie sind ab jetzt sein Vorbild.

Seine derart ausgeplünderten Opfer aber werden von Stund' an
beim verängstigten Weiterfahren durch die paradiesische Landschaft dieses Staates in jedem schmucken Schupo,

selbst wenn er schläfrig unter einer schattenspendenden Bananen-
staude seine Siesta hält und den vorübereilenden Autos eher mit
sehnsüchtigem Fernweh hinterherschaut,

diesen oder einen anderen Wiraponn zu befürchten gezwungen
sein und ihm das Registrieren und Weitermelden ihrer Kraftfahr-
zeugnummer unterstellen.

Dabei träumt der vermeintliche Räuberhauptmann in Wahrheit
vielleicht gerade von seinem vorigen oder nächsten Bordellbesuch
und seinen sexuellen Geheimnissen, die er sich irgendwie finan-
zieren muß ...

Lung

"Äh"

Als er, nach seinem Namen befragt, sich Äh nennt, kreischt seine Frau wie ein Papagei vor Lachen: weil er damit das übliche Vexierspiel der Thais,

ihre offiziellen Vornamen vor bösen Geistern und hinter vielfältig wechselnden Spitznamen zu verstecken, die eigentlich nur mundgerecht knappe Ablenkungsmanöver sind,

in ein absurdes Extrem treibt. Er parodiert da nicht nur die landesüblichen Kurznamen, sondern vor allem seinen nationalen Einbezug unter diese Thailänder überhaupt.

Denn in Wahrheit ist er Mokenn und gehört insofern zu jener südlichen Minderheit der *tschao leh*, was für Ausländer unkorrekt verächtlich mit *Seezigeuner* übersetzt zu werden pflegt: *"sea gypsies"*.

Freilich ist ihr Lebensstil auf den Inseln der Andamanensee in der Tat nomadisch oder nur halbwegs seßhaft und jedenfalls anarchisch.

Auf *Go Pih Pih Donn* zum Beispiel siedelten sie noch vor wenigen Jahren in stammesüblichen Pfahlbauhütten des Inselzentrums oder, wie eben dieser sogenannte Äh und seine Sippe, in haus- und möbellosen Niederlassungen auf ebener Erde, unter freiem Himmel und direkt am Meer, von dem sie sich seit Jahrhunderten als unbequem eigenwilliges, mutiges und anhaltend unangepaßtes Fischervolk ernährten.

Gegen polizeiliche Integrationsbemühungen diverser Regierungen in *Grung teep et cetera* setzten sie sich bislang mit unbezwingbar zähem Trotz, gegen die Wasserfluten des alljährlichen Monsunregens aber äonenlang überhaupt nicht, neuerdings einzig mit einer

Plastikplane zur Wehr, die "Äh" dann lässig über seine noch viel lässiger ausgebreiteten Siebensachen, speziell wohl über neumodische Bescheinigungen aller Art zu ziehen pflegte, die bei Polizeistrafe ja nicht aufweichen dürfen.

Denn Nässe ist ihm und den Seinen ein von je her eher befreundetes Element.

Im Meer, das sie alle mit mannigfaltiger Nahrung versorgt, muß die Nässe freilich bei Laune gehalten werden. Das geschieht seit Mokenngedenken am Ende jedweder Ebbe in Gestalt von Reisportionen, die von der Meeresgottheit mittels Flut verschlungen werden. Dieser Reis kann gekocht und aus kleinen Schälchen auf den Strand gestülpt oder auch roh serviert werden:

"Äh"s Frau legt dann eine ganzzeilig filigrane Spur aus einzelnen Körnern aus, von denen sie jedes wie einen Samen sorgfältig leicht in den weichen Boden des Watts drückt. Dazu entzündet "Äh" in einer halbierten Kokosnuß einige Räucherstäbchen, die die Mahlzeit segnen oder die Gottheit mit Rauchzeichen darüber informieren mögen, daß ihr Essen auf der sandigen Tafel bereit steht: das göttliche Wasser kann kommen.

Es kommt dann auch jeweils und bedient sich.

Eines Tages kam auch noch eine andere Überschwemmung: der Tourismus. Bis unmittelbar dicht an "Äh"s Lebensraum heran erstrecken sich plötzlich die Bungalows eines Hotels, das ausschließlich von weißhäutig blassen Riesen frequentiert wird. Die empfinden diese Nachbarschaft von sobezeichneten Zigeunern als unappetitlichen *slum* und eine Zumutung, zumal sie die archaische Lebensform der Mokenn für die Armut von Asozialen halten und auch deren Kriminalität befürchten. Nachts hängen sie ihre Wäsche weg, auch wenn sie noch naß ist.

Reisende, die das Authentische dieses anorganischen Verbundes zu schätzen und als heimische Geborgenheit im unzerstört Präzivilisatorischen zu genießen wissen, sind selbst in der Minderheit und statistisch ebenso irrelevant wie hier die Mokenn.

Umgekehrt mögen "Äh" und seine Sippe die Invasion dieser amerikanisch-australisch-europäischen Usurpatoren ebenso als Zumutung und unappetitliche Störung ihres Lebensraumes, besonders der empfindlich reagierenden Meeresfauna empfinden. Da sich nicht nur sprachlich keinerlei Kommunikation als möglich erweist, sehen sie sich zu totaler Ignoration der Eindringlinge genötigt. Sie übersehen diese neue Nebenwelt mit radikaler Konsequenz und der Unnahbarkeit autarker Hoheit.

Für "Äh" persönlich, der damals täglich noch stundenlang zum Fischen ausfährt, ist das zunächst noch leichter praktikabel als für die Frauen, deren Jahrhunderte lang benutzte Wege und Stege plötzlich bebaut, deren Strandreviere zum täglichen Muschelbuddeln von Liegestühlen, Frisbeespielern und abstrusen Bodenturnern okkupiert werden. Frühmorgens und -abends laufen die Jogger, falls die Flut gerade voll ist und ihnen die gewohnte strandlange Rennstrecke überspült, bei jedem Hin und Zurück wie selbstverständlich und völlig bedenken-, auch blicklos einfach durch den ausgebreiteten Hausstand der Mokenn, als handle es sich dabei um Felsen oder Büsche und sei insofern gar nicht vorhanden. Keiner bittet da um Erlaubnis oder Entschuldigung, keiner grüßt, keiner lächelt: die Ignoration ist wechselseitig perfekt.

Also geht auch "Äh"s Frau, bald manche andere ebenso gruß-, blick- und bedenkenlos quer durch die Hotelanlage und direkt an den Terrassen der Bungalows vorbei ihrer altgewohnten Wege. Sie werden da von den Insassen verabscheut und verachtet, auch gefürchtet, aber wegen ihrer Wickelröcke mit schrillen Blumenmustern und turbanhaft aufwendigen, trickreich lose geschlungenen Kopftücher neugierig angestarrt oder indiskret fotografiert.

Wenigen Aufmerksameren fällt dabei auf, wie erschreckend die Gesichter dieser Frauen von freudlos hartem Arbeitsleben gezeichnet und überdies abweisend, feindselig, böse wirken. Ihre Stimmen gar, wenn sie vor sich hin schimpfen, einander über größere Entfernungen rücksichtslos Informationen zurufen oder sich gar uferlos unterhalten, sind schmerzhaft laut und keifig gequetscht. Mancher Abendländer hält diese Frauen für psychisch gestört, von bösen Geistern besessen. Keinem von ihnen kommt je der Gedanke, selbst einer dieser Dämonen zu sein.

Vollends "Äh"s Ehefrau leistet verständnisloser Geringschätzung Vorschub, wenn sie dem Mann allabendlich, manchmal nachtlang, wenn er mit Fischproviant heimkehrt, ihr Leid und das ganze Ausmaß dieser neuen Misere klagt. Denn von den Vorteilen dieser Fremdlings- und Geldschwemme bleiben sie und ihresgleichen ausgeschlossen.

Sie brauchen auch nichts und wollen von denen nichts. Ganze Regennächte lang hallt die wütend kreischende Stimme dieser verzweifelt krakeelenden Frau unter der Plastikplane hervor, auch über all die benachbarten Bungalows hinweg und stört dort den Schlaf der Urlaubsreifen. "Äh" hört ihr ratlos zu und schweigt nicht minder verstört.

Wie um die Empörte zu beschwichtigen, begleitet er sie manchmal zu ihrem lebenslänglich gewohnten Pinkelplatz. Dort pissen beide nebeneinander in alter Solidarität: "Äh" mit schamlos offenbartem Organ in Richtung der verhaßten Bungalows und ihrer indiskret gaffenden Terrassenvoyeure, auch seine Frau im Stehen, also unter ihrem Wickelrock nackt und breitbeinig. Das mögen sie noch als letzten Protest, als auslaufend zuckenden Rest von Machtkampf, von territorialer Behauptung ihres von Ewigkeit angestammten Lebensraumes meinen.

Aber keinen Touristen veranlaßt das zur ersehnten Abreise, manchen freilich zur Beschwerde bei der Hoteldirektion.

Doch die Parallelen dieser beiden Daseinsformen treffen sich nicht einmal im Unendlichen. Sie treffen sich nie und verdienen daher nicht einmal mathematisch diese Bezeichnung.

Schon nach wenigen Jahren wird daher diese wirtschaftlich unergiebige Symbiose durch gewaltsame Evakuierung oder Deportation der Mokenn beendet. Der Tourismus expandiert, die Pfahlbauten im Inselzentrum werden schnell abgerissen und durch Supermarkt, Taucherschulen und Souvenirgeschäfte ersetzt, und wo "Äh" mit seiner Sippe, auch schon seine Vorfahren ihre Habseligkeiten über den Strand verteilten, locken bald die Bungalows eines Luxushotels mit Panoramascheibe, Seeblick und Klima-Anlage.

Den Mokenn sind in unzugänglich abgelegenen und strandlosen, also touristisch unerschließbaren Teilen derselben Insel Ersatzparzellen zugewiesen worden.

Aber nicht alle fügen sich dieser Zwangsmaßnahme.

"Äh" selbst jedenfalls tut es nicht. Er packt jene Siebensachen vom Strande in sein kleines Boot, das hier das allerletzte ohne Motor sein mag, und bewohnt mit Frau und jüngstem Kinde fortan diesen halbwegs schon altersschwach morschen Ruderkahn. Der ist ab jetzt ihr Zuhause, in der Tat nun "zigeunerhaft".

Aber sie ziehen nicht umher, sondern lassen das Boot vielmehr in halsstarrig unveränderter Sichtweite ihres angestammten Platzes lediglich von den Gezeiten ein wenig hin und her bewegen. Bei Ebbe läuft es gern mitten im Watt auf Grund und wartet dort so geduldig wie weiland ihr Reisopfer auf die gnädige Wiederkehr des göttlichen Wassers.

"Äh" selbst verläßt dieses Boot immer seltener. Zu allen Tages- und Tidezeiten sieht man ihn aufrecht unter der auffällig breiten

Krempe seines Bambushutes auf dem Mittelbrett sitzen und die Zeit abwarten. Die Frau geht ab und zu ins Watt, um nach Muscheln zu buddeln oder Krabben zu fangen, die sie dann auf offenem Flämmchen an Bord ihres Nachens zur Mahlzeit zubereitet. Nachts schlafen sie irgendwie über, unter oder zwischen den Brettersitzen des Bootes.

So werden sie da allmählich zu einer neuen Konstanten ihrer idyllischen Andamanenbucht und für einige Schwimmer, Surfer oder Wasserski-Läufer, für Paraglider, Schnorchler oder Wattpromeneure nunmehr gar zu einer Art präzivilisatorischer Sehenswürdigkeit. Einige Mildtätige halten sie gar für bemitleidenswerte Bettler, was "Äh" mit dem philosophischen Humor eines Königs ohne Land zu nutzen gelernt hat, indem er auf eine Richtigstellung so lukrativen Irrtums schlitzohrig verzichtet. Er versteht es aber, um das Imperium seines winzigen Hausboots eine Aura aus Würde und Respekt zu errichten und unspendabel pure Neugier so in gebührenden Abstand zu verweisen.

Wer sich jedoch trotzdem ein Herz faßt und diese vermeintliche Idylle aus Urzeiten fotografieren zu dürfen bittet, erhält von "Äh"s Frau mit entzündlich geschwollenem und betelrot gefärbtem Zahnfleisch die Genehmigung einzig unter der Bedingung, daß sie solch ein Foto auch mal zu sehen bekomme. Dann posiert sie, leicht megärenhaft, indes ihr gewitzter Philosoph in unnachahmlicher Königswürde ein einzelnes abgeknabbertes Krabbenbein als Szepter hochhält und seine Situation so ironisch symbolisiert.

Andern Tages liefert sein Hoffotograf am stereotypen Platz im Watt ein kleines Album mit den gestrigen Aufnahmen ab. Der Monarch ist just allein in seinem Reich, heute auch hutlos und schon sehr viel weniger majestätisch: armselig. Aber lauthals lacht er über die Porträts seiner königlichen Megäre und inspiziert dann versiert die Zwischenräume zwischen den Fotos in den Folientaschen, vermutlich nach erhofftem, nach benötigtem Geld. Sein ganzes Interesse bleibt indifferent. Vielleicht betrachtet er die Bilder nur aus Höflichkeit. Er ist auch unsicher über ihren Verbleib, will sie zurückgeben, wirft sie dann in den Kahn zum übrigen Hausrat und nachts wahrscheinlich mit einer Handvoll Reis ins göttliche Meer.

Aber dieser "Äh" und seine ehelich Verschworene leben, essen und schlafen nicht nur in diesem Brückenkopf ihres früheren Zuhause: sie saufen hier auch – sei es, um Trauer, Langeweile oder Verzweiflung zu betäuben. Wenn die Mittagssonne allzu gnadenlos auf ihre alkoholisierten Ganglien brennt, gehen sie bisweilen an Land, um dort im Schatten der Kasuarinen ihren Rausch auszuschlafen. Das tun sie auf ihrem heimatlichen Gelände zwischen den klimatisierten Luxusbungalows und ungeniert zu Füßen all der weißhäutigen Passanten. Der drei- oder vierjährige Sohn hat dann schlafend die schamlos oder provozierend entblößte Brust seiner Mutter im immer noch nuckelnden Mäulchen.

Manche Touristen fotografieren diese Tragödie so arglistig wie ungehindert lieber erst im jetzig wehr- und würdelosen Zustand totaler Apathie.

Aber in manchen Nächten, besonders wenn kurz nach Vollmond sich das Meer in beiden Richtungen zu extremen Entfernungen verführt fühlt und diese maßlose Stimmung an alle Anwesenden weiterreicht, rudert "Äh" bisweilen seine Barke bis zum vorgelagerten Korallengarten und über dessen wohlerinnerte Reichtümer hinaus.

Dort fängt er im silbernen Mondlicht laut zu singen an.

Jeder in dieser Bucht mit ihren zwei malerisch geschwungenen Kilometern muß ihn hören.

Aber keiner kann ihn verstehen. Er singt in seiner Muttersprache, die offiziell verschollen ist: einem nordmalaysischen Dialekt, den es sonst nirgends mehr gibt, auch bei den Nordmalaien nirgends.

Einzig diese Mokenn beherrschen ihn noch.

Mit diesen exklusiven Worten singt er nun lange und aus voller Brust zum Gott der Mokenn.

Dieser Gott ist besonders klug. Er läßt sich von seinen monotheistischen Anbetern als alleinigen Weltgott verehren, hält sich aber für deren buddhistische und islamische Landsleute angemessene Untergötter.

So können seine Mokenn in keinerlei religiöse, sei es kriegerische Auseinandersetzung mit Andersgläubigen geraten, vielmehr mit denen allen in Frieden zusammenleben.

Für solche Gnade mag im Zauber der Mondnacht dieser singende Meeresnomade da lauthals danken.

Linn

Sajann

Die Behauptung dieses ungewöhnlich hochgewachsenen Zwanzigjährigen, er heiße Jan, gewinnt ein wenig Glaubhaftigkeit, als
er diesen niederdeutsch-friesischen Namen mit ungelenk lateini-
schem Anfangs-Y auf einen Bierdeckel jener Freiluft-Bar notiert,
in der er sich jede Nacht nützlich macht (und manch heißen Tag in
der Hängematte des Hauses verschläft): einkehrende Touristen
müssen ihn für einen Kellner, nein: für den Barmann, oder nein:
für einen Animator halten, der sie zum Trinken verführen soll.

Aber das alles ist er nicht. Zwar bedient und stimuliert er, aber je
nach Laune und ohne Honorierung. Seine stete Anwesenheit erklärt er selbst mit Treue. Tatsächlich gehört er gleichsam zum In-
ventar und schnell auch unweigerlich zum Bekannten- und Ge-
sprächskreis jeglichen Gastes.

Freilich kann niemand ihn übersehen, er fällt auf: mit seinem
schulterlang gelockten Haar, in seinen variantenreichen Fantasie-
kostümierungen, mit opulentem Ring- und Kettenschmuck, nicht
zuletzt freilich mit seiner makellos glatten und milchkaffeebraunen Alabasterhaut, die er besonders freigebig offenbart, wenn er
fishermen's fliederfarbene, weitgeschnittene Bundhose unter nackt
bleibendem Oberkörper trägt; hierzu pflegt er das Haar zu einem
Nackenknoten hochzustecken, was alles zusammen seine gerten-
schlanke Figur noch langwüchsiger wirken läßt, als sie es tatsächlich ist.

Aber eines Nachts kauft ihm ein schwedisch grobleibiges Männer-
paar diese verheißungsvoll flatternde Hose zu unterwürfig, zu feti-
schistisch überhöhtem Preise ab und besteht auf sofortigem Ausziehen an Ort und Stelle. Für Yan und seine totale Mittellosigkeit
gibt es da nichts zu zögern.

Denn sein Beruf eines Taxiboot-Fahrers ist eine Finte, Imponiergehabe. Wer bei ihm eine Bootsfahrt ordert, wird mit Ausflüchten abgefunden. Er hat weder ein Boot noch eine Stellung und keinerlei Perspektive. Er nassauert sich durch ein allerkärgstes Leben. Mitleidige Freunde sorgen unter der Hand für ein Minimum an Ernährung: stecken ihm heimlich zu, wo und wann immer was übrig bleibt oder abfällt.

Solche Almosen pflegt er aber gastlich und königlich zu teilen, falls eine Bar-Bekanntschaft, gar aus Europa, gerade des Weges kommt. Noch eine Handvoll Klebereis im Bananenblatt weiß er generös zu halbieren.

Nachts taucht er oft in seiner Stamm-Bar mit originaler Rasta-Mütze in äthiopischen Nationalfarben über wehend geöffneter Haarflut auf. Dazu trägt er ein weißes, aber handbemaltes und kunstvoll ausgefranstes T-Shirt, in das er mit Form- und Schönheitssinn wohlproportionierte Lochsequenzen selbst hineingerissen zu haben behauptet, und nicht minder bizarr zerfetzte, popbunt geflickte hellblaue Jeans, dazu wieder Halsketten, Armreifen, Fingerringe, ragende Gürtelpracht und aufwendig kunstgeschmiedetes, einseitig, aber doppelt hängendes Ohrgeschmeide, und natürlich geht er barfuß.

Die Touristinnen schmelzen nicht nur dahin, sie rivalisieren auch militant. Die schon Erfolgreichen zumal demonstrieren gnadenlos und unermüdlich ihre tatsächlichen geschlechtlichen Erfahrungen mit diesem exotischen Adonis. Sie brüsten sich als Besitzerinnen dieses phallischen Juwels. Unübersehbar verfügen sie, herrschen sie über ihn. Meist sind es Frauen in der Mitte ihres vierten Jahrzehnts und mit geringen heimischen Chancen: skandinavische Enakiterinnen, walisische Monster, schwäbische Spinnen, Quallen aus Delaware oder Idaho, australische See-Elefantinnen. Allabendlich zelebrieren sie vor-, gegen-, auch miteinander ihren

Sukzeß bei diesem dekorativen Hengst.

Er selbst jongliert. Hellwach und unsteten Auges schlängelt er sich durch all die zugestandenen Eigentumsrechte, all die moralischen, emotionalen, sexuellen, gar finanziellen Vorkassen und Ansprüche hindurch und lächelt hier, flirtet da, tätschelt dort und bedient und serviert und verspricht und vertröstet und vereinbart und verheißt. Die Frauen beben.

Oft sitzen sie schließlich alle mitsammen und in spitzer Kameraderie am selben Tische, sind aufgedreht laut und lachen vulgär, erinnern sich oder hoffen, sehen glücklich aus und schwelgen. Yan sitzt dann reihum neben jeder, beseligt sie mit beiläufig angedeuteten Berührungen, witzelt, geht weg, läßt sie warten und schmoren, kehrt wieder und geht. Bleibt gern länger weg. Sitzt dann zwischen Männern an der Bar und hat frei. Läßt sich da hängen und schweigt vor sich hin. Sieht müde und traurig aus.

Die Frauen schert das nicht. Siegesgewiß und hochgekocht juchzen sie schrill an ihrem entfernten Gruppen- und Ferientisch. Mit kleinen Handzeichen sorgt Yan von weitem für ihren Getränkekonsum und versinkt dann wieder in weitentrückende eigene Dämmernisse.

Er selbst wird zu seinen *drinks* stets zuverlässig eingeladen, ohne es je darauf anlegen zu müssen. Anreden von den Spendierern auf Nebenhockern beantwortet er meist mit einem Lächeln, in dem sich Melancholie mit schüchterner Fremdheit und einer alles überstrahlenden Güte verbindet. Es weiß abgrundtiefe Illusionslosigkeit mit ebenso abgrundtiefer Freundlichkeit zu vermischen, die wie schwermütige Menschenliebe aussieht und jeden betört.

Fragt ihn so ein betörter Stammgast nun gar, was er heute tags über getan habe, sagt Yan ernst, aber wert- und gefühlfrei *"Nichts"*.

"Also geschlafen?"

Kopfschütteln: *"nang"* – nur gesessen.

Und weiß genau, was sich in solcher Auskunft an Trauer mitteilt. Gibt sich ihr hin.

Tief in derselben Nacht noch, als seine Touristinnen sich längst mit besitzanzeigenden Handgriffen und halblaut gelallten Verabredungsvorschlägen, aber schlaftrunken bettschwer von ihm verabschiedet haben, ertönt plötzlich aus den Boxen der fast menschenleeren Bar die Stimme Bob Marley's mit dessen *"So Much Trouble"*: singt und verströmt sich über *so much trouble* in dieser Welt.

Da gleitet Yan mit tigerhaft langsamer Lässigkeit von seinem Barhocker und aus all seiner Tristesse. In all seiner Tristesse beginnt er zu tanzen. Auf dieser winzigen freien Fläche neben dem Tresen: raumlos auf der Stelle. Aber auf dieser Stelle tanzt er nicht nur. Auf der Stelle glüht er auch. Sein schöner Körper glüht und wird transparentes Instrument: dieser Klänge, dieser Stimme, dieser Texte. Er singt auch mit: *so much trouble*. Aber kein *play back*: er singt *live*. Nein, er spielt auch, nein: er vollzieht, nein: er erfindet diesen Text wie auch die nächsten alle. *"Rastaman Chant"*. Er selbst ist der Rastaman, der diese Lieder erfindet. Er ist Bob Marley, sei es dessen hier inkarnierter Wiedergänger, hat dessen Mähne, dessen Mütze, dessen Hautfarbe, dessen Körper, dessen Rhythmus, dessen Lachen, dessen Talente, dessen Philosophie und deren *"sweet song"*, deren buddhistische *"message to you"*: *"Don't worry about a thing"*, denn *"everything is got to be alright"*.

Er hat auch Bob Marley's Englisch. Der diese Sprache nur radebrecht, macht sich da zum Sprachrohr eines andern Radebrechers. So verschmelzen sie, und *"No More Trouble"*, also *"Nice Time"*.

Der mitgerissene Barmann läßt aus seinen Boxen nur noch Bob Marley singen.

Und Yan ist nicht mehr Yan. Denn *"Get up, stand up for your right"*. Also macht er sich auf und erhebt sich gegen das Unrecht, hebt ab; also fliegt er den Höhenflug seines Anrechts auf Leben wie Überleben: *"Survival"*. Stundenlang ist er außer sich: vor Empörung, vor Mut und Begeisterung, vor Glück.

Und sein Gesicht ist nicht mehr von dieser Welt, von diesem Alltag, dieser Misere. *"Thank you Lord"*.

Yans weißgesichtig blonder Hockernachbar wird Zeuge dieser ausgedehnten Session und begreift sich auch gleich als solchen. Er will es greifen, was da so greifbar nah vor ihm geschieht. Doch hat er noch Hemmungen, zu seinem paraten Fotoapparat zu greifen. Aber Yan ist da schon sensitiv genug, das unverzüglich zu spüren. Er ermutigt, er bittet, er provoziert den andern mit Gedanken, mit Blicken, seinem Lächeln, seinem ganzen Körper. Er öffnet sich ihm, er zeigt sich, er hält sich hin: in all seiner Ekstase. Das infiziert den Blonden, das enthemmt, das entfesselt auch ihn. Schon fotografiert er die Ekstase des andern, schon selbst ekstatisch. Bald rauschhaft. Exzessiv. Sie werden zu Partnern, Teilhabern, zum Duo, zum Paar. Auch sie verschmelzen. Aber: *"Is this love?"* Auf seine Art. *"No woman no cry"*. Also *"let's get together and be alright, let's get together and be alright, let's get together and be alright ... "*.

Andern Abends fehlt Yan. Die Bar scheint verwaist. Sein blonder Leibfotograf hält dennoch durch und wartet, lange vergebens. Endlich kommt Yan: beseligten, weit geöffneten Gesichtes, beflügelt, leuchtend, *no more trouble*. Stürmisch umarmt er seinen gestrigen Freund und entschwindet wieder, wortlos. Das wiederholt sich mehrfach in dieser Nacht, nun auch mit Küssen, aber wortlos.

Wortlos küßt er seinen Fotografen vor allen Leuten, all den erstarrten Touristinnen, knutscht ihn mit Leidenschaft ab und geht. Kommt wieder, geht, ein Komet, kommt schließlich wieder und bleibt jetzt: küßt, knutscht, ist selig und erzählt. *Nebenan sei eine Frau. Seit sieben Jahren, seit er dreizehn war, befriedige er ohn' Unterlaß Touristinnen und seinen eigenen Körper. Nie seine Seele, sein Herz, nie sein dschai. Das schmachte, das sehne, das verzehre sich einzig nach Frauen aus Thailand, die für solchen Paria aber unerreichbar seien. Heute abend nun habe er nebenan so eine Thai-Frau getroffen: all die Stunden mit ihr gesprochen. Sie habe auch mit ihm gesprochen. Darum sei er so selig.* Und umarmt seinen Leibfotografen, küßt ihn ab und schmust mit ihm stellvertretend vor all jenen neidischen GafferInnen.

Ja, und nun?

Nun sei sie schlafengegangen.

Ja: um ihn wiederzusehen?

Das hoffe er. So habe auch er mal was zu hoffen. Und ordert beim Barmann Bob Marley. Und *"Time will tell"*.

Als der Fotograf sich eine Woche später, weil die Saison schon deutlich deprimierend zur Neige geht, die Hitze anschwillt und die Touristen verschwinden, mit all den Abzügen ihrer magischen *Session* von neulich aufmacht, um sich von Yan zu verabschieden, trifft er den schon unterwegs auf der Straße. Aber fast übersieht er ihn.

Denn Yan hat sich eben die schulterlangen Locken abgeschnitten, hat ein militärisch abgenagtes, verbürgerlicht unauffälliges kleines Gesichtchen und trägt mausgrau biedere Alltags- und Durchschnittskleidung. *Was denn bloß geschehen sei?*

Nichts: wieso, er sei in sich gegangen. Schließlich sei er schon zwanzig: Zeit zur Abkehr von einem Leben als Playboy.

Um stattdessen wie zu leben?

"Wie ich vorher, vor zehn Jahren war."

Nämlich wie? Oder was?

Stocken des Zwanzigjährigen vor dem Eingeständnis solcher Gelüste nach einer Rückkehr in die Zehnjährigkeit: fluchtartigen Heimwehs nach dem Schoß der Kindheit. Er nenne sich auch nicht mehr Yan, das sei nur für Touristinnen gewesen.

Sondern?

Wie er wirklich heiße: Sajann.

Saisonbedingte Silvestervorsätze? Rückbesinnung und Neubeginn?

Aber schon fangen seine Augen wieder zu flirren an: eine einsame letzte Touristin naht. *"Halloh – where you go?"*

Die handfeste Norwegerin ist von so abgeknabberter, mausgrauer Anmache wenig stimuliert. Umso gewitzter setzt der Routinier da eins drauf und fragt flirtend nach dem Leben in einem Lande, das *no way* habe, also gar nicht existiere. Sie kann so kalauerndem Wortspiel über ihr *Norway* nicht folgen und trollt sich.

Er resigniert wie ein unverstanden intellektueller Samson nach der Schur und fragt, ob seine Schönheit also weg sei. Dann wendet er sich wehmütig den mitgebrachten Fotos eines früheren Lebens zu. In ganzer Unzahl sind sie alle Volltreffer. Kein einziges ist mißlungen oder belanglos. Jedes einzelne dokumentiert den Exzeß seiner inspirierten Seele auf den Schwingen Bob Marley's. Aber auch das unergründlich Gemeinsame mit diesem Fotografen von weit her, jene wechselseitige und tief affinitive Zustimmung zueinander, ohne die kein Foto gelingt. Sajann erkennt das und leuchtet auf: über solchem Manifest von stabil Undefinierbarem im Felde ihrer Emotionen.

Wieder und wieder versinkt dieser Tagedieb, dieser Gigolo und Narziß in der fotomechanischen Offenbarung seiner Schönheit, aber auch all seines Unterdrückten. Zum Abschied erbittet er dann eine Ablichtung nun auch seines neuen Menschen.

Auf der Rückkehr nach Europa macht der blonde Fotograf Station in Bangkok und versucht dort, Kontakte zu einschlägig Mächtigen zu reaktivieren, die diesem unentdeckten Provinz-Talent zu einem Podium, einer Bühne, einer Professionalisierung, einer Perspektive für seine unübersehbare Show-Begabung verhelfen könnten. Aber schon angesichts dieser Fotos kramen sie mit sicherem Instinkt aus tausend Winkeln zehntausend Scheinargumente hervor, um sich dem Zauber dieser zugegebenen Anmut, poetisch beseelten Körperschönheit, merklich intelligenten Transparenz, also solcher Außergewöhnlichkeit nicht stellen, sich von ihr nicht beschatten lassen zu müssen. Sie wittern die Gefahr und verweigern sogar Erprobung und Kennenlernen eines solchen Hinterwäldlers.

Sajann erfährt nichts von diesem Protektionsversuch und seinem Scheitern. Denn er könnte es nicht als jenen Erfolg begreifen, den es für ihn trotz allem darstellt.

Saridd

Haad

Haad ist 34 und überzeugter Moslem aus indischstämmiger Familie.

Er führt ein kleines Reisebüro, das er verführerisch *"Smiling Tours"* nennt. Doch er selbst lächelt nie.

Hierauf angesprochen, bestätigt er, in der Tat nicht lachen zu können; den Grund dafür, verrätselt er, wisse aber nur er selbst. Nämlich? *Das Übermaß an Arbeit, von je her und immer, erdrückend.*

Tatsächlich ist er so fleißig, daß er meist bis an den Rand einer groben Unhöflichkeit unansprechbar bleibt. Einzig an späten Abenden kurz vor Geschäftsschluß ist er an kommerziell ergiebigen Tagen aufgeschlossen, an unergiebigen besorgt genug, auch einem Fremden gegenüber seinem Herzen Luft zu machen. Dann erweist er sich als ungemein weitblickender Beobachter und Analytiker nicht nur der eigenen, auch und vor allem der allgemeinen Situation seines Landes.

Scharfsinnig erkennt er die zerstörenden Einflüsse des westlichen Wirtschaftsdenkens, das für die Ökologie des Landes ebenso katastrophal sei wie für die Psyche seiner Bewohner. Vom aufschlußreich hastigen Verschwinden jener *Fliegenden Hunde*, wie sie hier noch vor wenigen Jahren in großen Schwärmen die allabendliche Atmosphäre prägten, über Verschmutzung von Meer wie Stränden und absolut ungelösten Müllproblemen kommt er schnell auf skrupellose Grundstückspekulanten, mafiose Baulöwen und sonstige Geschäftsgangster, speziell aber auf einen amerikanischen Konkurrenten zu sprechen, *der ihm mit Korruption und allen sonstig illegalen Kampfmethoden der* Freien Marktwirtschaft *das Wasser abgrabe, so daß er sich oftmals schon selbst zu unlauteren Praktiken gezwungen sehe: dieser kommerzielle Leistungs-*

270

druck des sogenannt freien Wettbewerbs sei gerade für die weiche Seele der so flexiblen Thais in hohem Maße verderblich.

Natürlich veranlaßt auch solch ein leidenschaftlich empörter Monolog diesen Haad nicht gerade zum werbend verheißenen Lächeln, aber sein indisches Gesicht beginnt zu glühen und in all seinem aufgewühlten Ernst nur umso attraktiver zu werden. Davon entzückt und von Haads allzu plausiblen Argumenten ohnehin gewonnen, sollte sein Zuhörer aber nicht den Fehler begehen, diesen sympathischen Ankläger globalistischer Fehlentwicklung zu einem brüderlichen oder kontaktförderlichen Essen einzuladen.

Dann nämlich würde er zunächst prompt nach dem Vorhandensein von Frau und Kindern befragt. Kann er die nicht vorweisen, schlüge Haad seine Einladung sei es mit den fadenscheinigsten und durchschaubarsten Notlügen aus.

Er mag es gewohnt sein, in seiner ernsten Schönheit von alleinreisenden Männern aus Europa hofiert und insofern belästigt zu werden. Auch er selbst, beginnt er dann zu erklären, *sei unverheiratet: aber aus geschäftlichen Gründen,* schon wieder. *Eine Familie könne er sich noch nicht leisten. Aber in Europa herrschten leider ganz falsche Vorstellungen von der sexuellen Libertinage der Thais. Die gebe es gar nicht. Der Thai lebe strikt monogam. Sei er noch nicht verheiratet, lebe er ohne Sexualität. Vorehelich gebe es aus religiösen Gründen für einen Thai Sex nur für Geld. Aber Prostitution sei ja nicht eben spezifisch thailändisch, besage nichts über hiesiges Liebesleben. Das sei aussichtslos rigid. Ausländer hegten da oft ganz irrige Hoffnungen, schon infolge unzulänglicher Verständigung vor Ort oder einer Lektüre falscher Informationen in Journalen und Reiseführern. Sexuelle Libertinage gebe es ausschließlich in Europa.*

Spricht's mit angemessener Humorlosigkeit und beendet das Gespräch, sei es den ganzen Kontakt.

Aber in stimulierend warmen Nächten kann man diesen ledigen
Haad im sicher geglaubten Schatten riesigblättriger wilder Bana-
nen oder betörend duftenden Jasmins stehen und sehnsüchtige
Blicke in Bars oder Diskotheken werfen sehen, wo lustige junge
Europäerinnen aus vollem Herzen lachen und sich mit seinen
Schulfreunden vergnügen.

Hiem

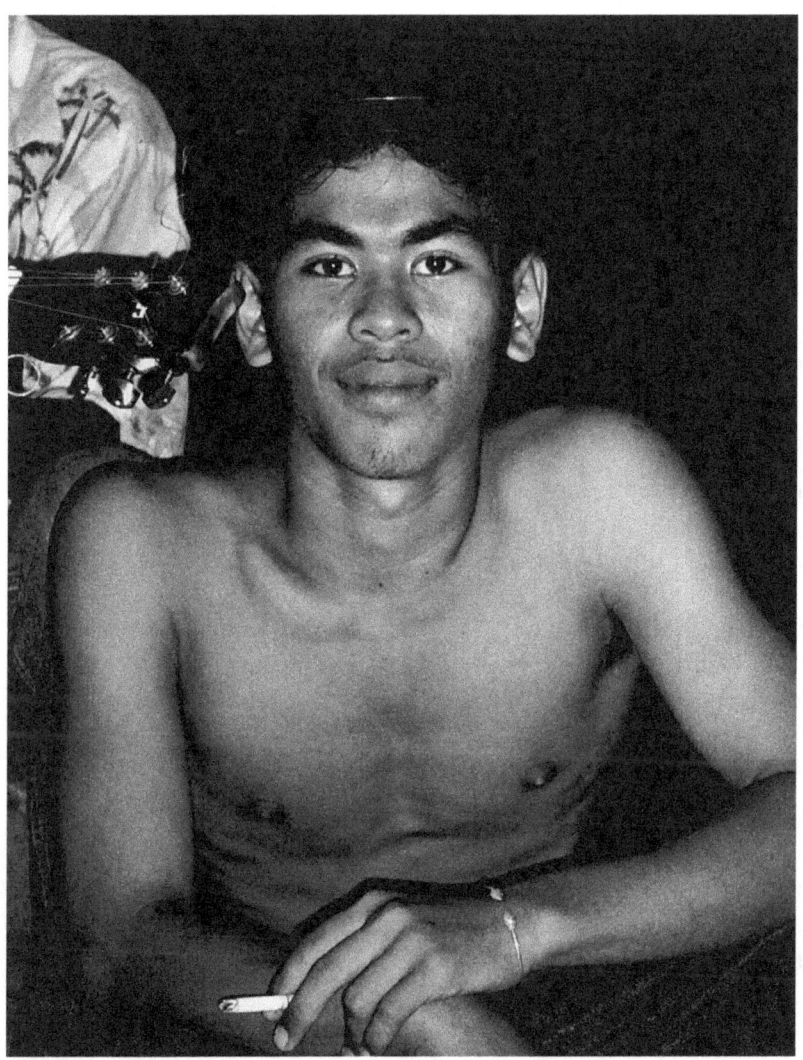

Luhn

Luhn hingegen hat das Glück, seine darbenden Eltern und Geschwister im armen Nordosten des Landes alle ernähren zu können, indem er sich saison- oder monatweise im argen Pattajah als Stricher verdingt.

Wenn die Saison zur Neige geht und die Touristen abreisen, kehrt er mit einer Handvoll Erspartem nach Hause zurück, erleichtert den Seinen ihr Leben und fristet sein bäuerliches Dasein in den Reisfeldern.

Aber nach Ende der Regenzeit, irgendwann im November, taucht er dann wieder im hiesigen Babel auf und vermietet da abermals seinen 24jährigen, seinen durchtrainiert schönen Körper an Lüstlinge aus allen Himmels- und einigen Höllenrichtungen.

Seine bevorzugten Freier sind wohlhabende europäische Ehemänner, die ihn dafür bezahlen, daß er sie einen kurzen Urlaub lang, wie sie ihn Gattin und Kindern abgeflunkert haben, an die diversen Strände im Süden des Landes eskortiert. Hier macht er acht oder zehn Tage lang, loyal und korrekt, disziplinierten "Dienst nach Vorschrift" und sticht auch andern neugierigen Europäern durch jene höfliche Aufmerksamkeit ins Auge, mit der er seinem Geldgeber jeden Wunsch von den kurzsichtigen Augen abzulesen scheint.

Das wird mehrmals täglich sonderlich offenkundig, wenn das ungleiche Paar in unmittelbarer Nachbarschaft seines Hotels in einer üppig blühenden Gartenanlage zwischen Strelitzien, mehrfarbigen Bougainvilleen und Lotosteichen seinen Aperitif, so manchen Kaffee oder exotisch dekorierten Cocktail trinkt.

Hierbei ist freilich allzuoft zu beobachten, wie gern und selbstgefällig der wohlgenährte Nutznießer nordöstlicher Armut ungeniert vor all den Umsitzenden aus aller Herren Ländern seine Macht demonstriert und den ausgehaltenen Jungen in aller Öffentlichkeit mit prahlerischen Liebkosungen überhäuft. Zwischen jeweils vielen Bestellungen, Umbestellungen, Nachbestellungen, Beschwerden, Rückgaben und abschließenden Beanstandungen auch noch der Rechnung, die sämtlich dieser beflissene Luhn seinen geduldigen Landsleuten hinter dem Tresen ausrichten muß, wird er schonungslos indezent befingert, befummelt, vor aller Augen abgeknutscht, immer wieder und wieder auch geküßt.

Sein Machthaber ignoriert brutal die hiesigen Usancen und Luhns diskrete Hinweise darauf, daß man derlei hierzulande nur im Geheimen, in intimen Innenräumen, nie und nimmer vor fremden Zuschauern tue. Aber solche Rücksichtnahme glaubt der Gewaltsame sich sparen zu können. Sein liquider Verzicht auf jegliche Sensibilität übersieht dabei auch all die mühsam überspielten Symptome, die ihm verraten könnten, wie sehr sich Luhn vor solchen Schamlosigkeiten ekelt. Nur der Gedanke an seine darbenden Eltern und Geschwister läßt ihn all das hinnehmen.

Er weiß auch, daß die gewalttätigen Handgreiflichkeiten seines Arbeitgebers ihre Zeit haben und zur Ruhe kommen, sobald sie ihre Funktion als Imponiergehabe erfüllt haben. Dann folgen ihnen jeweils die endlos ausgedehnten Phasen der Langeweile. Die beiden haben sich nichts zu sagen. Das wenige Austauschbare ist schon bis zum Überdruß wiederholt worden. Also schweigen sie. Jeder hängt seinen eigenen Gedanken, Erinnerungen, Plänen nach und sitzt dann nur noch die gebuchte Zeit ab.

Aber Luhn ist für so aufgezwungene Ausdehnung von Besinnlichkeiten viel zu jung, auch viel zu lebhaft. Wenn alles geordert und reklamiert ist, erhebt er sich daher gern mit kurzer, beschwichtigender Information, begibt sich zum nahen Strande und übt sich dort vor aller, auch seines Gewalthabers, aber auch manches sonstigen Beobachters Augen

mit notbeflügelter Ausdauer und gepardenhaft langbeininger Rasanz im Weitsprung.

Oder er folgt einem allzu willkommenen Schmetterling, scheint ihn fangen zu wollen, jagt ihn aber, gar mit Vorsatz nur immer weiter weg und hat so ein plausibles Motiv, sich aus dem Kontrollbezirk seines Argus zu entfernen.

Denn längst zuvor schon hat er in all seinem Elend damit angefangen, seine hastig unsteten Augen auf die Suche nach amüsanterer Kommunikation zu schicken. Dabei ruft er flüchtige Blickkontakte, meist mit anderen, ihm sympathischeren *farang* ins Leben, lächelt ihnen schüchtern, aber unter seinen beidseitigen Ohrringen nur umso verlockender zu und gestattet sich in abgesicherten Bruchteilen von Sekunden sogar ein vages Flirten mit verheissungsvollen Erwiderern.

Vollends seine Schmetterlingsjagd ist dann die Probe auf solches Exempel und eine Aufforderung zur Nachfolge. Wer sie tatsächlich antritt und, zum Beispiel, scheinbar zufällig gerade jetzt den Strand entlangspaziert, wird Luhn bald das Falterhetzen aufgeben, den Strandläufer registrieren und ihn hinter all den Liegestühlen und Sonnenschirmen in paralleler Höhe mitpromenieren sehen. Natürlich läßt jeder dem andern seine Blicke, bald auch ein Lächeln zukommen. Eine Art Funkkontakt erblüht und signalisiert Sympathie und Gier.

Wenn das klar ist, beschleunigt Luhn seine Schritte, überholt den fernen Interessenten, genießt unverkennbar das Bewußtsein, von hinten beobachtet und taxiert zu werden und dreht sich auch zweimal nach dem Angelockten um, dessen Führung er also inzwischen übernommen hat. Dabei läßt er es sich auch nicht nehmen, jählings sein modisch schickes Hemd auszuziehen und das Muskelspiel seines maronenfarbenen Marmorrückens oberhalb des spartanisch geschnittenen Sporthöschens effektbewußt zur Schau zu stellen. Auch die Gepardenbeine beteiligen sich an solchem Locken.

Wo oberer und unterer Weg sich unter Berücksichtigung von Felsformationen annähern und schließlich vereinigen, bleibt Luhn strategisch stehen und zündet sich, in der leicht forcierten Zeitlupe dieses internationalen Ritus, eine Zigarette an. Er tut, als warte er ausgerechnet an dieser Stelle auf einen Säumling, schaut auch kurz auf die dekorative Swatchuhr am linken Handgelenk.

Schon beim Exhalieren des ersten Zuges aus dieser inszenierten Zigarette trifft hier dann richtig auch der lockend Hergelotste ein. Luhn registriert mit schnellem Kennerblick die beginnende Rebellion in dessen Badehose und offeriert eine Zigarette, deren Ablehnung einen Dialog eröffnet. Schon nach wenigen Floskeln möchte Luhn wissen, ob dieser neue Bekannte bekennend *"gay"* sei. So, aha: *und auf welchen Typus fixiert, auf welches Alter? Aber ob er denn junge Männer auch zu fucken lustig sei?* Das fragt er wiederholt: um ganz sicher zu gehen.

Nach solchen Klärungen des Prinzipiellen und einigem Hin und Her zur Organisation bestellt er den neuen Verehrer zu abendlicher Uhrzeit noch vor dem Nachtmahl an den Strand vor dessen Hotel. Dann sei es schon dunkel und sein Gefährte auf stereotyp umständliche, zuverlässig langwierige Weise mit Duschen, Rasieren und Blutstillen oder abertausend sonstigen Hantierungen im Badezimmer abgelenkt: Zeit genug für sie beide und ihre schmachtenden Leiber.

Pünktlich setzt Luhn sich am frühabendlich nachtdunklen Strande auf jenem angeschwemmten Palmenstamm, der da schon mancher angebahnten Paarung Vorschub leistete, gleich mit Hautkontakt, schamlosen Griffen, gar Zungenküssen zu seinem neuen Galan.

Dessen Begierde versucht er durch ein inzwischen neckisch geflochtenes Zöpfchen noch zu steigern, das er sich aus einer separierten Strähne seiner langgewachsenen Haarpracht kokett in die alabasterglatt hohe Stirn hineinhängen läßt.

Doch nach langatmiger Flut erweist sich der just wieder freigelegte Sand als viel zu unwirtlich feucht, um hier wohlige Körperfreuden bescheren und empfinden zu können.

Also bittet der Galan den jungen Freund in das nahe Zimmer seines Hotels, dessen Funktionäre da aber gerade sämtlich zu abendlichem Plausch, auch mit Freunden und Familienangehörigen versammelt sind und tapfer passiert werden müssen. Dieses Spießrutenlaufen ist ein abermalig gelingender Test für hiesige Toleranz und Liberalität. Der Gast des Hausgastes wird zwar neugierig inspiziert, aber liebenswürdig gegrüßt und bedenkenlos akzeptiert.

Im Innenraum angelangt, ist Luhn um das spalt- und einblicklose Schließen des Fenstervorhangs besorgt: endlich will er sich unbeobachtet fallen lassen, sich allem hingeben, was er liebt, benötigt und ersehnt, *sein dicker Sponsor ihm aber in all der Ahnungslosigkeit eines christlichen Ehemannes vorenthalte,* auch gar nicht kennen mag, *insofern angeekelt verabscheue und dem rechtlosen Sklaven nach kolonialistischer Gutsherrenart schnöde verweigere.*

Da Luhn sich aber seinerseits vor dem füllig wabbelnden Bierbauch seines unerfahrenen Gönners ohnedies ekle, profitiere er also gar von dessen Ekel, müsse sich aber anderweitig holen, was er für seine eigene Wollust unabdingbar brauche.

Einem hierfür hastig und lakonisch ausgekundschafteten Liebhaber der erwünschten Technik gibt Luhn gleich eingangs ihr Treffen als außerberufliches *privatissimum,* also auch *gratissimum* aus, dann folglich seinen so muskulösen und knackig maronenbraunen Marmorkörper ohne jedes Tabu und möglichst oft in zwar gebotener Eile vor dem Abendbrot mit dem Finanzier, auch absolut *safely*, aber schwelgerisch und orgiastisch hin.

Dieser Luhn kennt sich aus, ist ein Meister seines Metiers und fragt unter Auslassung des hierzulande problematischen Buchstaben *r* auch nach dienlich erleichternder *kiem*. Schamlos brünstig bekennt er sich zu jenen ein- und durchdringenden Genüssen, deren stümperhafte Verweigerung er sich von seinem tumben Ehe-Krösus teuer bezahlen läßt.

Vielleicht weiß er dabei selbst nicht genau, was ihn hier mehr beglückt: die endlich nachgeholte Inbrunst der Penetration oder aber die Anerkennung als gleichgestellter Partner, der keine gekaufte Ware mehr, sondern gewürdigte Person und heißherzig verschenkter Geliebter ist.

Er verströmt sich genüßlichst.

Und wie es entstand, ist dieses Match ihrer Leiber auch wieder schnell und problemlos vorüber.

Luhn bricht zu öde schweigsamer Nobelmahlzeit auf. *Aber schon morgen sei das Martyrium beendet, sein Nabob kehre zur fernen Familie, er selbst auf seine Arbeitsstelle in Pattajah zurück.*

Doch als sein heutiger Freudenspender andern Vormittags mit literarischer Lektüre auf der Terrasse vor seinem frisch stigmatisierten Zimmer sitzt, ist unverhofft Luhn wieder da, setzt sich tollkühn, fast trotzig vor aller Augen zum gestrigen Liebhaber auf das enge Zweiersofa, parliert ein paar hämische Takte über seine Abreise, die auf den Nachmittag verschoben sei, aber eben auch über das derzeitige, jeweils mit Gewißheit zeitentrückt endlose und tiefen- oder abgrundsüchtige Schnorcheln seines Gutsherrn über weit vorgelagerten Korallenbänken.

Parliert's und deutet fragend, aber wortlos mit seinem hübschen Köpfchen samt Stirnzopf auf die Zimmertür zu ihrem erprobten

Liebesnest.

Ihr *dacapo* entfaltet dann Reize und Genüsse, die ihr gestrig fremdes Beeilen noch nicht gestattete, und will gar kein Ende nehmen.

Nur wenig später sitzt Luhn dann sehr befriedigt, geschniegelt und wieder ohne Zöpfchen neben seinem müde geschwommenen und sterilgeduschten Dienstherrn in ebenjener blühenden Strelitzienanlage über einem exzentrischen Abschieds-Cocktail.

Wenn nun sein inoffizieller Beglücker, perfide genug, dicht und mehrmals an ihrem Gartentisch vorbeiflaniert oder regelrecht vorbeistreicht und keinen einzigen verräterischen Blick riskiert, ist er recht sicher, daß die Perfektion ihrer illegalen Geheimaktion auch seinen Luhn da neben der lebensfremd plumpen, arg- und fantasielosen Vertrauensseligkeit seines herrlich düpierten Kolonialherrn und Hahnreis *a posteriori* auch jetzt noch mit schadenfreudigen Wonneschauern erfüllt.

Dohng

Tschian

Wer als *farang* einen Thai zum Freunde hat, der sich eines Tages
entschließt, in einem buddhistischen Kloster Mönch zu sein, wird
das Glück haben, sei es als einziger Fremder, zum Feste der feierlichen Verabschiedung und Initiation des künftigen *pra* geladen
zu werden.

Er sollte aber mindestens drei Tage Zeit haben, um das ganze
Ausmaß dieser faszinierenden Mixtur aus Riten, Völlerei, Ver-
gnügungen, alttradiertem Brauchtum, geistlicher Entrückung, Ex-
zessen und gastlichster Geselligkeit miterleben und auskosten zu
können.

Seine europäische Sorge um angemessene Gewandung wird vom
Einladenden fast verständnislos zerstreut: *"Wichtig ist der Zustand deines Herzens. Nicht irgendeine Verpackung. Komm, wie
du willst. Aber komm, wie du bist."*

Tatsächlich sind dann auch die anwesenden Thais ganz nach ihrem derzeitig subjektiven *gusto* gekleidet. Das reicht von sorgsam
gebügelten Blusen mit Plastikspitze über fleckig verschwitzte Ar-
beitskluft bis hin zu skrupellos befreienden Entblößungen in all
der Tropenhitze.

Noch vor dem sakralen Höhepunkt der eigentlichen Mönchsweihe
im Tempel des erkorenen Klosters kulminiert die Zeremonie in
der Nacht vom zweiten zum dritten Tage im profanen Bereich.
Nachdem alle Anwesenden nacheinander, aber gemeinsam und
unter klerikaler Anleitung dem religiösen Aspiranten mit einer Ta-
petenschere die Haare vom Kopf geschnitten haben, zieht dieser
sich wortkarg in zunehmende Verinnerlichung zurück, indes seine
Gäste von nun an fast unaufhörlich Schweinefleisch essen und
Bier trinken, sich an Plaudereien und Gelächter delektieren, einer

traditionellen Trommel- und Tanzgruppe zuschauen oder sich *ad libitum* und fotografierend in einem Innenraum zeitweilig zu den Mönchen gesellen, deren Gebete und Gesänge von dort per Lautsprecher über das ganze weiträumige Außenareal mit all seinen hochgestimmten Menschen und deren Palaver, deren Lachsalven, deren Übermut und verspielten Mutwillen übertragen werden.

Der Methusalem der Trommelgruppe verströmt sich inzwischen auf archaischer Knüppelflöte aus Dschungelholz in elegischen Melodien. Lachsalven, Gebete, erster Alkoholismus, Tellerklappern, illegal sittenwidriges Kartenspiel, Gebete, Lachsalven, Verzehr, ein Kosmos. Ein Kosmos aus Kult und Chaos, Sakralem und Profanem, aus Anarchie und Kultur.

Wie funktioniert er? Alle drei Tage lang bleibt unerfindlich, wer das alles geplant hat und organisiert, wer den Überblick, die Leitung hat. Wohl eigentlich niemand speziell. Hier ist wieder jenes *gann* im Spiel: diese mysteriöse Gemeinsamkeit, die keine Verabredung kennt. Jeder packt zu, wo es angebracht ist, oder läßt es auch; jeder weiß, wo Not am Mann ist, wann und wo was fällig ist. Denn solche Mönchsfeier entfaltet Gepflogenheiten, wie sie hier seit vielen Jahrhunderten erprobt sind.

Freilich erklärt das nicht alles. Der Rest bleibt ein Rätsel.

Aber alles vollzieht sich locker, leise, freundlich, spielerisch, absolut pannenlos und ohne auch nur einen Hauch von Nervosität. Keinerlei Druck.

Eigentlich haben alle nur Spaß und fühlen sich wohl – obschon zweifellos ungeheure Mengen an Energie, Arbeit, auch Planung investiert worden sein müssen. Denn mit landes- oder mentalitätsüblicher Improvisation ist eine solche Monsterfête nicht so reibungslos zu realisieren.

Endlich wird dann zu Synthesizer-Klängen auch getanzt. Fast ausschließlich Männer tanzen: einzeln oder auch miteinander. Sie singen auch alle gern und reichen einander pausenlos das Mikrofon für ihr parates Repertoire weiter.

Unsägliche Heiterkeit herrscht, wie bei einem Frühlingsfest nach allzu langem Winter: alle sind wie befreit, sind glücklich, das Wort *sanuhk* macht immer wieder die Runde und nennt ihr Vergnügen beim Namen. Das ist kein übliches Schwofen, das ist Seligkeit, *swing*, Ekstase, Rausch. Jeder wird einbezogen, jeder erfaßt. Aber nur selten mischen da Frauen mit. Es ist ihnen nicht verwehrt, aber sie tun es, sie mögen es wohl nicht.

Der Hausfreund aus fernen Landen wird anfangs schüchtern ausgespart, schließlich zum Mittanzen aufgefordert: zuerst von Tamm und Deng, den beiden Sechzehnjährigen, die ihn zunächst übersehen, dann anstaunen, dann schamlos flirten, dann in Gespräche verwickeln, endlich anhimmeln und nicht mehr auslassen. Plötzlich also tanzen und persiflieren sie selbdritt die favorisierten Diskobewegungen der beiden Buben: *sanuhk, sanuhk.*

Dabei kommt es speziell mit Deng, dem Kindlicheren der beiden, zu einem dauerhaften und so versunkenen Augenkontakt, wie er in jedem andern Lande ganz schnell ins Bett führen würde: so eindeutig, so verführerisch ist sein Lächeln, so standhaft das Blickeversenken. Hier mag das freilich unbewußt sein. Aber Tamm, der eigentlich Hübschere und schon Virilere, scheint es nicht so harmlos zu deuten und betätigt sich unverhohlen als kuppelnder Cupido, auch nach jener so spezifischen Art nur von Knaben, die sich unwiderstehlich von reifen Männern angezogen fühlen. In jeder Tanzpause versucht er ein über das andere Mal, den wahrhaft angelachten Exoten auf ihre ferne Heimatinsel mitzunehmen, auf die sie bald zurückkehren, und verheißt da noch sehr viel mehr *sanuhk* mit seinem Freunde Deng. Der lächelt dazu verführerisch und verlockt zum gemeinsamen Weitertanzen.

Tiramuht gesellt sich hinzu, jener reifere Mann, der selbst lange Mönch war, buddhistische Lebensart unterrichtet hat und sich nun auch beim Tanzen als passionierter, leicht manischer Lehrmeister ausweist. Er trachtet, die fantastischen Stilisierungen der Diskoparodien durch die präzis reglementierten Standardschritte thailändisch klassischer Tanzkunst zu ersetzen, beckmessert auch am Aufsetzen der Füße sowie an Haltung von Oberkörper und Armen herum.

Aber dann tritt Tschian hinzu, macht vor Tiramuhts Erziehungsobjekt einen anmutig ehrerbietigen *wai* zur Begrüßung, strahlt den Fremden an und entführt ihn einfach seinem akademischen Pädagogen.

Der nimmt zunächst den Kampf noch auf und unterrichtet lauthals weiter. Eine bestrickend kontroverse Phase lang folgt der Umworbene querbeet all diesen widersprüchlichen Vorgaben oder Direktiven und begeistert all seine Lehrmeister durch die Skrupellosigkeit seiner diversen Imitationen.

Aber dann überlassen die Sechzehnjährigen aus hierarchischem Respekt das Feld dem älteren Tschian. Der siegt dann durch den wortlosen Charme seines Körpers auch über den pedantischen Erzieher und okkupiert seine Eroberung fortan possessiv.

Tschian stammt aus dem nordöstlichen Ihßáhn, jenem gern geringgeschätzten Armenhause des Landes am Ufer des grandiosen Maekong und an der Grenze nach Laos. Das erkennt man schon an den spezifischen spirituellen Tätowierungen, die seinen nackten Oberkörper auf Brust und Rücken mit Schrift und Zeichen, auch einem veritablen Penis vor jeglicher Dolchattacke schützen. Aber zwischen filigran unzählbaren asiatischen Hieroglyphen zumal in antikem Thai und Kamenn fügen sich unter dem linken Schlüsselbein jählings lateinische Lettern zu einem englischen Rätselsatz zusammen: *The life oppose.* Hierauf angesprochen, leuchtet Tschian im wortlosen Weitertanzen nur umso geheimnisvoller auf. Sein Partner mag solche Inschrift auf transpirierender Haut dechiffrieren, indem er sie als Überlebenstrotz ebenfalls gegen Dolchattacken deutet.

Lange bleibt das die einzige Auskunft dieses Tschian, der überwiegend mit graziösen Handbewegungen zum Ausdruck bringt, wie sehr ihn dieses gemeinsame Tanzen beseligt. So verführt er seinen Partner ohne jede Belehrung zu einer Erwiderung mit ebensolchen Handbewegungen, die nun mit locker gespreizten Fingern in alle Richtungen Kreise beschreiben, ähnliche Gefühle zu zeigen und, erfolglos, um solche Grazie bemüht sind.

Erst allmählich bestätigt sich ihm, daß dieser Tschian als importierter Waldarbeiter allnächtlich in den hiesigen Kautschukplantagen den Lebensunterhalt für seine fünfköpfige Familie verdient. Zerschundene Hände und ausgetrockneter Teint bezeugen seine Fron.

Die mag er heute im Flirt mit diesem Fremden vergessen wollen. Dem nämlich offenbart er mit seinen federleichten Pirouetten und all den behutsamen, auch handgreiflichen Zärtlichkeiten seines Balztanzes eine unverkennbare, nun auch gar nicht mehr verhohlene Weiblichkeit seiner Seele. Auch seine unermüdlich wiederholten Finger- und Handbewegungen haben femininen Charme und jene sehr speziell stilisierte Anmut, die man sonst nur von den kapriziösen Tänzerinnen der thailändisch traditionellen Folklore kennt. Eben ihnen ahmt dieser tanzende Waldarbeiter ganz unverkennbar nach. Mit eben ihrer gezierten Artistik dreht und wendet, kreist und schwingt er, wiegt und offeriert er sich sehnsüchtig wie eine junge Braut.

Mehrfach raunt er seinem Auserkorenen strahlend zu, daß er ihn möge: *"tschoop"* (mit offenem Oh). Dabei mag er die handfest tüchtige Mutter seiner drei Kinder, die ihm vom Frauentische aus mit eifersuchtslos lachenden, mit bewundernden Augen folgt, vergessen. Denn wenn es ihn mitten in all den porzellanen Manierismen seiner sonst so gröblich strapazierten Hände jählings überkommt, grapscht er mit diesen Dschungel- und Gummipranken auch gierig nach dem Arsch seines weißhäutigen Mittänzers – grapscht anfangs flüchtig und pseudozufällig, dann ausführlicher, läßt die spielenden Finger dort schließlich liegen und alle die tanzenden Backenbewegungen mitvollziehen.

Freilich ist er mit derlei nicht der einzige. Auch andere tanzende oder vorüberstreichende Männer bekunden ihre Sympathie für den so problemlos mitfeiernden Fremdling in Gestalt von anerkennenden, auch genüßlichen Kniffen in dessen Arsch. Sogar der Hausherr bedient sich in Herzlichkeit dieses Ausdrucksmittels, das ein pures Kompliment ist. Auch die europäisch übliche Umarmung wird hier gern durch gefühlvolles Kniekicken in den Arsch des geschätzten Andern ersetzt.

Selbst jener schwer betrunkene Greis, der schon stundenlang halbnackt und fast von Sinnen allein vor sich hin tanzt, isoliert den Eingemeindeten zahllose Male, wieder und wieder, von all seinen Tanzmeistern, indem er ihn, schon seiner eigenen Sprache kaum noch mächtig, wortlos, aber hautnah bedrängt, sich einfach an ihn preßt und sein unerfülltes Liebesbedürfnis spüren läßt, eine unstillbare Gier nach Gemeinsamkeit wie auch immer.

Die ganze Atmosphäre zwischen den tanzenden Männern ist erotisch aufgeladen.

Entsprechend ist Tschians Ehefrau nunmehr verschwunden, mit ihren drei aufmerksam registrierenden Kindern kommentarlos heim- und schlafengegangen.

Auch der europäische Tanzbär ist allmählich erschöpft. Aber Tschian läßt ihn nicht aus, nötigt ihn noch lange und immer wieder zu gemeinsamen Drehungen. Letztendlich faßt er den Flüchtigen zärtlich bei der Hand, führt ihn mit sensibler Kautschuktatze liebevoll zu einem veritablen Stuhl, den er dicht vor eine der Lautsprecherboxen stellt, läßt den neuen Freund dort sitzen, sich selbst zu dessen Füßen nieder, umschlingt die tanzmüden Beine in ihren exotischen Hosen und verdeutlicht pantomimisch, was für ein Genuß und Glück es sei, zusammen einfach so dazusitzen und thailändischer Musik mit ihrer unverwechselbaren Anmut, ihren schier unerschöpflichen Gebundenheiten, ihrem verführerisch lockenden, ungemein ausgewogenen *legato*, ihrer melodiösen Endlosschleife zu lauschen.

So musisch ist dieser Waldarbeiter.

Er wiederholt nun auch das Geständnis seiner Zuneigung, aber macht dabei aus jenem *tschoop* mit offenem Oh nunmehr ein uneingeschränktes *rakk* mit kurzem A, also aus dem Mögen ein Lieben.

Dazu mag beitragen, daß dieser Weitgereiste vor Jahresfrist auch in Tschians Heimatdorf am fernen Maekong gewesen ist und dort sogar von dessen nornenhaft archaischer und völlig altersloser Mutter die ersten Fotos ihres biblisch langen Lebens gemacht hat. Derlei scheint nun unauflöslich zu verbinden.

Obwohl er trotz all den Jahren im hiesigen Süden noch immer kein unlaotisch sauberes Thai artikulieren zu können gesteht, versucht sich Tschian nun in solcher Situation in tollkühnem Nachäffen deutscher Redewendungen und erweist sich als verblüffend aufnahme- und wiedergabebegabt für diese gleichsam exterrestrisch fremden Laute. Besonders *"rumlaufen"* und *"Ich liebe Sie"* gelingen fast einwandfrei.

Irgendwann dann zu hierorts aller-, allertiefster Nachtzeit entführt jedoch der neue Novize des Hauses und eigentliche Anlaß all der

Feierlichkeit mit frischgeschorener Glatze und in halb märchenhafter, halb auch leicht operettiger Zwischenkostümierung,

die nicht mehr profan, privat und alltäglich, sondern fantastisch und schon entrückt, aber eben noch nicht das orangefarbene Seidengewand eines Mönchs ist,

seinen weither gekommenen Gast von Sonstwo ins Innere des Hauses und in einen Raum, wo auf einer Art improvisiertem Altar die authentische Klostergewandung und manch rituelles Zubehör zuvor von jenen Gebeten der singenden Mönche schon vorgeweiht worden sind und nun der morgigen Zeremonie entgegenwarten.

Zu Füßen dieses Altars hat der junge Novize sich schon lange dem profanen Treiben seines Festes entzogen, sich an nichts mehr beteiligt und seine lieber wortlose Verinnerlichung auszuweiten begonnen.

Wohltuend unbetrunken, wohltuend sanft und fürsorglich bietet dieser 23jährige dem Angereisten mit leiser Stimme ein Kissen auf dem Fußboden dicht neben seiner eigenen Lagerstatt und somit einen Ruheplatz für den kurzen Rest dieser langen Nacht an. In fast bereits klösterlicher Gelassenheit tauschen sie einige Betrachtungen über das bevorstehende Mönchsleben aus, wie jeder buddhistische Mann es hier mindestens einmal in seinem Leben für beliebig lange Zeit führen sollte. Es ist auch weniger rigoros als die lebenslängliche Verschreibung christlicher Mönche. So lädt der erst morgen zu Weihende schon jetzt den Fremden ein, ihn im Kloster zu besuchen: *"You can sleep with me."* Einzig Frauen dürfen ihn weder dort besuchen noch anderwärts berühren – geschweige über seinen geschorenen Kopf streicheln, der sich ganz zweifellos als sexuelle Attraktion erweist.

Solche geschorenen Mönchsglatzen reizen mit ihrer überraschenden Entblößung einer Intimität, mit ihrem indiskreten Nacktsein, das widernatürlich, also pervers anmutet, zu einem indezenten Anfassen. Wenn das einem Fremden gestattet wird wie hier auf gemeinsam nächtlichem Novizenlager, ist solch ein Streicheln, möglichst in alle Richtungen, hin und her und rundum, von erotischer Wohligkeit für beide Beteiligten. Auch Spurenelemente von Exhibitionismus sind dabei im riskanten Spiele – von Schamlosigkeit und Preisgabe, vorbehaltlos radikaler Veröffentlichung des Verborgenen, des naturgegeben Geheimsten, noch nie Gezeigten und nie Gesehenen, des Mantels über dem Allerintimsten: der Decke übers Gehirn. Was sehr Extremes. Exot und Novize geniessen es wortlos und im Bewußtsein, daß derlei nach den morgigen Weihen nicht mehr angemessen sein dürfte.

Aber bald schon legen sich noch andere Männer neben diese beiden geistlich philosophierenden Streichler: als erste Tamm und Deng in all ihrer Sechzehnjährigkeit, Tamm gar ganz dicht neben seinen exotischen Tanzpartner von vorhin. Als es ihn bald jedoch, sei es aus Enttäuschung über dessen disziplinierte Zurückhaltung auf so nahem Lager, wieder zu den illegalen Kartenspielern zieht, rückt Deng sofort, verführerisch lächelnd, nach und preßt sich also hautnah an seinen schläfrigen Schwarm.

Dem schwinden so in der Tat die Sinne.

Als er aber zwischendurch von den alkoholisch gnadenlos lautstarken Spielkommentaren der sittenwidrigen Glücksritter vor dem Fenster aus erstem Dämmerschlaf hochschreckt, liegt wieder Tamm zwischen Deng und ihm und hat ein angewinkeltes Bein auf seinen Oberschenkel gelegt. Noch später, als auch noch vollkommen wahnsinnige Hahnenschreie dieses Beieinanderliegen kommentieren und stören, findet sich der Gast gar im "Löffel" des tiefversunkenen Tamm.

Insgesamt schlafen jetzt etwa sieben oder acht Männer in diesem

Raum, Familienangehörige wie Gäste. Wer dazu Lust hat, legt sich einfach daneben. Einer schnarcht beträchtlich, warum auch nicht: keinen stört das.

Sogar Tschian hat auf seinen nahen Heimweg verzichtet, sich gleichfalls hier eingestellt und ruht nun nicht weit von den beiden Buben und ihrer aller Tänzer aus.

Als der nach knapp dreistündigem, permanent unterbrochenem, sei es pueril und zärtlich abgelenktem Schlafe durch blendendes Tageslicht vollends zu sich kommt, liegen nur noch die beiden Halbwüchsigen in ihrem pubertären Tiefschlaf, gar manch wildem Morgentraume neben ihm, Tamm jedenfalls mit gewaltiger Morgenlatte in seinen modisch zerschlissenen Jeans.

Doch schon bricht in aller Herrgottsfrühe die ganze Gemeinschaft zur eigentlichen Mönchsweihe ins etwa zwanzig Kilometer entfernte Kloster auf. Ihre Kavalkade aus vier kleinen Arbeitslastern fährt Kolonne: an der Spitze die Trommelgruppe, dann der Novize in seiner bizarren Kaulquappenkostümierung, erhöht unter popbunt rituellem Groß-Sonnenschirm und im Kreise der allerengsten Angehörigen, dann zwei weitere Lasterchen voller Freunde und Verwandter, im letzten auch das Weißgesicht samt Tschian und Tamm und Deng und noch vier andern Schlafgenossen auf der arbeitsam verdreckten Ladefläche.

Die Fahrt unter schon gnadenlos knallender Morgensonne wird natürlich mit *sanuhk* gefüllt: mit Lachen, mit Singen, mit Trinken, auch mit Verkleiden und so viel Gealbere wie irgend möglich. Mit improvisierenden Mitteln mutiert Tschian zum vielbelachten Beduinenscheich, sein Exot unverhofft zum nicht minder belachten *Deutschen Michel* in Zipfelmütze. Die Stimmung überschlägt sich vor Wonne.

Als dann nach vollzogener Klosterweihe und einigen angemessenen Ruhetagen der von weitem Herbeigeladene sich anschickt, seine transkontinentale Rückfahrt in die Wege zu leiten, ist ihm eine Verabschiedung auch von seinem neuen Freunde Tschian ein Bedürfnis.

Also besucht er ihn im gleichsam ländlichen Einzel- und Eigen-*slum* seiner einsam gelegenen Bretterbude mit Wellblechdach am Übergang zwischen Dorf und Dschungel und in einem Umfeld aus Papajabäumen, Bananenstauden und exzessiv verstreutem Müll.

Hier ist der Tschian seines Alltags nicht mehr jener vom Schwof der Mönchsfête. Zwar aufmerksamer Gastgeber, der für neuerliche, aber andersartige Gesten der Freundschaft sorgt, bleibt er nun nicht nur deutlich reserviert, sondern auch sprachlos. Sei es aus Schüchternheit oder vor den Augen von Frau und Kindern: er verzichtet auf jegliche Reprise von Flirt oder Intimitäten, auch auf die allerreduzierteste Reminiszenz. Gar seine Blicke bleiben unnahbar und fremd.

Nur wenn der Gast ihm in unbeobachten Sekunden mit europäischer Indezenz und angewinkelter Hand jene kreisend graziöse Grundgeste ihres gemeinsamen Tanzens andeutet und so sein eigenes heiteres Erinnern signalisiert, zucken in Tschians verschlossen bleibendem Gesicht minimalistische Rudimente seines Lächelns und Charmes von damals um den wortlosen Mund. Die Augen verharren indifferent.

Gleichwohl sorgt er für generösen Empfang. Unter dem Schatten spendenden Vordach seiner Bretterveranda wird sofort von allen Familienangehörigen ein gastliches Essen vorbereitet, gekocht und zu frisch vom eigenen Baume geraspeltem Papaja-Salat in vielköpfigem Sippenverbunde eingenommen, der samt und sonders auf dem Fußboden Platz findet und sich telefonlos, aber schnell zum erweiterten Kader jener Mönchsweihe aufstockt. Bald ist der engere Kreis von neulich wieder komplett und mampft gemeinsam.

Auch Tamm und Deng sind noch nicht abgereist, sondern wieder dabei, keilen ihren Schwarm mit intim bleibender Tuchfühlung in eine Ecke unter dem Vordach und schieben ihm nach Landesbrauch und abwechselnd mit ihren schmutzig braunen kleinen Arbeiterhänden die mundgerecht selbstgekneteten Bällchen aus jenem als laotisch verachteten Klebereis zwischen seine lachenden und widerstandsunfähigen Lippen. Dabei verlocken sie wieder zu baldigem Besuch auf ihrer so viel lukullischeren Heimatinsel, wo sie ihm ganz andere Delikatessen zu servieren versprechen. Und ihre Augen funkeln wieder verheißungsvoll und gierig.

Vom erstarrten Tschian kommt keinerlei Aufforderung zur Wiederkehr.

Offenbar resigniert er angesichts der so verführerisch vorgetragenen Offerten seiner jugendlichen Rivalen.

Oder angesichts seiner Frau und Kinder.

Oder seines unänderbar andersartigen Mannes- und Hausvateralltags, der keine weibischen Extravaganzen duldet.

Oder aber er ist sich der Sache seiner tief ertanzten und unauflöslichen Verbundenheit mit diesem familiaren Fotografen seiner Mutter gefahrlos sicher und kann auf so wohlfeiles Buhlen um Sympathie und Erwiderung seiner Liebe souverän verzichten.

Dschitt

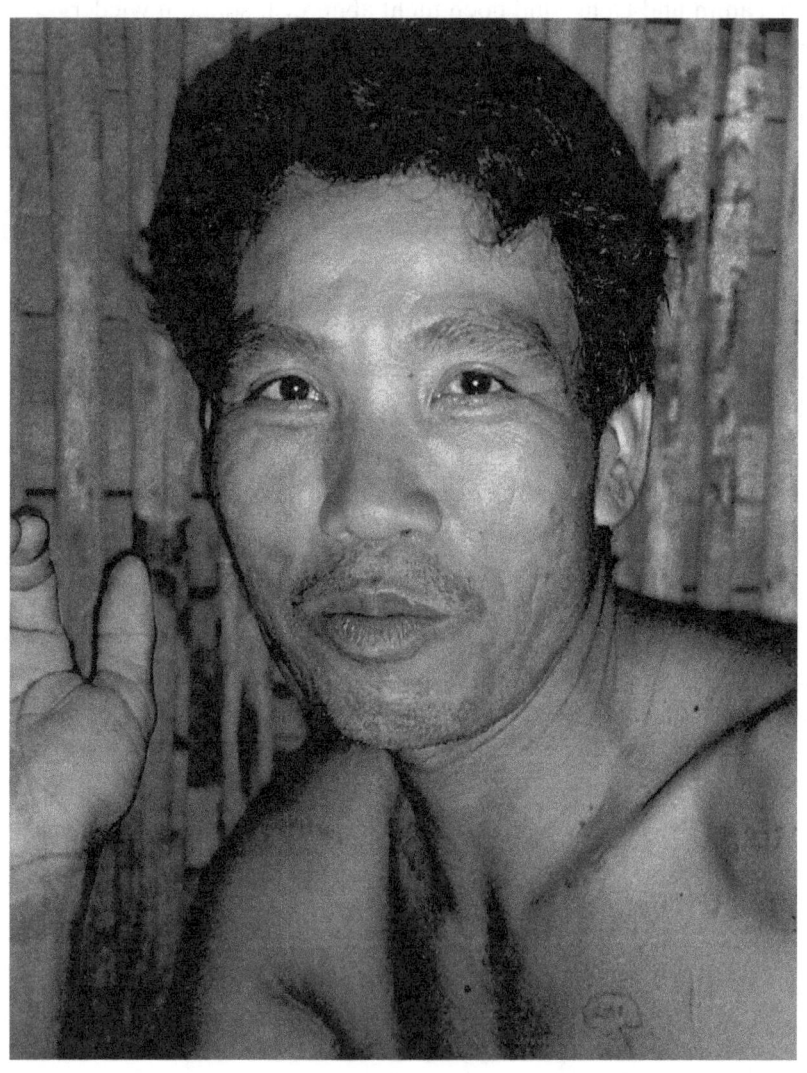

Popp

Popp kann Lebensunterhalt und helfende Duldung seiner Familie einzig erwerben, indem er sich am Rande eines sonderlich belebten Touristen-Boulevards niederläßt und in wohldosierter Mischung aus Auffälligkeit und Dezenz dort nächtelang bettelt.

Also tut er das.

Denn sein knapp zwanzigjähriger Körper ist heillos deformiert und kann dort am Rande des besagten Boulevards nicht einmal sitzen, sondern nur so bäuchlings auf dem schattigen Pflaster liegen, daß er da von manchem eiligen Passanten übersehen oder zunächst nur halbwegs, erst im Nachhinein wirklich wahrgenommen wird.

Das ist auch so inszeniert: denn mancher *farang* will beim abendlichen Flanieren in seinem Urlaub nichts Verstimmendes sehen.

Hat so ein Vorübergegangener aber zufällig doch noch ein sozial empfindendes Herz und kehrt um ein Almosen gar zu dieser diskreten Mißgestalt zurück, so entdeckt er in dessen schmutzig fleisch-farbenem Plastikschälchen den ausgelegten Köder einiger Thai-Münzen von so geringem Werte, daß sich eine Entsprechung in irgend europäischer Währung gar nicht ausrechnen ließe.

Aber aus solcher Nähe sieht er nun auch, wie Popps Gliedmaßen widernatürlich und unentwirrbar kreuz und quer vom gertenschlanken und alabasterhäutigen Leibe abstehen und sich nicht zu helfen wissen.

Wenn dieser Passant nun immer noch ein menschliches Rühren verspürt, die lauernden Haifische in der Verwandtschaft dieses Köders vergißt und tatsächlich eine papierene Geldnote spendiert, wie sie noch nie in dieses Plastikschälchen geschwebt sein mag, kann er erleben, wie ein hektisch zuckender Ordnungsversuch dieses mißratenen Knochenbaus für wenige Augenblicke ein qualvoll angestrengtes Anheben des Kopfes ermöglicht: und ein Gesicht von makelloser Schönheit, von herzbewegender Anmut und erschütternder Sensibilität schaut mit den warmherzigsten Augen dieses Universums seinem unverhofften Wohltäter entgegen.

Die fehlende gemeinsame Sprache kann nun nicht einmal, wie sonst bisweilen, durch Signale gefühlvoller Körperlichkeit, nicht einmal durch buddhistischen *wai*, jenes dankbare Zusammenlegen der beiden Handflächen, ersetzt werden. Nur ein sekundenlanges Ineinandertauchen der Blicke wird die beiderseitig gewünschte und tief empfundene Brücke einer Sympathie und Verbundenheit schlagen, die schon ihr grausames Ende zu finden scheint, als das kraftlose Skelett den emporgetrotzten Kopf nicht länger zu tragen vermag und auf den Asphalt hinunterknallen läßt.

Falls sich der hilflose und beschämte Wohltäter beim Weitergehen in einiger Entfernung dazu entschließt, noch einmal zurückzuschauen, sieht er das schöne Jünglingsantlitz ihm mit aufgestütztem Kinn vom Bürgersteige mühselig nachschauen und überirdisch lächeln.

Dann aber stürzen zwei keifende Schlampen aus irgend nahem Versteck auf den Geldschein zu und versperren mit ihrem gierigen Streit jede Sicht, zerstören die Brücke.

Nohng (mit offenem O)

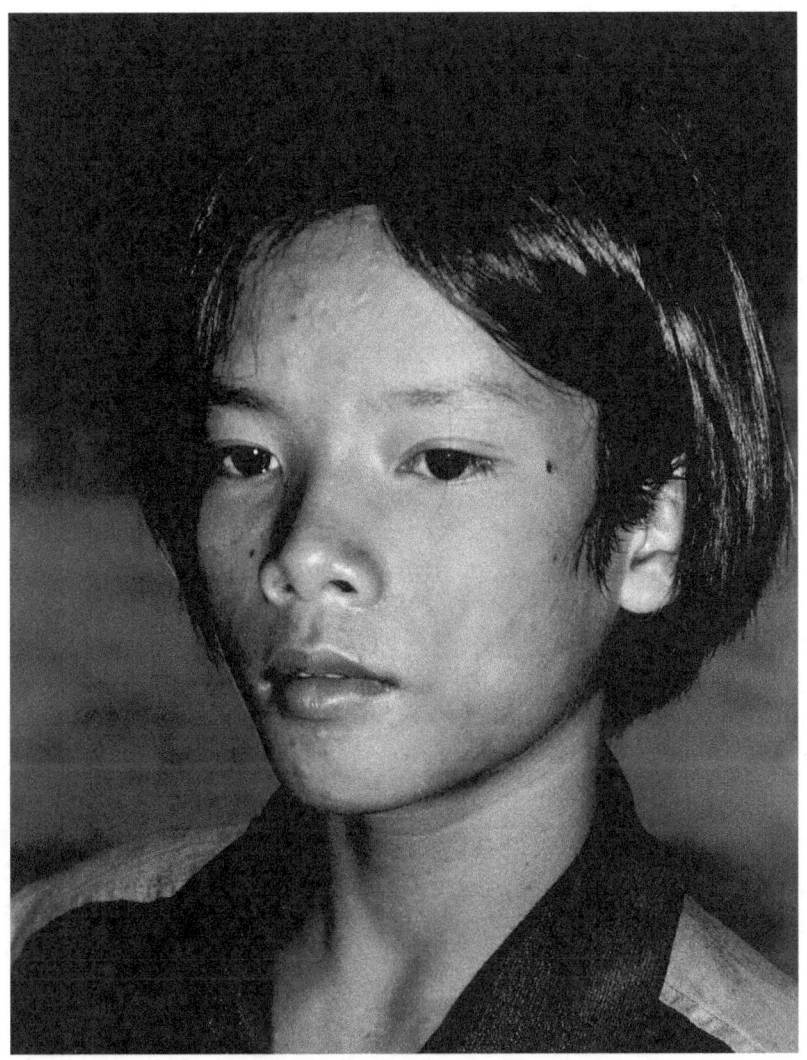

Waang

4

Wenn irgend möglich, frönt jener Waang auch im Bett noch vor dem Einschlafen seinen Lesezwängen.

Manchmal mangelt es freilich an Lektüre, noch öfter aber an hinlänglicher Wattzahl in den Glühbirnen des Hotelzimmers.

"Ein gutes Buch", sagt er dann, *"braucht Licht. Wenn ich kein Licht für das Lesen des guten Buches habe, ist das Buch plötzlich gar nicht mehr gut."* Zäsur. *"Sondern schlecht."*

Legt sein Buch also weg, zieht das Laken schon bis zum Kinn und fragt noch schnell mit dem Ton eines Fallenstellers:

"Wen magst du eigentlich mehr: die Sonne oder den Mond?"

Bricht sofort, sein eigener Spielverderber, in homerisches Gelächter aus und antwortet sich selbst, *die Frage könne sich gar nicht stellen, da man die beiden niemals gleichzeitig sehen könne: also gebe es weder Vergleich noch Alternative, die beiden seien inkompatibel, inkommensurabel. Same not same.*

Aber der Angesprochene widerlegt das mit einem Bericht von seinem Erlebnis im Strandkiosk *"Watering Hole"* jenes Doi und der abendlichen Simultaneïtät von Sonne und Mond.

"Und du in der Mitte dazwischen", entwischt ihm Waang sofort, *"du hattest da plötzlich zwei Schatten."*

Und zieht sich das Laken nun vollends über den Kopf, Poet oder Schalk?

*

Ihn zu fotografieren, ist ebenso zweischneidig: weil in ihm selbst ein Widerstreit ausbricht.

Um höflich zu sein und diesen Wunsch eines andern zu erfüllen, hält er zwar still.

Dennoch mißbehagt ihm solcher Kult um seine Person.

Er würde sich gern verweigern, ist aber zu gefällig dafür.

Also geht er zwar nicht weg, wenn der Begleiter die Kamera zückt, aber beiläufig schaut er weg: hofft, so den andern zum Abbruch zu bewegen.

Bleibt der aber hartnäckig, bewegt er sich scheinbar zufällig just im entscheidenden Moment.

Auf keinen Fall hält er sich hin.

Verdirbt dem Fotografen zwar den Spaß nicht, spielt also mit, aber nur unter einem Vorbehalt, den er so minim dosiert, daß er ihn für unbemerkbar, unüberführbar hält.

Nur als er im Tempel von *Sakonn Nakonn* nach ihrem Verkehrsunfall eine gefangene kleine Schildkröte freikauft und aus Dankbarkeit für ihrer beider Lebensrettung oder aber mit der Bitte um befreiende Erlösung aus polizeilichen Repressalien in benachbartem Lotosteich aussetzt, untersagt er dem Freunde strikt das Fotografieren: *gute Taten knipse man nicht.*

Aber noch viel rigoroser verweigert er jede Ablichtung im neuen Nationalpark der Tropfsteinhöhlen von *Bohk Karanih* nahe *Ao Lyk* und unweit der Weltwunder von *Pang Ngah*. Nach gemeinsamem Gebet vor einem Altar, der mitten in diesem Botanischen Garten auch gern mit Knallfröschen und Rauchbomben verehrt wird, verbietet Waang ganz unüblich streng das Fotografieren dieses Sanktuariums:

es sei gegen einen bösen Lokalgeist errichtet, der hier alljährlich, auch heutzutage noch, einige rätselhafte Todesopfer fordere und einem historischen Moslem angehöre, dessen Name Don Juan sei.

So wird auch dieses sehr populäre Paradies zumal der Wochenend-Thais mit Hilfe eines eigens konvertierten Sexualdämons aus der kastilianisch katholischen Legende nur allzubald relativiert. Schön ist also auch unschön und paradiesisch höllisch.

Fotos von Waang unter benachbarten mythisch alten Würgefeigen dieses Parks sind auf unerklärliche Weise noch viel mißlungener als all die andern, nämlich total: *Don Juan?*

*

Böse Geister sieht oder befürchtet Waang allerorten, auch in Gestalt leibhaftiger Personen. Vollends seine Tätigkeit als Barmann im Kiez von Patohng auf der südlichen Andamanen-Insel Puhgett läßt ihn an einem allnächtlichen Treffpunkt italienischer Geschäftsleute manchen Einblick in mafiotische Machenschaften gewinnen, die er für dämonisch zu halten kaum umhin kann.

Nicht nur seine Disposition zum Mißtrauen, das seine Wurzeln gleichfalls im traumatischen Verlust der Mutter als der ersten Vertrauens- und Verratsperson seines jungen Lebens zu haben scheint, potenziert sich hier so dramatisch, daß er, zum Beispiel,

jene mysteriösen Gewehr- oder Böllerschüsse im halb "birmanischen" *Myang Na*, die auch dem Neujahrsfest oder der Mondfinsternis in eben derselben Nacht ihren rituellen Tribut geleistet haben mögen,

oder jene erpresserischen Drohungen der Unfallpolizei von *Sakonn Nakonn*

nur auf eine Weise zu deuten und einzuordnen vermag, die bisweilen paranoide Züge annimmt: während seiner Verhandlungen mit der Sicherheitsbehörde sind seine fast hysterischen Befürchtungen für die persönliche Freiheit des brüderlichen Unfallfahrers und des europäischen Geldgebers vielleicht berechtigt, aber vielleicht auch gar nicht. Aber bisweilen sieht er allenthalben Spione, Geheimpolizisten, Mafiosi. Oder eben Dämonen.

Dann hat er auch Alpträume, die leitmotivisch Gefährdungen des ganzen Globus wiederholen, und in jenem fast expressionistisch bizarren und alle buddhistischen Konventionen sprengenden Skulpturenpark des nordöstlichen Tempels von *Sahlah Gäoguh* erzählt er dem Freunde in solcher Stimmung und just zu Füßen der himmelragenden Buddhastatue im bedrohlichen Schutze ihres riesenhaft siebenhäuptig züngelnden Drachen von ebendieser Legende:

auch diese saurische Echse habe beim Buddha Mönch sein wollen, sei aber abgewiesen und dann wenigstens zum Stuhl des Erleuchteten gemacht worden; so diene seither selbst dieses Monstrum in all seiner dargestellten Furchtbarkeit auch noch dem Buddha und dessen lebenskluger Lehrtätigkeit;

also sei, laut Waang, *auch das Gefährliche dienlich: für denselben guten Zweck; es könne gar nicht anders, stehe ja nirgends außerhalb, führe kein Eigenleben, sondern gehöre eben dazu wie alles andere auch, und bad is good.*

*

So positiv konstruktiver Einbezug des Dämonischen auch in das eigene Leben scheint nicht immer ebenso gut zu gelingen. Seine oft beklagten Denkzwänge mögen da noch Vorschub leisten.

Jedenfalls befremdet er bisweilen durch unerklärt bleibende Rückzüge aus all ihrer beider heiteren Intimität in rätselhafte Unnahbarkeit, Unerreichbarkeit und leise Distanz. Unter solchen Schüben äußert sich seine psychische Labilität nicht zuletzt in totalem Verstummen, das sich mitunter bis an den Rand einer handfesten

Unhöflichkeit erstreckt,

oder auch in einer messianisch masochistischen Bereitschaft, sich für andere aufzuopfern, wie sie zumal in jenem bedrückenden polizeilichen Nachspiel zu ihrem Autounfall aufflammt.

Solche Abstürze in seelische Untiefen mögen jedoch abermals aus dem Schock der frühen Mutterlosigkeit, freilich auch aus der genetischen Erbschaft eines depressiv stigmatisierten Vaters herrühren und sorgen so mit alledem für dämonische Beschattungen seines Alltags.

*

Den Landsleuten seiner alltäglichen Umgebung mag er daher immer, wenn solche Mißstimmung sich von ihrer aller üblich schnelllebigen Launenhaftigkeit irritierend unterscheidet, als unbegreiflicher Eigenbrötler und Sonderling erscheinen. Seine komplizierte Verschlossenheit muß sie dann noch mehr polarisieren als alle seine ungewöhnlichen Talente. *"Er denkt zu viel!"* Dieses Abelsmal wird den andern dann auf der charismatisch leuchtenden Stirn seines laotisch geschnittenen und bisweilen leicht gelblich getönten Gesichtes umso sichtbarer sein und all ihre neidische, ihre beleidigte Nachrede zur aggressiven Verleumdung anschwellen lassen.

Auch seinen Arbeitgebern ist dieses grüblerisch reservierte Sosein, das sich nie mit ihren Machenschaften gemein macht, immer suspekt und oft ein Grund zur Trennung. In Krabih sagt ihm ein Wahrsager dieses ewige Mißfallen seiner Vorgesetzten auf den Kopf zu.

Aber im archaischen Pflanzer- und Jägerleben seines regenwäldlerischen Heimatdorfes ist er mit allen diesen Besonderheiten sowohl Mitglied und Kern als zugleich auch Fremdkörper seiner Sippe. Das bemerken da freilich nur einige, von denen schätzen, respektieren oder tolerieren es wenige, die andern provozieren ihn gern.

Einmal wird sein europäischer Hausgast zum Zeugen, wie zwei zugereiste Schlägertypen das mit brutaler Familienschelte versuchen. Waang verweigert ihnen die erhoffte Prügelei und argumentiert in stundenlang festgebissener Auseinandersetzung mit Mitteln des Geistes und Wortes so hartnäckig und leise, daß die beiden ihm schließlich nicht mehr gewachsen sind und sich trollen.

Daß viele ihn einfach für verrückt halten, nimmt er zwar hin. Aber es beschäftigt ihn anhaltend. Gar die Grenze vom Verrückten zum nicht Verrückten erscheint ihm fließend und wird in guten Stunden zum Gegenstande kluger Definitionen und doppelbödiger Wortspiele. *Was nämlich*, fragt er dann gern und oft, *sei das eigentlich: verrückt? Was die für verrückt halten, sei doch gerade das nicht Verrückte. Und landläufig nicht verrückt zu sein, sei in Wahrheit verrückt: crazy is not crazy; not crazy crazy.*

*

An einem Textilienstand der Geschäftsstraße Sukumwitt in Bangkok kauft Waang sich dringend benötigte Hosen, die sich zu Hause dann aber als viel zu weit erweisen. *"Das wollte ich so: zu weit ist mir lieber als zu eng"*. Also hatte es passende nicht gegeben, und der Händler sollte nur ja nicht enttäuscht werden.

In Krabih verhindert Waang, daß sein europäischer Freund den Einkauf eines Kugelschreibers mit großem Geldschein begleicht, und besteht auf Kleingeld: *"Damit die Verkäuferin es leichter hat"*.

Aber als die Regierung ein soziales Hilfsprogramm auflegt, das den Ärmsten der Armen zwei Hühner samt Hahn und erstem Futter bescheren soll, füllt er den Fragebogen hierfür wie eine Pflichtübung aus und bestätigt: *primär wolle er damit den eingeteilten*

Verwaltungsangestellten unterstützten, dem solcher Tätigkeits-
nachweis bei seiner eigenen Behördenkarriere dienlich sein kön-
ne. Diese Hühner kommen dann nie, und Waang verzichtet auf sie
und jegliche Reklamation.

Doch so wird der Hilfsbedürftige stetig zum Helfenden, der Arme
zum Schenkenden, und Waang bleibt sich treu.

*

Am kilometerlang largen Naturstrand des Nationalparks *Nopparat*
Tarah in der südlichen Provinz Krabih gibt es keinerlei Touristen-
unterkunft, also fast ausschließlich Thais, die hier an freien Tagen
in riesigen Sippschaften ihr Picknick genießen.

Waang und sein Exot beobachten hier bei einer Ebbe,

die zwei symmetrisch vorgelagerte kleine Felseninseln gleichsam
auf den Sand zu setzen pflegt und den gigantischen Strand noch
mit sich selbst multipliziert,

die sandaufwirbelnden Fußballimprovisationen zweier sehr viel
mehr als 22köpfigen Jünglingsmannschaften. Jeder Spieler ist da
attraktiver als der andere.

"Magst du gern Fußball sehen?"
"Ja", sagt Waang sofort: *"sehr."*
"So. Aha."

Naja: halt Zeitgeist, generationsbedingt und Massensog, egal.

Waang wartet diese Verarbeitung der vorausgesehenen Enttäuschung ab und setzt erst dann seine parate Pointe darüber:

"Weil da nur Lederbälle getreten werden. Aber beim Thai-Boxen,
unserm Nationalsport, Menschen."

*

Zu so hellsichtigen Anomalien dieses Waang gehören auch jene telepathischen Fähigkeiten, die er mit zunehmender Freundschaft offenbart.

Zunächst überspringt er souverän alle Verständigungsschwierigkeiten, die auf beiderseits unzulänglicher Beherrschung der entsprechenden Fremdsprache beruhen, indem er nicht nur nach, sondern oft auch schon vor einem ersten Worte des andern weiß oder ahnt, was der sagen will. So ist es vollends schwierig, seine hilfreichen Antizipationen je zu überraschen, selbst bei spontan gewechseltem Gesprächsstoff.

Man kann ihn auch schwerlich mit einem noch so abwegigen Thema nur deshalb verschonen, weil man es für verfrüht oder deplaciert oder völlig unwichtig hält: kaum verwirft man es im Geiste, bringt Waang in seiner Güte es entgegenkommend zur Sprache.

Oder inmitten einer trinkfesten größeren Gesellschaft keimt im Freunde ein Ansatz von Durst nach Wasser: im selben Augenblick serviert ihm der ungefragte Waang bereits ein Glas mit solchem Trank.

Oder ein Hausbesuch stellt fest, daß die Plastiktüte mit seiner umfangreichen Reiseapotheke zerschlissen ist und durch eine neue ersetzt werden sollte. Schon betritt Waang das Zimmer seines Gastes und räumt kommentar- und wortlos all die europäischen Medikamente in ein stabiles Behältnis um.

Oder er warnt vor einem festgebuchten Weiterfluge nach Australien: wegen der Möglichkeit eines islamistischen Sprengstoffanschlags. Tatsächlich wird die Maschine in letzter Sekunde vor dem *embarkment* ohne Angabe von Gründen gesperrt und später gegen eine andere ausgetauscht: nur Motorschaden? Oder Bombendrohung? Waang fühlt sich weder bestätigt noch sonderlich überrascht. Er weiß, daß er solcher Hellsicht vertrauen kann.

Oder sein deutscher Freund faßt einen vagen allerersten Gedanken an Nachtruhe: schon reicht Waang ihm auf europäisch die Hand und sagt auf deutsch: *"Gute Nacht. Schlaf gut."*

Aber so erstaunliche Voraussicht von Latentem und Kommendem erstreckt sich auch auf seine eigenen Träume. Einzig diesem Intimus gesteht er,

daß er sein ganzes Leben in all seinen jeweils wichtigsten Teilen oder Stationen immer zuerst geträumt und dann erst später leibhaftig erfahren habe:

ein Blick also hinter den Vorhang auf zeitlos Vorgegebenes. Also auch eine schwindelerregende Verifikation der Palmblattbibliothek in Bangalore? Und der Akascha-Chronik *live*?

*

Aber auf besagter Verständigung außerhalb aller Verbalisierung beruhen letztlich sogar jene zahlreichen Lügen, die dieser Waang so schnell zur Hand und im Munde hat wie auch viele andere Thais. Das ist für jeden Europäer, der mit dem Gebote aufgewachsen ist, kein falsch Zeugnis wider seinen Nächsten zu reden, so lange eine lebensgefährlich schwierige Prüfung seiner Freundschaft, bis er Grund und Ethos solcher Wahrheitsverletzungen begreift.

Waang und so mancher andere Thai lügen vielfach, um das eigene Gesicht, also ihre Selbstachtung zu wahren. Das mag im Falle seiner vielen Kündigungen so der Fall sein, von denen er jeweils weder den eigentlichen Grund eröffnet noch etwa, welcher der beiden Partner das Arbeitsverhältnis beendet hat. Mindestens einer der beiden will es offenbar nicht fortsetzen. Wer das ist und was ihn dabei bewegt, wird hinter lauter wechselnden kleinen Mogeleien versteckt gehalten und nie verübelt oder persönlich genommen. Wenn einer nicht mehr will, ist es *up to him* und irritiert ihr sonstiges Verhältnis überhaupt nicht. Unterschwellige Wahrheiten gehen Dritte da nichts an.

Noch häufiger aber als um solchen Schutz der eigenen Würde lügen Waang und viele Thais, um den jeweils andern nicht zu verletzen, zu enttäuschen, zu verschrecken. Solche Fürsorge gilt hier mehr als alle vermeintliche Aufrichtigkeit: vielleicht weil jeder hier um die Relativität, also Fragwürdigkeit von Wahrheit weiß. Den andern zu schützen und zu schonen, ist ehrenwerter als alle brutal empfundene Ehrlichkeit.

Also lügen Waang und andere Thais nicht in westlichem Sinne, sondern haben einen anders, gar höflicher geordneten Katalog von Prioritäten. Wer das begriffen hat, versteht auch, warum solche Lügen meist sogar noch leichter durchschaubar sind als anderwärts. Sie können nämlich ruhig, sie wollen oder sollen gar durchschaut werden. Sie verfälschen die Wahrheit nicht, sondern verkleiden sie lediglich mit Behutsamkeit, einem weiteren Ausweis hiesiger Kultur.

*

Auch die Ausreden für alle seine Unpünktlichkeiten geben sich dem Eingespielten in solchem Sinne nicht als Lügen, eher als charmante Bemäntelungen zu erkennen, die als solche auf beiden Seiten einvernehmlich belächelt werden sollten.

Aber in einem sonderlich offenen oder schwachen Moment auf dem abendlich einsamen Muschelfriedhof von *Ssusaan Hoi*,

einem Riff aus abgelagerten Austernfossilien, wie es weltweit nur noch zwei andere Male vorkommt und hier runde 75 Millionen Jahre alt ist,

brandmarkt dieser Waang ganz ungenötigt all seine eigenen Unzuverlässigkeiten zunächst als pure Faulheit, um die dann aber unverzüglich mit seiner unbezwingbar *"tiefen Unlust"* zu erklären, durch gehetzte Rücksichtnahme all die *"entspannte Leichtigkeit des jeweils eigenen Augenblicks"* zu stören oder zu verlieren.

Letztlich, offenbart er vor all den Millionen Konchylien aus Millionen von Jahren als Ohrenzeugen, *handle es sich da um den ewigen Konflikt zwischen profanen Zwängen und Zeitlosigkeit, Realität und Philosophie, also Gesetz und Freiheit. Sub lege sei die libertas hier verführerischer und viel stärker: und sei es beschämend auf Kosten anderer.*

Aber wenn diese andern das kennen und genauso handhaben, gebe es auch da und in alle Ewigkeit no problem.

*

Bei so jahrelang gesteigerter Freundschaft und wochenlang gemeinsam reisender Intimität sind Mißverständnisse und kleine Nervenkrisen bisweilen unvermeidlich.

Waang pflegt sie zu meistern, indem er sie rigoros entwertet. Selbst wenn es ihm nicht gelingt, sie schon im Keim zu ersticken, ignoriert er sie anschließend auf eine so radikale und liebenswerte Weise, daß der andere nur noch erröten kann, derlei Lappalien überhaupt registriert, gar problematisiert zu haben. Waang beschämt ihn, indem er jeweils Irrtum, Panne oder Kollision weder erklärt noch repariert, geschweige zu entschuldigen, den verletzten oder irritierten Partner zu besänftigen versucht, sondern statt alledem sein unerschütterliches Vertrauen in die Stabilität ihrer Freundschaft demonstriert, die er als immun voraussetzt. Er unterstellt dem andern dieselbe großzügige Zuverlässigkeit, die dieser auf abendländischere Weise vielleicht gar nicht aufzubringen vermocht hatte, sich nun aber tief berührt bemüßigt fühlt, sie im Nachhinein schleunigst nachzuliefern.

Zunehmend gelingt das und erübrigt so jedes Krisengespräch. Als das in früher Phase noch auf einer Heimfahrt von *Nahm Mao* einmal stattfindet und der Irritierte Waangs gelegentliche Rückzüge

in eine unbegreifliche Distanzierung und einschüchternde Unerreichbarkeit beschreibt, die ihn in eine prinzipielle Unberührbar-
keit zu entrücken scheine, wischt der Beanstandete alle Ver-
schreckung beiseite, indem er in kaum hörbarer Vertraulichkeit
zusichert, von diesem Freunde immer berührt werden zu können:
"you can always touch me".

Nach solchen meist mental oder sprachlich bedingten Trübungen
überrascht Waang oft durch überfallartig herbeigeführte Nähe bei
gemeinsamem Pinkeln sei es auf öffentlichen Herrentoiletten, sei
es tief im Regenwalde. Mehr und mehr wird das in seiner zeremoniellen Wortlosigkeit zu einem poetischen Symbol ihrer Brüder-
lichkeit.

Es wird von beiläufigen Entblößungen begleitet, wie solch ein wo-
chenlanges Beieinander selbst beim Übernachten sie noch der sen-
sibelsten Prüderie und anatomischen Geheimniskrämerei schließlich abverlangt oder aufnötigt. Das sind jeweils flüchtige, scheinbar ignorierte Offenbarungen beim An- oder Ausziehen, Abtrock-
nen, Umkleiden.

Aber in *Sakonn Nakonn*,

jenem dämonisch ungut erlebten Städtchen fernab im entlegenen
Nordosten an den Gestaden von *Nohng Haan*, dem größten und
wirklich meerartig uferlosen, aber durch lebensgefährliche Leber-
Egel arg verseuchten Binnensee Thailands,

und mit prähistorisch anmutenden Fahrradrikschas, deren sklaven-
haft strampelnde Fahrer auch Prostituierte verkuppeln,

kommt Waang in all der Unwirtlichkeit dieses böse empfundenen
Ortes erstmals und ungeniert ohne anzuklopfen in jenes Badezimmer, in dem der Freund gerade duscht, und fotografiert überrum-
pelnd dessen willig dargebotene Blöße: gewaltsame Eroberung *in
effigie*? Ersatzbefriedigung? Schutz- und Hilferuf des Intimen ge-

gen all das Befremdliche an diesem Ort ohne Wohlwollen?
Grenzüberspringend emotionales Heimatbedürfnis?

Schon Stunden später betrachtet er das positiv vorliegende Resultat solchen Attentats der indiskreten Zutraulichkeit und behauptet, nicht sicher zu sein, ob er den indezenten Blickfang dieses Fotos reizvoll oder häßlich finde, *"lovely or ugly"*:

also da sei er sich gar nicht sicher.

Unsure is sure?

Und *ugly is lovely*?

Dem eigenen Genital wirft er gelegentlich vor, gar nicht zu ihm zu gehören, sondern Impulsen zu folgen, die seinem eigenen Denken und Fühlen zuwiderhandeln, was immer das sein mag: *"Das bin nicht ich!"*

Aber im Nationalmuseum des *Ràm Kamhäng* im historischen Sukotai macht er nachdrücklich auf das imposante Exponat einer steinernen Lingam-Skulptur des göttlichen Schiwa aus Indien aufmerksam,

im pittoresken *Pra Naang* auf jenen üppig geschmückten animistisch buddhistischen Fruchtbarkeitsaltar zwischen Strand und Höhleneingang: Generationen von Fischern haben hier zahllose handgeschnitzte und popbunt bemalte hölzerne Phalloi in jedweder Größe deponiert und so jene Göttin ihres Gewerbes gnädig stimmen wollen.

Aber was hier und anderwärts zwischen Waang und seinem europäischen Freunde alles wie erotische Ouvertüre klingen mag, befindet sich in Wahrheit schon lange jenseits und deutlich oberhalb aller sexuellen Kategorien, aus denen inzwischen schon weit zurückliegende Niederungen geworden sind.

Denn ihr mönchhaft asketisch verharrendes Miteinander beseligt sie beide längst in weit höherem Maße, als je ein Körperexzeß das noch vermöchte. Keinerlei Orgasmus könnte die Wertigkeit ihrer brüderlichen Verschmelzung aufwiegen, geschweige steigern, verlängern oder fixieren.

Die Verbundenheit mit diesem Waang stabilisiert sich über viele Jahre im höchst spannungsvollen Schwebezustand einer unbedingt keuschen Zärtlichkeit und Zuneigung, deren Rarität eine ganz ungewohnte, ganz unhiesig außerirdische Kostbarkeit entfaltet und dauerhaft gar vertieft.

*

In einer sonderlich vertrauensvollen Nacht liegt Waang im Nationalpark der südlichen Zwillingsinsel *Go Pih Pih Donn* auf dem Bett des Freundes und erzählt ihm eine überlieferte, vielleicht auch erfundene oder ausgeschmückte Geschichte vom Buddha, die er als seinen Favoriten und Bezugspunkt für mancherlei ankündigt:

Ein Kriegsmann, der sonderlich lüstern Finger abzuhacken pflegt, folgt mit solchem Trachten auch dem Buddha. Aber er kann ihn nicht einholen. Er beschleunigt seine Schritte und geht immer schneller. Der Buddha geht langsamer und immer langsamer seines Weges. Trotzdem kann der fingergierige Aggressor ihn nicht erreichen. Vor Wut darüber wird er ganz wild und schreit dem ruhig vor ihm her wandelnden Buddha hinterher, er solle damit aufhören: "Stop it!"

Da erwidert der Buddha, er habe doch schon aufgehört: warum der Kriegsmann nicht endlich aufhöre?

Diese Geschichte also mit ihrem Doppelsinn des Aufhörens liebt Waang über alles.

Und was dann aus diesem erfolglosen Fingerlüstling geworden sei?

Ein Jünger im Gefolge des Buddha.

Nachdem er dem Freunde diese Parabel von der Überwindung körperlicher Besessenheit erzählt hat, bezeichnet er ihr Miteinander ungehemmt und gern wiederholt als Liebe. Was er darunter versteht, mag er mit jener Lieblingsanekdote definiert haben.

Seither hat er auch keine Scheu, ihre wechselseitig unerklärliche Affinität aus Begegnungen und Verbindungen in früheren Leben abzuleiten.

Als erstes beehrt er diesen Geliebten mit der zugestandenen Möglichkeit, in einem vorigen Erdendasein selbst ein Thai gewesen zu sein: anders sei ihre mühelose und immer sofort beflügelnde Verständigung trotz fehlender Sprachgemeinschaft nicht mehr zu erklären.

Später, zwischen den grausam gütig überwucherten Ruinen jener militärisch konzipierten Architekturen im "Archäologischen Park" von *Kampäng Peht*, auch zu Füßen des heimischen *Liegenden Buddha*,

der in Saithai den Übergang des Erleuchteten ins Nirwana darstellt und von Waang noch beim tausendsten Vorüberfahren mit drei Signalen seiner Motorradhupe gegrüßt wird,

hält der es vollends für möglich, daß sie beide vordem schon Brüder waren: *pih* und *nohng*. Oder Vater und Sohn. Oder gar ein Ehepaar.

Aber auf jener Bambusmatte unter vergoldetem Plastikbaldachin des hängenden Hausaltars im okkult birmanischen *Myang Na* gesteht er nach dem Löschen ihres Lampenlichts und mitten zwischen jenen mysteriösen Gewehr- oder Böllerschüssen ringsum in die unbarmherzig totale Finsternis dieses prähistorisch weltvergessenen Gebirgsmeilers hinein, *daß Bruder Gai und er selbst ihren Reisegefährten oftmals für einen völlig normalen Durch-*

schnittsmenschen, nicht selten aber auch für sehr, sehr unge-
wöhnlich halten:

vielleicht sei er ja eine inkarnierte Gottheit?

Das sei doch er: der Waang.

Keinerlei Widerspruch.

In Krabih jedoch, runde zweitausend Kilometer südlich und im
Boote seines Freundes Goredd auf einer magischen Rundfahrt
selbdritt durch die Verzauberungen einer tief versteckten und vollkommen einsamen Fleet- und Mangrovenlandschaft, einigen sie
sich mühelos, daß nicht nur sie beide, sondern jeder und nicht nur
jeder, sondern alles ein Stück Gott sei.

*

Waang, offenbart sich auf solcher Rundreise durch Mangroven-
fleete und ganzes Thailand, *sei in Wahrheit ein Spitzname, der ihn
nach Landesbrauch vor dem Zugriff böser Dämonen schützen
soll, und bedeute frei*

*"der Freie" im Sinne eines unbesetzt Vakanten, noch Verfügba-
ren, müßig, auch rundum ledig Gehenden, der nicht festgelegt sei,
nirgend beansprucht oder schon besessen werde und sich daher
auch die Freiheit nehmen könne, ohne Verpflichtung, ohne Ver-
dingung außerhalb der Zeit und ihrer Einteilungen zu leben.*

Aber wie jener Yan in Wirklichkeit Sajann und jeder hiesige Rid
in Wahrheit Saridd, ein Mahd eigentlich Somahd heiße, *sei auch
dieses waang nur die praktische, auch liebevoll hänselnde Ver-
kürzung seines offiziellen Namens Sawaang.*

Sawaang bedeutet *Der Helle*, auch *Der Be-* oder *Erleuchtete*.

*

In der Tat wird dieser donnerstäglich neumonderleuchtet Geborene nicht nur den Definitionen der abendländischen, sondern auch seiner eigenen Astrologie nicht im mindesten gerecht. Er entspricht den Musterdefinitionen weder des hiesigen Hahnen- noch des Affenjahres.

Auch insofern also paßt er in keinerlei Schema, scheint regelwidrig und normensprengend direkt vom Himmel gefallen:

freilich vom Himmel über Thailand.

Pra

Tai fah la-ohng tulih prabaht

IV

So ist aus einer geplanten Reverenz für Thais, ihren König und deren göttliche Einheit unter der Hand ein Liebesbrief geworden:

Oh unterm Staub des Staubes Eurer Füße

können *wir Menschen alle* dem Menschlichen seiner Könige begegnen, aber auch dem Königlichen seiner Menschen.

Wer, nur zum Beispiel,

mit Bomm und Nimm, diesen beiden Habenichtsen am Außenrande hiesiger Gesellschaft, die Halle eines vierfach gestirnten Hotels oder mit Nyng und Sajann, diesen Kindern von Dschungel und Fischerarmut, zum ersten Mal in deren Leben ein Luxusrestaurant betritt,

wird an ihnen allen nicht sekundenlang die Spur einer sozialen Verunsicherung beobachten können. Mit der unerschütterlich freiheitlichen Selbstsicherheit eben von Thais ignorieren, brüskieren oder übernehmen sie spielerisch die dortig neureich versnobten Regularien: aber ohne Trotz, ohne Anmaßung, ohne Protest oder Unterwerfung, naiv; und selbstverständlich. Nicht einmal als Ahnung oder überspielenswerte Befürchtung kommt ihnen in den Sinn, sie könnten hier fehl am Platze sein.

Dasselbe können *wir Menschen alle* registrieren, wenn sich Boh oder Neng oder Tuhn oder Luhn oder jedweder andre dieser sechzig Millionen Thais dicht neben uns, an unsern Tisch, auf unsre Bank, unsern Stuhl, unsern Schoß oder sonst in unsre Runde setzt, ungebeten und ohne zu fragen, und dort unsre Fotos, unsre Zigaretten, unsre Getränke, Kameras, Einkäufe oder sonstige Requisiten ergreift, betrachtet, benutzt, als seien es seine eignen.

Keinem Thai kommt da je die Idee, er sei vielleicht unerwünscht, überflüssig, käme eben im falschen Moment. Keiner befürchtet je zu stören. Aber ihn selbst stört auch nichts – oder er läßt sich nicht stören. Den Begriff des Störens scheint es für ihn nicht zu geben. Jeder, der lebt, ist da: *voilà*. Und wo er sitzt, ist oben. Unanfechtbar. Also unangefochten: auch weil es unfrech ist, unschuldig; daher nicht nur liebenswert, sondern auch umso überzeugungsstärker. Denn wo der andre sitzt, ist dessen Oben. Das ist ebenso unanfechtbar, ebenso unangefochten.

So ungebrochen ist hier das Selbstgefühl noch der Unterprivilegiertesten. Noch im Watt, im Dschungel, im Slum, in der Gummiplantage schreiten viele von ihnen fürbaß, als seien sie Könige.

Winiht und mancher andre liebt es, die Geschichte jenes Königs aus alten, medienlosen Zeiten zu erzählen, der sein Land bereiste und sein Volk besuchte. Als er zu den Fischern einer kleinen Insel tief im Süden kam, hatten die noch nie von einem Könige gehört und empfingen ihn, seitenverkehrt, selbst mit der Gastlichkeit und Huld von Königen. Majestätisch gaben sie ihm die Ehre.

Winiht und alle, die diese Geschichte erzählen, tun das im Wissen um dieses Hoheitsgefühl noch des Alleruntersten. Denn

unterm Staub des Staubes Eurer Füße

fühlen sie alle sich nicht nur gleich berechtigt, sondern auch voll berechtigt, also im Besitze aller nur denkbaren Berechtigungen – zu allem und jedem: Souveräne. *"Das Volk unten und der König oben? In Thailand ist es umgekehrt."*

Solches Lebensgefühl mag seine Kraft aus philosophischer Legitimation beziehen. Zutiefst und zuinnerst ist es zugleich demokratisch, aber so, wie westliche Verfechter es, programmatisch und pleonastisch, als "basisdemokratisch" zu ertrotzen versuchen. Hier bleibt das weitgehend unbewußt, sicherlich theorielos und

317

unpolemisch. Würde, Identität und Selbstachtung wahrt hier jeder, ohne es zu wissen. Keiner thematisiert derlei je. Es wurzelt in den Tiefen des Unterbewußten und ist so animalisch wie eben auch die Selbstsicherheit von Tieren. Vermutlich deshalb ist es so stark. Es ist der Grundidee von Natur oder Schöpfung noch nicht entfremdet – als kenne es nicht, was Bibelleser den Sündenfall nennen.

Tatsächlich kennen sie auch die Bibel nicht.

Aber in so ursprünglich, so königlich basisdemokratischer Souveränität verschmelzen sie da im Staub des Staubes, der jetzt wirklich kosmisch anmutet, nicht nur die Gegensätze von Allertiefstem und Allerhöchstem, nicht nur von Nichtigkeit und Göttlichkeit.

Solche Vereinigung von Kontrasten findet sich in diesem Volke allenthalben: in seiner Gesellschaft, seiner Sprache, seiner Psyche, seiner Religiosität.

So rülpsen, popeln, spucken und furzen sie wo auch immer ganz ungeniert und unverhohlen; aber sie vermeiden es, sich öffentlich zu schneuzen.

Sie sind auch ebenso schamlos wie prüde, ebenso keck wie schüchtern, so emanzipiert wie archaisch. Ihre Habgier wird von extremer Bedürfnislosigkeit aufgewogen. Ihre skrupellose Neugier, die kein Tabu zu kennen scheint, radikale Wißbegier sein mag und alles wie jedes unweigerlich öffentlich macht, hält sich die Waage durch jene extreme Verschlossenheit, die nie die eignen Probleme preisgibt, die fremden respektiert und sich manchmal, wie im Falle Waangs oder Ehns, erst und einzig in langen Monologen vor dem Spiegel ein Ventil verschafft.

Die absolut offene Form ihrer Geselligkeit, ungehindertes Kommen und Gehen für jedermann und wohin auch immer, auch zu den Mahlzeiten, die jeder hält, wann er will, und dieser wie jener ißt plötzlich mit, geht ebenso plötzlich davon –

diese offene Form also,

die zugleich, in ihrer Mischung aus Freundschaft und Gleichgültigkeit, auch Formlosigkeit sein mag,

wird vor ihrer Auflösung in totale Unverbindlichkeit bewahrt durch oft nur latente, aber von jedermann strikt beachtete hierarchische Strukturen und deren mahnendes Symbol, das Zusammenlegen erhobener Handflächen im *wai*: also Ordnung und Anarchie in wechselseitiger Durchdringung.

Mit diesem *wai* werden mitten im öffentlichen Alltag auch allenthalben religiöse Impulse publiziert, die hier niemand als *privatissima* geheim hält. Auch all die Tempel,

deren Vielzahl in Europa allenfalls mit Rom vergleichbar wäre, hier jedoch landauf, landab nicht nur historisches Erbe, sondern als Neubauten ebenso heutige Frömmigkeit bekunden,

spiegeln wohl das Bedürfnis einer eher unmetaphysischen, eher nicht allzu transzendentellen Bevölkerung und Religion, in ihren sonderlich profanen Alltag permanent und allerorten eine kompensierende Dosis Sakrales einzubauen, das einen negativen Exzeß des Banalen verhindern helfen soll. Die Popularität dieser Tempel und ihrer Fülle von Devotionalien aller Art bestätigt *uns Menschen allen*, wie sehr diese beliebte Vermischung von Profanem und Sakralem der hiesigen Psyche entgegenkommt.

Umgekehrt aber achten auch Klöster und Mönche als Repräsentanten der sakralen Sphäre fast demonstrativ auf rechtzeitige Brüche bei allzu feierlichen Ritualen, zum Beispiel einer Mönchsweihe. Nicht nur sind sie so unempfindlich gegen Fotografen und deren mechanische Geräusche, wie es in christlichen, jüdischen, gar islamischen Parallelen undenkbar wäre. Sie nutzen auch jede Zäsur eines solchen Ritus, um selbst Coca-Cola zu trinken, Geldspenden anzunehmen, zu plauschen und den legitimen menschlichen Alltag einzubeziehen. Denn auch den begreifen sie als unabdingbar zu einem Leben gehörig, in dem es außerdem ebenso dringlich Klöster und Mönche gibt.

Sie nennen solche Zeremonie *ngaan buat* und verwenden dabei das thailändische Wort für Arbeit, *ngaan*, zugleich auch für diese Feierlichkeit. Das ist nicht der einzige Beleg für ein Zusammenfließen von Kontrasten in ihrer Sprache. Selbst *Ja* oder *Nein* zu sagen, ist nicht so simpel wie die europäischen Gegensatzpaare von *yes and no* oder *oui et non* oder *si y no*, sondern konstruiert diffizilere Mischformen aus Bejahung und Negation, die ungern nackt und ohne Relativierung durch ihr Gegenüber verwendet werden. Man sagt hier auch lieber *mai dih* als *leo*, also *"nicht gut"* statt *"schlecht"*. Allzugern verweist die Sprache hier auf immer mitschwingend Konträres.

Sie wie auch Psyche und Religion dieser Menschen suchen immer den mittleren Weg als bevorzugten Ausdruck und Ort komplexerer Wahrheit. Noch nach der Kollision des Verkehrsunfalls und beim heiklen Balancieren zwischen polizeilichen Wünschen und erpresserischem Gegenspieler kennzeichnet Waang sein schwieriges Taktieren so:

"Man trifft sich hier immer in der Mitte."

Das mag in andern Ländern und Kulturen letztendlich im Fazit ähnlich sein. Hier aber wird es gleich so gewollt und angestrebt. Alle Umwege sind hier nur wohlinszenierte Scheinmanöver.

Eben daraus mag auch die hiesige Unlust an unnötig dramatischen Polarisierungen resultieren. Ein europäischer Dozent für Theater und Fernsehen berichtet seinen Studenten an der Universität in *Grung teep* von Shakespeare's *"Kaufmann von Venedig"* und erklärt das dortige Judenproblem mit der Situation von Chinesen in der hiesigen Gesellschaft. Mühelos folgen sie seiner Parallele: *"Ja, und?"* Der Dozent entwirft also sein transponierendes Konzept eines Theaterabends ihrer Studentenbühne zum Thema hiesig diskriminierter Minderheiten.

"Weshalb?"

Stattdessen kommt es dann zu einer Inszenierung von Peter Handkes *"Publikumsbeschimpfung"*. Aber deren thailändischer Titel, ins Deutsche zurückübersetzt, lautet notgedrungen *"Entschuldigt bitte die Störung!"*.

Gegensätze werden hier nicht kämpferisch ausgetragen, sondern friedlich versöhnt oder gleich vermieden. Das mag auch jenes diplomatisch verhinderte Überreichen der Kriegserklärung an die USA, auch die sonstige Krieglosigkeit ihrer frühen und jüngeren Geschichte erklären.

Es mag ebenso ein Paradoxon oder Vexier erklären, das Sumett Tantihwejkunn als Leiter der Regierungsbehörde von König Rama IX. bekannt gibt:

"Seine Majestät", also

unterm Staub des Staubes Eurer Füße

"ist der Meinung, daß klein nicht nur schön ist, sondern auch groß".

So rätselhafte Widersprüchlichkeit mag die Göttlichkeit des Königs ebenso offenbaren wie seine Menschlichkeit. Denn Gott wie Thai-Mensch erweisen sich, früher oder später, auf Umwegen oder spontan, letztlich aber unabdingbar als Stifter von Konsens und Harmonie des scheinbar Gegensätzlichen.

Darum ist auch beider Geduld so groß. Sie wissen im Voraus um diese Harmonie, die unentrinnbar am Ende steht. Eigentlich ist sie, sei es unsichtbar, auch immer jetzt schon da. Ungeduld kann daran nichts ändern.

Wer mit ihnen in einem Linienbus über Land fährt, der mehr als voll besetzt, der gefährlich und sträflich, auch mit stehenden und aufeinander sitzenden Fahrgästen überfüllt ist, kann das stundenlang beobachten. Unentwegt tritt da jemand einem andern auf den Fuß, stößt an dessen Knöchel oder Schienbein, preßt ihm die Luft ab, drückt einen Ellenbogen in die Niere, setzt sich auf ein Kinderbein, reißt einem Dritten mehrere Knöpfe ab, und bei plötzlichem Bremsen fallen alle schmerzerregend übereinander. Aus dem schmalen Gepäcknetz stürzt dabei viel zu geräumige Fracht auf Köpfe und Finger. Nichts geht mehr, und alles tut weh.

Zudem muß der Schaffner sich unentwegt von vorne nach hinten, von hinten nach vorne kämpfen, mitten in alledem Billetts verkaufen, kassieren und Geldscheine wechseln. Das kann er nur, indem er stundenlang Schmerzen zufügt und Schmerzen aushält. Doch ist er bestens gelaunt und lacht über alles und jedes, speziell an jeder der zahllosen Haltestellen. Denn dieser *local bus*, der auch keinerlei Klimatisierung hat, hält in jedem Dorf. Jeweils schichtet sich seine ganze Kundschaft mühsam und qualvoll um. Hinauszugelangen ist da mit Kind und Kegel, Sack und Pack nicht eben leichter als mit Kind und Kegel, Sack und Pack noch Einlaß zu finden. Blessuren und Beschädigungen sind allenthalben erheblich.

Aber kein nervöses Wort fällt, auch kein lautes. Keiner schimpft, keiner jammert, keiner greift andre an und bezichtigt. Die meisten Frauen verharren in geduldiger Versunkenheit und stumpfer Ergebenheit. Die meisten Männer lachen, wenn es allzu bunt wird.

Auch die erhebliche Verspätung, die durch das jeweils zeitaufwendige Ein- und Aussteigen ganzer Sippen entstehen mag, scheint niemand zu beachten. Keiner hat es eilig. Jeder hat Zeit, weil es die nicht gibt. Kaum einer hat auch eine Uhr.

Schon ihre Grammatik kennt keine Formen für Vergangenheit und Zukunft. Ebenso zeitlos verläuft ihr Leben. Für morgen und gestern haben sie nur ein schwaches, für übermorgen und vorgestern gar kein Gefühl und Interesse. Ohnehin ist alles nur ein Abwarten, das im Augenblick stattfindet. Das ganze Leben findet jetzt statt. Der Moment ist unwiederholbar.

Das erspart ihnen viele Vorsorge, also manche Sorge. Und alle Enttäuschung: weil nichts erhofft wird. Alles wird hingenommen, wie es ist oder kommt.

Das setzt ein Vertrauen voraus, daß das Rechte kommt, und eine Zustimmung zu allem, was ist. Es setzt gläubiges Untertauchen, eingeordnetes Lebensgefühl voraus. Es setzt Einheit voraus.

Im *tripitakah* der Buddha-Texte ist nirgends von Sündenfall, Vertreibung aus einem Paradiese oder sonstiger Entfremdung die Rede.

Kaum ein Thai, der grade Fußball spielt oder tanzt oder eine Arbeit verrichtet oder ein Fest feiert, wird damit aufhören, weil es zu regnen beginnt. Er wird im strömenden Regen weiterarbeiten, weitertanzen, weiterfeiern, weiterhin Fußball spielen. Der Regen ist warm und nichts Feindliches.

Wenn er Weg und Steg überschwemmt oder aufweicht und unpassierbar macht, sucht der Thai keinen Umweg; problemlos geht er durch knöcheltiefes Pfützenmeer und glitschigsten Modder: sie sind nichts Feindliches.

Auch wenn es dunkel wird, macht er irgend weiter, solange er nur sehen kann: die Nacht ist nichts Feindliches.

Wenn das Meer sich aufregt und verächtlich mit seinem Boot spielt, ist er kein Spielverderber, sondern spielt sachkundig mit und lacht: das Meer hilft leben und ist nichts Feindliches.

Auch die Sonne hilft leben und ist nicht einmal in der heißesten Jahreszeit etwas Feindliches. Keiner meidet sie, keiner stöhnt über sie, kaum einer transpiriert.

Hitze wie Regen und Finsternis sind nicht einmal Fremdes, vor dem man sich vorsehen, schützen, in Sicherheit bringen, abschirmen sollte. Sie sind Elemente unsres Lebens wie Wärme, Licht oder Luft. Wir leben durch sie, mit ihnen, in ihnen; wir haben sie um und in uns, gehören zu ihnen, sie zu uns.

Das mögen auch hier nur wenige wissen. Aber alle leben so.

Gewißlich deshalb sind sie so heiter, so lachversessen und so vergnügt noch in Misere und Armut, so leichthin und liebenswürdig, so freundlich.

Wer von *uns Menschen allen* auf der kleinen Insel *Go Pih Pih* im Andamanenmeer eines sehr späten Abends, als die meisten Geschäfte schon geschlossen sind, fast nachts also schon, das Glück hat, für Schlaftrunk oder Betthupferl, die er dringend benötigt, noch einen Laden zu finden, der ihn bedient, wird hierbei vielleicht den Besitzer und dessen Familie beim kargen Abendessen stören, das sie miteinander auf dem Fußboden zwischen Regalen und Kühlvitrinen zu sich zu nehmen nach langem Arbeitstage erst jetzt die rechte Zeit und Muße haben.

Falls so ein später Kunde, der hier noch nie gekauft hat und auch jetzt nur eine Bagatelle erwirbt, in heiterer Feierabendstimmung abschließend Preis und Dankeschön in radebrechendem Thai zu stammeln versucht, leuchtet die ganze Familie begeistert auf, und die Mutter lädt ihn sofort in seinem Europäisch zum Essen ein:

"You can have dinner, welcome."

Mit solcher Herzerwärmung kehren *wir Menschen alle* von hier in unsre kälteren Länder heim und sind dort lange fremd.

Oh unterm Staub des Staubes Eurer Füße

beenden *wir Menschen alle* mit dankbaren Herzen für manche süße Lektion diesen Liebesbrief an fremden König oder ganz andre Männer mit obligatorisch vorgeschriebener Abschlußformel jeglicher Adresse an eine Majestät der Thais:

"Ob all das Gesagte genehm ist, hängt hoch über unsern Häuptern von Eurer Gunst und Gnade ab."

Deutlicher können *wir Menschen alle* wohl schwerlich bekunden, daß all dieses bisher Gesagte für König und Volk der Thais zuerst und zuletzt an Gott persönlich gerichtet war.

Denn einen Brief an den König von Thailand zu schreiben, ist für gemeine Sterbliche, ob nun *farang* oder Thai, ohnehin vollkommen ausgeschlossen: nicht einmal denkbar.

Der Adressat wird stattdessen immer die Idee des Bestmöglichen im Briefeschreiber selbst sein.

Pijapong

Bangkok,

in originalem Thai jedoch noch immer *Grung teep mahanakohn amonn rattanakosinn mahintarah juttaijah ma haadilock popnopparat raatschatahni buriromm udomm raat schaniwet maahasatahn amonn pimahn awa tara satitt sak katat tija wisanukam prasit,*

auf deutsch *Stadt der Engel etc. pp.*, jenes andere *Los Angeles*: Internationaler Flughafen *Donn Myang*, Ausreiseformalitäten.

Wer Gepäckplombierung, frühzeitiges Einchecken mit Bezahlung der Flughafengebühr und Gepäckaufgabe, polizeiliche Paß- und Visumkontrolle sowie lange Wartezeiten samt opulenten Verführungen des gigantischen zollfreien Marktes ausgestanden hat,

gerät auf seinem kilometerlangen Fußwege zum *embarkment* irgendwo unabdingbar auch in die Fänge der obligaten Leibesvisitation: die Zeiten sind turbulent und ungut, so mancher Verzweifelte glaubt, seine Ziele auf diesem Planeten nur erreichen zu können, indem er fliegende Menschen entführt, erpreßt oder in die Luft sprengt. All das zu verhindern, ist dieses hochnotpeinliche Abtasten dienlich, dem sich so mancher verreisende Körper gern entziehen würde. Aber da gibt es, hier wie überall, weder Pardon noch Ausnahmen: allzuleicht könnten sie in jähen Tod führen.

Wer jedoch auserwählt ist, erlebt das hier spezifisch auf Thai, weil er zufällig auf den diensthabenden Pijapong trifft.

Dieser sehr junge und besonders attraktive Bedienstete der Flughafenverwaltung, dessen Name natürlich in alle Ewigkeit anonym bleibt, schaut seinen auserwählt Reisenden nicht nur in dekorativer Dienstkleidung, sondern schon von weitem auch mit auffallend belustigten, eigentlich bereits undienstlich lachenden und trotzdem noch dienstlich anfragenden Augen entgegen.

Wird dieser Blick nun nicht etwa weißgesichtig und verkrampft ignoriert oder mit europäisch ofterprobter Verachtung gestraft, sondern ebenso belustigt und nicht minder anfragend erwidert, so würdigt dieser hübsche namenlose Pijapong solchen Fluggast, wenn er dann endlich bei ihm eintrifft, einer sehr individuellen Spezialabfertigung.

Er kitzelt ihn nämlich durch.

Er durchsucht seine Kleidung nach Sprengstoff und Waffen, indem er ihn von oben bis unten, von vorn und von hinten ausführlich und rechtschaffen durchkillert.

Täter und Opfer kichern dabei natürlich: aber inoffiziell und schon umso intimer.

Wer derlei goutiert, kann es ruhig genießen.

Wenn dann aber die dunkelbraun verspielten kleinen Dienstfinger endlich Ruhe und den so mutwillig drangsalierten Weißling wieder frei geben, braucht dieser sich nur noch, wenn irgend möglich auf Thai, für solche Fürsorge und Mühewaltung oder auch Sinnenfreude zu bedanken und *kopp kunn kapp* zu sagen, um das bislang offiziöse und halbunterdrückte Glottern seines zur Schönheit erblühenden Examinators in einer Lachsalve explodieren zu lassen, die nun selbst das Volumen eines hochdosierten Sprengsatzes hat und alle Umstehenden mitreißt.

Den nervlich soeben gebeutelten und ebenso überraschten wie geschmeichelten Europa-Reisenden haut es einfach um: vor lauter Beglückung vergißt er weiterzugehen und strahlt seinen anonymen Spielkameraden begeistert an.

Der aber resümiert in Gedanken gerade die sicherheitliche Unbedenklichkeit des Gekitzelten, vergißt ihn also bereits und schaut schon dem Nahen seines nächsten potentiellen Opfers entgegen: mit belustigten, nachklingend lachenden und abermals dienstlich anfragenden Augen.

Auf solche Art weiß dieser namenlos hübsche Pijapong aus der unbeliebten Hochnotpeinlichkeit einen Jux, die langweilige Routine seines Alltags wieder und wieder zum Vergnügen und die Schrecken des Terrorismus zeitweise vergessen zu machen.

So können sich Clowns hier als Amtspersonen verdingen oder Amtspersonen als Schalksnarren bewähren und die Ehre unsrer Epoche wie dieses Molochs der Engel auf allerliebwerteste, auf engelhaft menschliche Weise retten.

Grung teep mahaanakonn amonn rattanakohsinn ma hintarah jut tajah mahaadilock poppnopparatt raatschatahni buriromm udomm raatschaniweht mahaasatahn amonn pimahn awa tahn satitt sakk katatt tija wisanukamm prasit:

Stadt der Engel und sehr viel mehr.

*Ökologische Demonstration zum Schutze von Landkrabben
1996 auf* Go Pih Pih

Post scriptum

Schon kurze fünf Jahre nach allen diesen Begegnungen in den frühen neunziger Jahren des 20. Jahrhunderts ist einzig die Landschaft rings um diese porträtierten Menschen noch unverändert. Sie selbst sind nicht wiederzuerkennen. Oder nicht wiederzufinden.

Manche auch sind zuerst nicht wiederzuerkennen, dann nicht mehr wiederzufinden.

*

Kong, nur zum Beispiel, dieser übermütige Lachfratz und Touristenclown mit der dänisch angeheirateten Boutique, wird immer stiller und introvertierter, versteckt sich am liebsten hinter oder in seinen Waren, übersieht die Passanten, hört auf zu grüßen, erst recht zu lachen und ist eines Tages weg. Nach Dänemark? Oder grade nicht: grade heim zu den Eltern nach Ajutajah? Keiner weiß es. Keiner erinnert sich mehr an ihn.

*

Von "Äh", dem Mokenn oder "Seezigeuner" in seinem stationären Nachen, heißt es, er habe in einer hellen Mondnacht mit seinem lauten Singen so viele Beschwerden weißhäutiger Hotelgäste ausgelöst, daß die Polizei ihn und seine Familie in eben ihrem motorlosen Kahn habe abschleppen müssen: wohin, weiß niemand. Sie sind weg.

*

Auch Popp, jener mißgestalte Adonis und Bettler, ist verschwunden. An seinem Stammplatz floriert jetzt eine Tankstelle.

*

Donn mit all den Joints in seinen unbegehrten Krabbenhän-
den ist ebenfalls verschwunden. Von ihm aber weiß man,
wohin: ins Gefängnis, und diesmal für lange.

*

Und Pijapong, jener verspielte Schalksnarr und killernde
Leibesvisitator des Weltflughafens Bangkok, ist durch kor-
rekteres Personal ersetzt worden, das vorschriftsmäßig und
zuverlässig auf jegliches Durchkitzeln der Fluggäste verzichtet.

*

Mancher andere von damals ist zwar noch da, aber kaum
noch der, der er damals war.

Haad, wieder nur zum Beispiel, hat sein verschuldetes Reisebüro für "Smiling Tours" an jenen unseriösen amerikanischen Konkurrenten verkaufen müssen, irrt nun als verbit-
terter und unkenntlich aufgeschwemmter, auch vorschnell
gealterter Gelegenheitsarbeiter, Bote oder Arbeitsloser
durch die gnadenlos gewordenen Geschäftsstraßen im benachbarten Krabih und will wohl auch als jener prophetische
Jungunternehmer von früher nicht mehr ausgemacht werden. Denn er hat sein Gesicht verloren. Darum will er auch
seinerseits niemanden von damals wiedererkennen.

*

Ähnlich ergeht es Rid, der all seine schrillfarbigen Fantasie-
bekleidungen und pompösen Ohrgehänge ablegen, sein
schulterlang glänzend gebürstetes Haar und die salzlöffelar-
tig lila lackierten Fingernägel kurzschneiden soll, weil alles
das je ein texanisches und westaustralisches Ehepaar bei

der Bestellung ihrer Mahlzeiten beeinträchtigt.

Als Rid jedoch dieses beanstandete *outfit* lächelnd beibehält, wird er fristlos gekündigt. So zwischen- oder drittgeschlechtlich findet er aber nunmehr auch keine andere Arbeitsstelle mehr. Also verwandelt er sich notgedrungen aus dem sphinxhaft changierenden Sowohlalsauch mit wehenden Gewändern zum erwünschten mausgrau unauffälligen und kurzhaarigen Wedernoch in Hemd und Hose, findet so sofort Arbeit als Küchenhilfe in einer Betriebskantine und verstummt dort.

Also vereinsamt er auch. Denn seine alten Freundinnen kennen ihn so nicht wieder. Auch seine europäischen Verehrer nicht. Er kennt sich selbst nicht mehr. Niemand hat so auch noch Lust, ihn kennenzulernen. Schließlich heiratet er eine nicht begehrte Frau, die kinderlos bleibt und bald ihre eigenen Wege geht.

*

So oder ähnlich hat sich auch mancher andre fügen und einpassen gelernt.

Kaao, auch nur zum Beispiel, ist wieder aufgetaucht und hat ein neues Restaurant eröffnet: aber nicht mehr in der abgelegenen Flußmündung, sondern mitten im Einkaufszentrum eines überlaufenen Badeortes. Da ist dann auch sonst nichts mehr *very special* oder anders als überall. Die Möbel sind aus Plastik, die Kellner unfreundlich, und die stark geschrumpfte Speisekarte bietet *Pizza* und *Pasta bolognese* oder *fast food* und Fertiggerichte an. Das alles bereitet Kaao aber nicht mehr selbst zu. Er hat es auch noch nie selbst gegessen. Also vermeidet er auch jede Unterhaltung mit seinen Kunden. Spricht ihn jemand auf jene alten Tage in der Flußmündung an, schützt er Sprachschwierigkeiten vor und verschwindet hastig. Er lacht auch nie mehr und sieht krank aus. Die Preise für sein Kantinenessen sind stark überhöht.

*

Auch Ehn hat begriffen. Er ist Verkäufer in einem Computerladen, verdient dort gut, aber nicht genug und betreibt daher auch noch ein eigenes Kommunikationszentrum, wo Touristen rund um die Uhr Telefone, Faxgeräte und Internet samt E-mail vorfinden. Sie werden dort meist von seiner mürrischen Frau bedient, die wenig Liebreiz, aber gute Mitgift in eine Ehe eingebracht hat, die kinderlos bleiben dürfte: immer noch NO SEX, PLEASE.

Seinen Briefwechsel mit europäischen Freunden und Gönnern hat Ehn nicht mehr nötig und daher einschlafen lassen. Auch das Wassertragen für seine stark gealterten Eltern hat er von heute auf morgen aufgekündigt. Er weiß nicht einmal, wie und ob überhaupt sie noch mit Wasser versorgt werden. Das sei nun *läo däh kao*, also *up to themselves* und insofern ja auch eine gut buddhistische Lösung.

*

Ähnlich motiviert ist Tiramuht, dieser buddhistisch begeisterte Missionar, aus seinen Refugien in Kloster und Dschungelhöhle wiedergekehrt, hat sich offiziell von seiner Frau scheiden lassen und ein inzwischen florierendes Geschäft für Baumaterialien eröffnet, dessen finanzielle Unregelmäßigkeiten und Ungenauigkeiten er unternehmerschlau zu dosieren und insofern zu verschleiern weiß.

Gelegentliche Rückfragen alter Freunde nach den Warnungen des hauslosen Buddha vor allzu großer Gier beantwortet er ohne Verlegenheit mit Hinweisen auf die überlieferten Äußerungen des Erleuchteten bereits zu einer möglichen Blüte der Marktwirtschaft: *Kaufleute sollten immer auf Vergrößerung ihres Reichtums, auf profitorientierte Balance von Ein-und Verkauf sowie auf psychologisch ausgeklügelte Verzinsungsstrategien bedacht sein. Er, Tiramuht, sei also nunmehr buddhistisch linientreuer denn je, so what? You better don't worry, take it easy and be happy. Sawaht dih, kapp: auf Wiedersehen!*

*

Nogg vollends, jener ökologisch aktive und lachlustig seriöse Gläubiger, auch pünktliche Rückzahler seines europäischen Darlehens, findet auf der kommerziell erblühten Nachbarinsel Puhgett neue Freunde, die ihm die Augen über globale Marktwirtschaft öffnen und insofern imponieren. Denn nicht nur stellt er unter deren Einfluß hinfort rigoros und skrupellos die restliche Ratenzahlung ein; er beginnt auch, jenen alten *farang*-Freund, den er *"jetzt und immer zu lieben"* brieflich festgeschrieben hatte, wissentlich zu täuschen, in finanzielle Fallen zu locken, zu trügerischen Vorkassen für gar nicht mögliche Gegenleistungen anzustiften, kurz: massiv zu betrügen.

Offensichtlich ist er nun bemüht, den Leumund seiner Landsleute nicht mehr als vertrauenswürdige Ehrenmänner, sondern als global effiziente Profitmacher zu retten. Zwar hat er in schwachen Momenten noch leicht nostalgische Gewissensbisse, aber sein Gesicht zu wahren, scheint ihm als merkantilem Erfolgsmenschen vor skrupellosen Kommerzkollegen und deren bedenkenlos zeitgemäßer Wuchermoral sehr viel überzeugender als vor jenem blauäugigen Opfer aus fernen Ländern und vergangenen Zeiten.

Auf diese Weise kann er neben gemütskranker Ehefrau und sechs Kindern nunmehr in Patohng auf Puhgett auch noch eine dort erfolgreiche Massöse als feste Geliebte unterhalten.

Gutgläubigkeit jedoch und Hilfsbereitschaft, lernt er dann auch noch bei andern gewieften Jungunternehmern, werden heute als Schuld begriffen und als Schwäche geahndet.

*

Solche Maxime mag nun in Zeiten totaler Information sogar bis in die südlichen Kautschukplantagen vordringen. Denn ebendort läßt sich jener musische und tanzbesessene Tschian von der Mönchsweihe über zeitgemäßen Umgang auch mit Gemeinschaftsimmobilien des Familienbesitzes instruieren. Also findet er seinen Vetter Kempah mit einer Geldsumme ab, die dieser für märchenhaft oder astronomisch hält, und verkauft dann ihr gemeinsam ererbtes Grundstück für das mehr als Vierzigfache an eine Hotelkette aus Singapur.

Hierauf kündigt Tschian seine Stellung als nächtlicher Kautschukzapfer, kauft sich eine Etagenwohung in der nordöstlich fernen Handelsmetropole *Nakonn Ratschasimah* und bricht dort als wohlhabender Frührentner jeglichen Kontakt zu Vetter Kempah und dessen Familie ab.

Dessen Söhne Waang und Gai sehen sich seither um ihr väterliches Erbe betrogen, aber schweigen.

*

Tschians Tanzrivale Deng jedoch, der bei jener beschwingten Mönchsweihe erst sechzehn Jahre zählte, fühlt sich von solchen Unsitten, wie sie mehr und mehr nun auch in seiner eigenen Sippe um sich greifen, so abgestoßen und provoziert, daß er, heranwachsend, zu einem militanten Aktivisten seines islamischen Glaubens wird, als missionierender Wanderprediger durch sein ganzes Land zieht und sich im Kampfe gegen den grassierenden Kommerzialismus auch an der Organisation und Durchführung von Terroranschlägen auf Eisenbahnlinien und koranlos staatliche Schulen beteiligt. Ihm ist jedes Mittel recht, um dem globalen Krämergeist samt all seinen skrupellosen Profiteuren den Garaus zu machen und durch ein spirituelles Gegenkonzept zu ersetzen.

Aber mit "ungläubigen" Europäern zu tanzen und zu kuscheln, mag auf diesem orthodoxen Feldzug also auch ihm vergangen (oder verboten worden) sein.

*

Dengs Glaubens- und Generationsgenosse Lekk jedoch, der sich so unbändig nach der Schönheit eines hellerhäutigen Nachwuchses sei es mit japanischen Gesichtszügen sehnte, hat sich inzwischen von der auch erotischen Chancenlosigkeit der Armut auf diesem Globus hinlänglich überzeugen können.

Eines heißen Spätnachmittages ist er auf der einzigen Straße des wohlvertrauten Heimathafens auf seinem Moped mit so überhöhter Geschwindigkeit in ein entgegenkommendes Auto hineingefahren, daß er schon den Aufprall nicht einmal um Sekunden überlebte. Auch der Fahrer dieses Autos überlebte ihn nicht. Er war Lekks bester Freund.

So hat Lekk die erträumte Schönheit seiner thai-japanischen Kinder einzig dem geld- und makellosen Reiche der Fantasie anvertraut. In achtzig Lebensjahren hätte keine Realität ihr da das Wasser reichen, geschweige sie jemals ausstechen können.

*

Aber auch dieser Weg steht nicht jedem offen.

Bomm nämlich, jener ebenso mittellose wie lebenslustige Träumer von Cowboybar und Strandpferden, tut sich mangels fernwestlicher Subventionen reihum mit besten Freunden und potenteren Familienangehörigen – Stiefvater, Onkel, Vetter – zusammen und begründet mit ihnen diverse kleine Unternehmen sei es landwirtschaftlicher, gastronomischer oder therapeutischer Art. Jeweils findet er sich binnen kurzem von seinen anverwandten oder wohlvertrauten Compagnons ausgebeutet, ausgenommen, um all seine indisch-japanischen Einsätze betrogen und heillos ruiniert.

Aus angemessener Verzweiflung flüchtet er sich zuerst in die Arme einer Dauermäzenatin aus Nippon, dann in den Trost von Drogen, schließlich in die Einsicht, daß die Gesellschaft ringsum keinerlei Bedarf, keinen Platz und keine Perspektive für einen schon so mittel- und chancenlos Geborenen habe: also in den Freitod.

In buchstäblich letzter Sekunde wird er vom Strick herunter "gerettet". Was aber nun? Der immer noch glühende Buddhist geht für viele Monate ins Kloster und läßt sich dort von anderen, immateriellen Prioritäten überzeugen. Aber mit solchen Devisen kann er anschließend keinen Schmuckstand zu geschäftlichen Erfolgen führen. Aus Befürchtung eigener Raffgier verschleudert und verschenkt er da seine Ware. *Sie sei zu gut und zu schade, um verkauft zu werden.* Der quirlige Tausendsassa und liebenswerte Tunichtgut von einst hat das Unaussprechliche kennengelernt und weiß seither, daß es nicht bezahlt werden kann.

Ob das aber einem Vereinsamenden noch Freunde einbringe? *"Freunde beim Essen"*, fragt er mit einer thailändisch klassischen Unterscheidung zurück, *"oder Freunde beim Sterben"*? Doch ohne dabei je um Mitleid oder Hilfe zu buhlen. Auch sein früher komisch fantasievolles Nassauern hat schweigender Anspruchslosigkeit den Platz geräumt. Geld, hat er begriffen, mache jeden nur verrückt. *"Mehr, als ich grade zum Überleben benötige, will ich auf keinen Fall haben."*

Aber hat nicht einmal das. Mehr und mehr wird sein Schmuckstand an der Touristenpiste zu Attrappe und Alibi. Trotzdem bleibt er spendabel und generös: lädt alte Freunde zum Whisky, auch zum Essen, sogar zum späteren Mitbewohnen jener Bretterbude ein, die er im Dschungel aus Sperrmüll, Bauschutt und Bretterresten unauffällig zu errichten beginnt. Und verschenkt sogar sein privates und antik prezioses buddhistisches Amulett. Denn meistens sitzt er nur noch introvertiert, bekifft und mit aufmerksam weltverlorener Miene vor Fernsehfilmen ohne Ton.

Wer ihn da vor Drogen noch zu warnen versucht, wird lachend über den sehr viel bedrohlicheren Alkoholismus belehrt: *er trinke immer, sei immer betrunken.* Warum bloß? *"Aus Langerweile".* Aber: *"mai mao mai sabaai"* = *"nicht betrunken, nicht gesund".* Nur auf das ausgefallen Bizarre seiner Kleidung achtet er noch einfallsreich.

Bis er auch die minimale Miete für den Schmuckstand nicht mehr zu entrichten vermag. Da ist er dann eines Tages plötzlich auf und davon. Doch wohin bloß noch? Angeblich nach Pattajah, jener unguten Hochburg von Prostitution und Drogenhandel total. Aber niemand kontrolliert das nach und sucht ihn: weder dort noch sonstwo. Niemand vermißt ihn, niemand braucht ihn mehr.

*

Wiraponn hingegen, jener kaufmännisch und raubritterlich
sonderlich einfallsreiche Polizeikommissar mit den ein-
drucksvollen Nebeneinkünften aus Erpressung von Ver-
kehrsteilnehmern, ist durchaus nicht verschwunden, sondern wird noch dringend benötigt, hat Karriere gemacht und
ist durch Fotos und Schlagzeilen in den Tageszeitungen geradezu berühmt geworden.

In Würdigung seiner diversen Verdienste und infolge seiner
kollegialen Aufteilung so manchen zusätzlichen Inkassos
auch an einschlägige Vorgesetzte ist er unaufhaltsam be-
fördert worden und kürzlich sogar zum Polizeipräsidenten
einer südlichen Provinzhauptstadt aufgestiegen. Als solcher
sitzt er nun an allen Hebeln und weiß sie ersprießlich zu bedienen.

Aber wenn es sich gar nicht lohnt, weiß er sie auch nicht zu
bedienen. Etwa im Falle Waangs gibt er höchstpersönlich
Anweisung, diese unergiebige Angelegenheit in alle Ewigkeit auf sich beruhen zu lassen.

*

Denn Waang, dieser hell Erleuchtete, diese engelhafte
Lichtgestalt, ist eines Nachts im eben fertiggestellten und
strikt verriegelten Neubau eines abendländischen Freundes
im Dörfchen *Klohng Muang* ermordet worden.

Seine Mörder haben ihn zuvor durch telepathische Ver-
strahlung mit *Schwarzer Magie* verhext und aufs Qualvollste
erst seiner Widerstandskräfte, dann seiner ganzen Identität
beraubt, ihm vor Ort dann eingangs den Feuerlöscher in
den Unterleib gerammt und eine Rippe gebrochen, den

nunmehr völlig Wehrlosen hierauf erwürgt und schließlich noch scheinheilig oder zynisch an den Luftziegeln eines Oberlichtes aufgehängt.

Ihre Motive können nach Lage der Dinge nur Mißgunst und Habgier gewesen sein. Denn indem er sich drei Jahrzehnte lang standhaft selbst treu zu bleiben und sein so befremdlich eigenes Gesicht zu "wahren" verstanden hatte, wurde er von all den vielen, die das nicht vermögen, mit Inbrunst beneidet. Ohnehin hatte er trotz all seiner Armut immer zur Klasse derer gehört, die kein Mitleid erregen, sondern Neid. Aber niemand hilft ja Beneideten. Beneidete werden nur regelmäßig erst ausgebeutet, dann fallen gelassen und schließlich beseitigt.

Ein ganzes Bündel verdächtiger und aussagekräftiger Spuren, die Täter oder jedenfalls Auftraggeber in Waangs allerengstem Umfeld vermuten lassen, wird von Wiraponns Polizisten ignoriert. Ohne überhaupt zu ermitteln, lassen sie diesen Fall in alle Ewigkeit auf sich beruhen. Unübersehbar haben ihn die Mörder sich was kosten lassen. Das spricht niemand so aus, aber fast allen ist es klar.

Waang selbst mit seinem Talent für *Clairvoyance* und Prophetie hatte diesen argen Tod schon von Weitem auf sich zukommen sehen. Noch mehrere Wochen vorher sagte er beiläufig, daß man hienieden für alles und jedes bezahlen müsse, für Auserwähltheit und geistliche Gaben jedoch nicht mit Geld, sondern Leben. Ohne jeden Zusatz stand das plötzlich atavistisch und axiomatisch als *conditio sine qua nil* im Raume: mit Leben bezahlen.

Aber anders als all seine prominenteren Schicksalsgenossen,

anders als Orpheus oder John Lennon, als Lumumba oder Sadat, als Gandhi und Rabin, als Dag Hammarskjöld und die Kennedys, als Rudi Dutschke, Martin Luther King und all die vielen Märtyrer, die von der Menschheit wegen allzu großer Helligkeit hienieden nicht geduldet wurden,

anders als sie alle hatte dieser Waang aus den hinterindischen Dschungeldörfern Sahmnohng und Saithai ohne jeglichen öffentlichen Anspruch sein Licht verbreitet. Von klein auf war er zu einem resonanzlos anonymen Dienen in Demut entschlossen.

Damit hatte er zugleich auch seine Entscheidung gegen die zivilisatorischen Zerstörungen und merkantilen Korruptionen seiner Zeit und unserer Tage getroffen: auf allen Komfort und Luxus verzichtet, wie sie Leben heutzutage einzig lebenswert zu machen scheinen.

Er war zu den Quellen der Brunnen zurückgekehrt, wo alles Licht von der Sonne oder von Glühwürmchen kommt. Oder eben von seinesgleichen. Dort hat er daher all jenen Vorteilen und Verführungen des Scheinwerferlichtes abgeschworen, mit denen der Markt uns zu blenden trachtet.

So aber hat er mit Zivilisation bezahlt und Kultur bekommen.

Er hatte Armut gewählt und Glück gefunden.

Er war heiter und frei, ein Herr seiner selbst und seines Lebens.

In seiner Kate am Dschungelrande war er ohne Strom, ohne Fließendes Wasser, ohne Möbel, ohne Badezimmer, ohne Fernsehen und WC, ohne Telefon und jegliches Fahrzeug einzig darauf bedacht, mit allen seinen verfügbaren Einsichten und Talenten im privaten Alltag ringsum für Erhellung und Erleuchtung, für Wärme und Güte, für Frieden und Liebe zu sorgen. Wer nämlich sonst, so begriff er früh, wer konnte oder sollte das tun, wenn nicht er selbst?

Schon vor Jahren auf ihrer Rundreise durch sein ganzes Land hatte er eingestanden, *Gottes da noch niemals ansichtig geworden zu sein*. Jetzt, einen Monat vor seiner sichtbar nahenden Ermordung, ergänzte er jählings mitten im gottlosen Bangkok,

Gott lasse sich nirgends sehen, weil Er die Menschen fürchte.

Inwiefern fürchte?

Insofern: ließe Er sich je von ihnen erblicken, würden sie sofort auch Ihn zerstören.

Oder ans Kreuz schlagen.

Also. Also bleibe Er für die Menschen lieber unsichtbar.

Und läßt sie so ruhig alles zerstören?

Das eben sei ihre Strafe: daß Er sie gar nicht beachte, sondern interventionslos machen lasse, was sie wollen. Eine gnadenlosere Ahndung ihrer Missetaten sei gar nicht denkbar.

Aber auf eben solches Denken steht heutzutage die Todesstrafe.

Waangs dreißigjährig massakrierter Körper wurde in Saithai auf dem Gelände ebenjenes Tempels und zu Füßen gerade jenes riesig ruhenden, schon ins Nirvana übergehenden Buddha verbrannt, wo der Ermordete ungezählte Male für das Wohl der ganzen Menschheit gebetet hat.

Diese Fürbitte wird ihr künftig fehlen.

Aber wahrscheinlich setzt sich dieser Waang am ortlosen
Orte seiner jetzigen Freiheit nur umso nachsichtiger für ihrer
aller Begnadigung ein.

Seine Mörder und deren Artgenossen benötigen solche Für-
sprache mehr denn je.

*

Oh unterm Staub des Staubes Eurer Füße

nach der beängstigendsten Gefahr befragt, die Land und
Leute in seinem Thailand heutzutage am meisten bedrohen,
distanziert sich König Rama IX. ausdrücklich von all den diversen Schreckgespenstern der Medien, und den benachbart lauernden Kommunismus ignoriert er sogar völlig.

Stattdessen nennt er überraschend eine ganz andere Be-
drohung beim Namen:

die Habgier des eigenen Volkes.

*Diese Habgier und nichts anderes sei heutzutage die be-
drohlichste Gefahr für Thais und Thailand.*

Mit thailändisch höflicher Indirektheit spart er dabei aus,

wer und was auf diesem Globus nunmehr

auch sein ungierig alt gewordenes Volk so heillos

vergiftet habe: mit lebensgefährdendem Virus.

Er spart es aus, aber alle wissen, wer das begangen hat.

*

Einzig Kokospalmen und Kasuarinen,

auch noch Mangobäume und Mangroven, Bananenstauden
und Bambushaine, Kalksteinfelsen und Korallenriffe, auch

noch Warane, Glühwürmchen und Tintenfische, noch der Dschungel, das Meer, der Monsun und die Tropenhitze:

sie alle scheinen zur Zeit noch unversehrt und gefeit.

Doch schon der Tsunami am Weihnachtstag 2004 war hier wie nie noch seit Menschengedenken ein verzweifeltes *Veto* der Natur, eine grausame Warnung oder heutige Sintflut und an vielen Orten dieses gottgegebenen Landes unser *Vierter apokalyptischer Reiter*, der *"auf leichenfarbenem Pferde"* eintraf, *"und die Unterwelt zog hinter ihm her"* (*Offenbarung des Johannes*). *"Und ein Viertel der Erde wurde in ihre Macht gegeben: Macht zu töten"* – seien es viele der hier Porträtierten. *Requiescant in pace amici!*

Aber Treibhausgase, Ozonloch, Erd- oder Seebeben, Hurricans, Überschwemmungen oder Schlammlawinen, Niños und Tornados, Polschmelze und Vulkane (sei es unterhalb jenes äonenfernen Eyjafjallajökull-Gletschers) –

sie alle wehren sich ebenso panisch, kämpfen gemeinsam rabiat und aggressiv gegen Spekulanten und *Rating*-Agenturen, gegen *Equity-*"Heuschrecken", Marktmanipulationen, Regenwald-Rodungen, Hedgefonds, Derivate und *swaps,*

also für das Überleben zumindest der überlebensfähigsten Überlebenswürdigen.

Noch überleben ja auch zumindest die resistentesten von all den vielen: noch ...

Noch scheinen Langschwanzmakaken und Lotus, Eukalyptus und Land- oder Hufeisenkrabben den Mafiosi der Gier und des Neides überlegen zu bleiben,

noch ...

Die aber blasen skrupellos zum Angriff – auf sie alle: global.

Wilder Langschwanzmakake mit Coca-Cola auf Go Pih Pih *1999*

Textverzeichnis

Fotoverzeichnis

Die Deutsche Nationalbibliothek verzeichnet diese Publikation
in der Deutschen Nationalbibliografie;
detaillierte bibliografische Daten
sind im Internet über <http://dnb.ddb.de> abrufbar.

© Moritz Pirol
Erstausgabe 2002
Neufassung 2010
Alle Rechte vorbehalten
Hersteller: Books on Demand GmbH, Norderstedt
<ORPHEUS UND SÖHNE> VERLAG, Hamburg
ISBN 978-3-938647-14-1